Les
Contemporaines

graduées :

ou

Avantures des Jolies - Fammes
de l'âge actuel, suivant la gradacion
des principaus Etats de la Société:

Recueillies par N.-E.-R**-D.*-L.*-B***:

Douzième, ou Quarantedeuxieme Volume:

XVII. *Les Fammes-des-Petits-Theatres.*

FIN.

Imprimé à Leïpsick,
Par Büschel, marchand-libraire:
Et se-trouve à Paris.

1785.

Sujet de l'Estampe
de la *Soixantetreizième*, ou
Deuxcentssoixanteseptième Nouvelle.

I Variéteuse : Une Jeunefille jouant sur le théatre-*des Variétés* un rôle d'Amoureuse: On voit deux Hommes aux balcons, qui la regardent attentivement.

II : Une Jeune Danseuse, qui danse seule dans le fond : les coulisses sont-bordées par les Figurans & les Figurantes :

» La voila audessus de la mediocrité » !

(dit Un des deux Hommes, en-montrant la Danseuse).

Les Contemporaines

graduées :

ou

Avantures des Jolies - Fammes
de l'âge actuel, suivant la gradacion
des principaus Etats de la Société.

XVII. *Les Fammes-des-Petits-Theatres.*

LXXIII, ou D.c.ſ. ſep.ᵐᵉ Nouvelle.

Les Aĉtrices-des-Variétés.

Pour le genre des pièces, & pour le jeu, le Spectacle dit *des-Variétés* eſt ſans-contredit le premier des *Petits-Theatres.* Les Aĉteurs & les Aĉtrices ſ'y-reſpec-tent davantage, & ſe-preſervent de l'a-viliſſement. En-general, les mœurs des Aĉtrices du *Boulevard* reſſemblent aſſés à celles des *Filles-des-chœurs* & des *Figurantes* de l'*Opera :* Elles ont ici, comme là, des *Mères* comodes, dont elles changent à-volonté, ou ſuivant leurs interêts : mais ces mœurs gene-rales ont des excepcions, & l'on peut-

citer plûs d'une Actrice des Petits-theatres qui fe-conduit avec decence. Comme la plûpart des Spectacles du *Boulevard*
font nouveaus, comparés aux *Grands-
theatres*, l'on n'indiquera-pas les rôles
des pièces; parceque le nom du rôle équi-
vaudrait au nom-propre.

On trouvera feulement ici, pour les
Variéteuses, deux hiftoriettes, presentées
fous une enveloppe convenable.

I Actrice-Variéteuse : *La Fauffe-Sœur.*

Un Homme était un foir au fpectacle
à la *Foire-Saintgermain*. Une Actrice
vint à paraître: Il parut dans la plûs-
grande-furprise! Il demanda fon nom,
& combién il y-avait de temps qu'elle
jouait fur ce theatre. —Elle fe-nome
Silvie (lui dit fon Voisin), & elle eft-
ici depuis trois-mois-. Il fe-tut, pour
l'entendre & la voir jouer. La-pièce
finit: Durant l'entr'acte, le Curieus dit
à l'Homme qu'il venait d'interroger :
—Monfieur, crairiez-vous que cette Fille
a-été ma pretendue, & que peu-f'en-eft-
falu qu'elle n'ait-été ma famme. —Cela
fe-peut, Monfieur. —Mais vous ne
vous-doutez-pas comment? —Je le
faurai, quand vous me l'aurez-apris,
—C'eft ce que je vais-faire.

« J'étais un-jour dans le coche de *Me-lun*, & j'alais-voir un de mes Parens, ancién-employé, qui s'est-retiré dans cette petite Ville, avec la retraite que lui a-fait son Bureau. Je trouvai dans une cabane un Homme d'environ trente-ans, & deux Jeunespersones trèsaimables, dont l'Une l'apelait son Mari, l'Autre son Frère. Je me-liai de conversacion avec l'Homme dabord ; ce qui me-procura l'occasion de saluer les Dames. Nous-nous-dîmes où nous alions. L'E-tranger, avec ses deux Belles, se-rendait à Sens : on devait-prendre des voitures par-terre depuis Melun, parcequ'on ne voulait-pas-coucher dans un coche-d'eau. La conversacion s'anima. Je trouvai autant d'esprit que de merite & de beauté à la Sœur, & je lui fis ma cour. Nous dejeûnames, & nous dînames tousquatre ensemble ; desorte-qu'à la fin de la journée, c'estadire à l'heure du debarquement, nous-nous-trouvames-connaissances. Je menai ma Compagnie chés mon Parent, où nous soupames : & comme il n'avait-pas de lits, nous retournames tousquatre à l'auberge. L'Etranger me-dit, qu'il partirait le lendemain dès le matin avec ses deux Compagnes-de-voyage. A ce mot, je sentis

N iij

un petit-ſerrement de-cœur: Je temoi-
gnai mes regrets, de quitter une Compagnie qui m'avait-deja-trop-plu. —Pourquoi la quitter ſans-eſpoir? (me-dit le
Frère de ma Belle): vous êtes garſon;
Silvie eſt-fille-. Dans un petit tranſport-
de-reconnaiſſance, je me-jetai ſur la main
de Silvie, que je baiſai. Je dis quî j'é-
tais: je detaillai mes moyéns, mes reſ-
ſources. —Cela eſt-excellent! (repondit l'Etranger), & vous feriez l'affaire de
ma Belleſœur: Tout l'inconvenient,
c'eſt qu'elle n'eſt-pas-riche: mais Celle
que j'ai-priſe ne l'eſt-pas-davantage-.
Je repondis, que c'était un bonheur pour
moi, que m.ˡˡᵉ Silvie ne fût-pas-riche,
parcequ'autrement, ſansdoute, je n'au-
rais-pas-eu le bonheur de me-trouver
avec elle, ou de fixer ſón attencion.
L'Inconnu me-dit-alors ſon nom, & ce
qu'il était. Il ſ'apelait *Deletale*; il était
Huiſſier-priſeur; les deux Jeuneſperſones
étaient-filles d'un Marchand-Orfèvre,
dont les affaires n'avaient-pas-reüſſi; mais
elles étaient-bién-élevées. Pour ceci,
j'en-avais toutes les preuves exterieurés.
Je m'engajai par mes promeſſes: Silvie repondit modeſtement: Il fut-convenu, que m.ʳ Deletale & les deux Sœurs
acheveraient leur voyage, juſqu'à Sens, &

qu'aubout de trois-jours, ils viéndraient
me-reprendre, pour nous rendre tous
enfemble à Paris.

» Ces trois-jours me-durèrent trois-fiè-
cles. Enfin, ils finirent. Je vis arri-
ver m.ᵣ Deletale, avec m.ˡˡᵉ Silvie feulement : m.ᵐᵉ Deletale était - reftée (me-
dit-on), dans la Famille de fon Mari,
dont elle f'était-fait-adorer. Nous re-
primes le coche de Melun, après un jour
de repos, & nous arrivames à Paris.
M.ᵣ Deletale me-fit-entendre, qu'il n'é-
tait-pas à-propos que je paruffe chés une
Tante, qu'avait fa Bellefœur, avant qu'il
l'eût-prevenue. Il avait-raison : cette
Famme fe-ferait-trahie.

» J'avais-annoncé un état & une fortune
honnête : c'eft ce qui avait-tenté la Demoiselle. Deux-jours f'écoulèrent, fans
qu'on m'écrivît : on m'en-avait-prevenu,
fous-pretexte des affaires qu'on aurait au-
retour. La troisième - matinée, fur les
huit-heures, je reçus une Lettre de m.ᵣ
Deletale, qui me-priait d'excuser, qu'il
ne pourrait me-venir-prendre, pour me
presenter à la Tante, que le furlendemain. Je pris-pacience en-enrageant unpeu. Le lendemain-foir, veille de mon
bonheur pretendu, je fortis, pour aler
au *Boulevard* : il fesait obfcur dans les

contr'alées : mais j'entendis un fon-de-
voix, que je reconnus pour celui de m.^{me}
Deletale.   Je crus dabord me-tromper:
mais en – m'avançant avec precaucion,
je la reconnus :   Elle était avec une-
autre Joliefamme comme elle, qui lui
dit :   —L'avanture eft-unique ! mais fe-
mariera-t-elle ?   —Pourquoi-non ? fon
Amant, qui a-pris le fingulier nom de
m.^r Deletale, eft-obligé de la quitter,
pour f'en-retourner en-province; elle
a-trouvé ce Voyageur aimable, & elle
crait qu'elle aura bién du plaisir à être
une Famme-honnête. —Pourvu qu'elle
le foit ! mais j'en-doute ! Pour-moi,
qui me-connais, je prefererais de refter dans notre état. —Elle disait, dès
auparavant, que notre fituacion lui de-
plaît; elle étudiait des rôles, & voulait
debuter chés *Nicolet*. —Hâ ! quel metier !...   Toutes ces Actrices-là vous ont
l'haleine fi-forte, qu'on n'y-peut-tenir de
dix-pas!   —Elle ne parle-plus que de ce
qu'elle fera, quand elle fera bourgeoise.
Elle tiént à fon nouvel Amant, par le
romanefq de la rencontre.   Il nous regardait : Deletale, qui f'en-eft aperçu,
nous a-dit :   —Je gajerais que cet Homme eft-amoureus de ma Silvie ? je vais en-
faire ma bellefœur, & *Rosalie* fera ma

famme... Tout s'est-ensuite-arrangé naturellement : Deletale a-l'air si-honnête-!..

Les deux Causeuses furent-interrom-
pues en-ce-moment, par une de leurs
Camarades, & toutestrois entrèrent chés
Nicolet, où je ne les suivis-pas. J'étais-
instruit : j'alai decomander tout ce qu'on
me-devait-faire pour ma Pretendue. Je
ne repondis-pas à une Lettre que Deletale m'écrivit, & tout est-resté-là, jusqu'à ce-jour. Vous venez de voir ma
Silvie ; elle est-aimable : mais ce n'est-
pas-mon fait-». . .

L'Homme auquel on venait de faire
ce recit, fut-curieus de voir ce qui restait
derrière le rideau ; le Pretendu n'ayant-
montré que ce qu'il savait. Après le
spectacle, il monta sur le theatre, &
chercha Silvie, à laquelle il racontâ ce
qu'il venait d'aprendre. Elle l'écouta
trèsattentivement, & fit un soupir.

»—Je suis-donc-instruite, enfin !... »
Monsieur, je suis la dupe de la noirceur la
plûs-odieuse ! Tout le recit qu'on vous
a-fait est-vrai, à-l'excepcion d'un point ;
je n'ai-jamais-été la maîtresse de Deletale : il m'a-souvent-recherchée, pres-
sée ; mais il quittait pour moi Une de mes
Amies, & je ne voulais-pas m'y-prêter.
Rosalie fut-moins-scrupuleuse, quoique

N v

Rosette fût-également fon amie. Voici,
en-deux-mots, toute mon hiftoire, que
vous pouvez-faire à l'Homme qui vous a-
parlé : Je fuis-fille d'une Pâtiffier-Ou-
blieur des *Boulevards* : une Bellemère
qui me-maltraitait, m'obligea de deferter
la maifon-paternelle. Ne fachant que
devenir, j'alai chés Rofalie, que je priai
de me prendre pour la fervir. —Tu es
trop-jolie pour cela (me-dit-elle) : mais
fi tu veus être honnête-fille, tu le pourras,
en-fefant mon état-. Elle me-donna fes
confeils, & je les ai-fuivis à-la-lettre. C'eft
ce qui a-fait que Deletale voulait abfolument m'avoir, & même m'époufer. Je
m'y-fuis-refufée, le fachant un Libertin.
Lorfque l'avanture du coche-d'eau arriva,
je crus bonnement, qu'il voulait m'obliger; mais je m'aperçus biéntôt, qu'on
ne doit-attendre rién de bon de cette
Efpèce. Il me-fit des propoficions que
je rejetai : je lui declarai qu'en-me-
mariant, je voulais-être honnête. Alors,
il fe-fit un complot contre moi. Rofalie était-revenue feule à Paris, par-ja-
loufie contre moi. Elle trouva Deletale mal-difpofé; elle le fit-confentir à
ce qu'elle inftruisît indirectement mon
Pretendu. Et vous favez la manière
dont elle f'y-eft-prise. Quant à moi,
qui me-difpofais dès-auparavant au Théa-

tre, j'ai-suivi mon premier plan, & j'ai-
debuté ici. Je suis-orféline; je n'avais
qu'un miserable metier, & de mauvaises
Connaiſſances dans les deux ſexes; l'état
que j'ai-pris me-raproche de l'honnêteté,
aulieu-de m'en-éloigner. Mais j'ai une
prière à vous faire: Sûrement que m.ʳ ***
reviéndra au Theatre où il fait que je ſuis-
actrice; je voudrais lui parler une ſeule-fois;
tâchez de l'engajer à venir avec vous au
foyer dans un entr'acte, ou après la pièce-»?

L'Homme le promit.

Huit-jours après, il aperçut le Pretendu de Silvie, dans un coin du par-
quet: il le joignit, & lui dit, qu'il avait-
vu la Jeune-actrice, dont il lui rendit
la converſacion intereſſante. Le Pretendu parut-diſposé à la voir, & pour
ne pas le laiſſer refroidir, l'Homme obligeant l'y-mena ſurlechamp. Silvie rougit & pâlit; elle fut-obligée de ſe-raſ-
ſeoir, après ſ'être-levée très-vivement.
Le Pretendu, fut-ſi-touché de ſon trouble, qu'il lui fit des excuses. Ils ſ'expliquèrent, ſe-reconcilièrent; mais il
n'a-pas-été-queſtion de mariage.

Depuis cette reconciliacion, Silvie ſe-
conduit avec une retenue, qui lui fait le
plûs-grand-honneur dans l'eſprit de tous
les Honnêtesgens qui la connaiſſent, &

n'en-eft que plûs-intereffante dans fes rôles : Telle *D'Oligni* ajoutait à fes talens enchanteurs le charme de fa vertu.

II Variéteuse : *Le Fenomène*.

Un jour de Chandeleur, un Homme rencontra une Famme & une Jeunefille de onze à douze-ans, en-peliffe, près du *Cloître-Sainthonoré*. Elles y-entrèrent, en-fortirent auffitôt, & retournèrent fur leurs pas. L'Homme qui les revit-paffer, crut-reconnaître la Petite, pour une *Danfeuse-des-Variétés* : il la falua, & ils lièrent converfacion, jufqu'à la rue *Saintdenis*, où ces Fammes demeuraient. La Mère invita l'Homme à entrer : comme il n'avait-jamais-vu la petite *Mimi* que fur le theatre, avec du rouge, il ne fe-doutait-pas de la delicateffe & de la fineffe de fes traits, qu'il admira, en-la-voyant dans la fimplicité de la nature. Mais ce qui le furprit davantage, ce-fut la corrupcion de la Mère, & la retenue de la Fille : cette Enfant paraiffait-formée pour la vertu; elle repouffait le vice, avant-même d'en-connaître toute la difformité. L'Homme l'encouragea dans ces difpofitions, & lui donna de bons-confeils : mais il y-comptait fi-peu luimême, qu'il regarda cette Enfant comme perdue. Il ne retourna-plus la voir, perfuadé qu'il

n'aurait que la douleur de voir & sa corrupcion & ses suites. Il s'écoula deux années. Pendant la première, il avait-revu
plusieurs fois Mimi sur le theatre. Il re-
marqua-même unjour qu'elle dansait superieurement : — La voila audessus de
la mediocrité! (dit-il à l'Amant de
Silvie : car c'est à lui que ce Dernier avait-
raconté son histoire). Mais dans les six
derniers-mois de la seconde, elle ne pa-
raissait-plus. Il la crut à un-autre theatre, ou en-province, ou entretenue.

Unsoir qu'il passait dans la rue *Saint-*
antoine, il vit une boutique-de-modes,
dont les rideaus n'étaient-pas-encore-ti-
rés, parcequ'on ne fesait que de prendre
les lumières; il s'approcha machinalement, & il aperçut... Mimi, qui tenait
de l'ouvrage. Cette decouverte le surprit! Jamais une Fille, qui est une-
fois montée sur la scène, n'en-descend,
pour prendre l'emploi... estimable d'Ouvrière; il faut pour cela, une filoso-
fie, qui n'entre-pas dans la tête d'une
Jeunefille. L'Homme s'en-ala, en-fesant des conjectures, qu'il ne crut-pas
devoir éclaircir, depeur de comettre une
indiscrecion. Mais il repassa souvent,
pour voir Mimi. Toujours, il la vit
apliquée à l'ouvrage, ayant-l'air-content.
Enfin, unjour il entra, pour faire une

petite emplette, & en-la-fesant, il' falua
Mimi, avec toute la reserve convenable.
La Jeunefille ne contraignit-pas la joie
qu'elle avait de le revoir, & elle dit à
fa Maîtreffe : —C'eft de Monfieur,
dont je vous ai-parlé, madame-. A ce
mot, la Marchande marqua beaucoup
d'égards à l'Homme, & le pria de lui
donner une heure - d'entretién, à fon
chois ? —Quand il vous plaîra, madame (repondit-il) : dès demain, dans la
matinée-. Cet empreffement parut-
faire-plaisir à la Marchande, & l'Homme
ne manqua-pas de venir à l'heure indi-
quée. La Maîtreffe de Mimi le conduisit
dans fon logement au *premier*, & lui fit
apeuprès ce recit :

»—La manière dont Mimi a-toujours-
parlé de vous, m'a-infpiré la plûs-haute
eftime. Elle eft ma parente : fa Mère
eft un mauvais-fujet, qui, après avoir-
ruiné fon Mari, marchand-mercier, l'a-
vait-quitté avec cette Enfant, qu'elle
feduisait par des chateries, & qu'elle fe-
sait-danfer à la *Foire* & fur les *Boule-*
vards, à fon infu. Il faut que Mimi
ait un âme excellente ! Elle fesait tout
ce que fa Mère voulait ; mais elle le fesait avec innocence ; le vice-même était
une vertu dans le cœur de cette Enfant ; elle obeïffait à fa Mère par-affec-

cion, par-tendreſſe, pour la contenter,
dans une ignorance parfaite. Ce-fut-
alors que vous les vîtes Toutesdeux. Le
motif le plûs-coupable feſait-promener
la Mère, à l'heure où vous l'avez-ren-
contrée... Elle vous laiſſa-ſeul quelque-
temps avec Mimi : le temps fut-em-
ployé d'une manière à laquelle cette mechante Famme ne ſ'attendait-pas : Mimi, qui avait-reçu quelques-lumières par
ſes Compagnes, vous interogea, & vous
lui repondîtes en honnétehomme, ſans-
menager les vues-obliques de la Mère.
De-ce-moment, Mimi ne ſe-prêta-plus
à certaines-choses ; elle voulut-ſ'occu-
per dans les intervals de ſon état ; &
comme ſa Mère ne pretendait-pas lui permettre de tenir l'aigüille (ce qu'elle a-
toujours-aimé), elle repetait ſes leçons-de-
danſe, & donnait le reſte de ſon temps à
la musique, ou à la lecture. Elle eut le
bonheur de lire d'aſſés-bons Livres, qui
achevèrent de l'éclairer, & elle ſait parfaitement la musique : elle ſ'accompagne
avec le ſiſtre, & nous donne les dimanches-
&-fêtes de petits-concerts ; car elle forme
ſes Compagnes, dont elle eſt-cherie.
Quand elle eut quatorze-ans, ſa Mère
la voulut obliger à imiter ſes Compagnes : Elle lui presenta un Homme-riche. —Je ſuis-trop-jeune pour me-ma-

rier- (repondit Mimi , à tout ce que fa
Mère put lui dire). Cette Famme f'ex-
pliqua-clairement. Mimi feignit de ne
pas l'entendre , & demanda du temps.
Enfin , trop-preffée , elle ne favait-plus
comment-faire , lorfqu'un-foir , en-for-
tant du theatre avec fa Mère & l'Homme
riche , elle aperçut fon Père. —Hâ-
dieu ! (f'écria Mimi), voila Papa-! Le
fon de fa voix frapa mon Parent : Il
fe-retourna : Mimi courut à lui. —O
ma chère Enfant! (dit ce pauvre Père,
les larmes aux ïeus)... Mais qu'es-tu?...
que fais-tu?... —Je fuis-danfeuse , mon
Papa-. Il regarda fa Famme , qui était-
trèsétonnée , & lui dit : —N'eft-elle
encore que danfeuse!..... Aimes-tu
cet état, ma chère Enfant ? —Non ,
mon Papa ; je prefererais d'être-occupée
dans la boutique de ma Cousine. (Elle
parlait de moi). —Je vais t'y-condui-
re , ma chère Fille (dit mon Parent) :
viéns , prenons par-ici-. La Mère voulut f'y-opposer : mais Mimi f'étant-at-
tachée à fon Père , elle declara fortement
qu'elle ne le quitterait-pas. L'Homme-
riche , ni la Mère n'osèrent rien-entre-
prendre , fur un mot que leur dit Mimi.
Elle f'échapa-même avec fon Père , qu'elle
força de courir entre les caroffes. Suf-
fifament-éloignée, elle lui dit : —Votre

rencontre est-bién-heureuse ! vous me
sauvez, mon Papa-! Ensuite elle expo-
sa la situacion où elle se-trouvait, &
la resolucion qu'elle avait-prise de s'enfuir un matin, pour venir chés moi,
si sa Mère continuait à la tourmenter.

» Le Père & la Fille arrivèrent ici
à neuf-heures-&-demie. Mon Parent
me-confia sa Fille. Je ne m'en-char-
geai-pas sans-crainte, à-cause de sa profession, & de quelques-jeunes-Elèves de
la bonne Bourgeoisie, qu'on m'a-con-
fiées, non pour en-faire des marchandes,
mais pour connaître les modes à leur
usage, quand elles seront-mariées.
Heureusement, mes craintes ne durèrent-
pas-longtemps ! Je m'aperçus que Mimi avait-encore l'âme aussi-pure, qu'à
l'âge de trois-ans ; avec cette différence,
qu'elle sentait le prix de cette pureté.
Elle fut-apliquée, modeste, silencieuse,
retenue, plûs-que les Autres : j'en-fus-
enchantée, & je lui en-temoignai ma
satisfaccion, aubout de trois-semaines-
d'épreuves. :: O ma chère Cousine &
Maîtresse ! (me-dit-elle), si vous saviez
comme je me-trouve heureuse chés vous,
avec les occupacions honnêtes que j'y-
ai ! vous ne seriez-pas-étonnée du-
tout ! Une Actrice, une Danseuse, ce-
font des Fammes-de-plaisir ; ça n'est-

bon qu'à divertir, à amuser; ça n'a rien
d'util, & j'étais-toute-honteuse d'être
dans cette situacion. Aulieu-que dans
votre état, on fait de l'ouvrage, des
choses neceffaires; on travaille tout-de-
bon, & non-pas au-femblant, comme
fur le theatre : on eft-louée ici d'être-
honnête, reservée avec les Hommes;
loin de me-preffer de les écouter, on
me mepriserait, fi je leur montrais de
la complaisance : & voila ce que je de-
sirais! Hâ! que je me-trouve heureuse
de ne plûs-être-affujetie à des complaisances baffes & rebutantes! J'ai-recou-
vré la dignité de mon exiftance & de mon
fexe!...

» Je vous l'avouerai, monfieur; je
ne pus entendre ce difcours fans répandre
des larmes-de-joie-&-d'attendriffement !
Mimi m'eft-devenue chère, comme une
de mes propres Filles ».

—Vous me la rendez-infiniment-inte-
reffante (repondit l'Homme); permet-
tez-moi, Madame, de vous rendre quelquefois visite. Je fuis-garfon & libre;
ma fortune n'eft-pas-confiderable, mais
elle eft-fuffifante : fi Mimi continue encore quelques-années, je fens qu'elle ferait mon bonheur-.

Cet Honnêtehomme a-continué de
voir la Marchande parente de Mimi : &

temoin par-luimême des fentimens de cette Jeunefille, il n'a-pu-attendre auffi-longtemps qu'il fe-l'était-propofé: Il l'a-époufée. Le Fenomène continue: Mimi eft-tranfportée-de-joie d'être-famme, de fe-voir dans la fituacion des Citoyénnes eftimables: ce qu'elle pouffe fi-loin, qu'elle ne veut aler à auqu'une reprefentacion: Elle affure, que le Theatre l'afflige. Elle a-cependant-vu *Figaro* avec plaifir, & une-autrefois la *Gouvernante* de *Lachauffée...* Elle ne fut-point-fcandalifée de la première de ces deux Pièces; aucontraire, elle la trouva morale (*): mais la feconde lui fit-demander avec un naïf étonnement, fi les Acteurs & les Actrices des *Français* ne reffem-blaient-pas à Ceux & à Celles qu'elle avait-connus?

C'eft ainfi qu'il eft des âmes heureu-fement-nées, qui aiment la vertu naturellement, parcequ'elles ont l'efprit jufte.

(*) Voyez à la fin de ce *Volume*, dans les *Vogues-Contemporaines*, celle de *Figaro*.

Sujet de l'Eftampe

de la *Soixantequatorzième*, ou

Deuxcentsfoixantehuitième Nouvelle.

1, Auguftine jouant dans une pièce, le rôle d'Amoureuse : Le jeune Acteur fon Galant la voulant embraffer :

2, Tandif-que Crisofile, fa rivale, qui danfe à quelques-pas, fait un figne malin, qui annonce qu'elle va le dire.

LXXIV , & D.c.foix.h. Nouvelle.

Les Aĉtrices-Efebiques.

*A*mbigu-comiq n'exprime-pas du-tout
le genre de fpeĉtacle que donna dabord
Audinot. Il formait des Enfans, comme
on avait-deja-fait autrefois à l'Opera-
comiq, où l'on avait-vu la d.ᴵᴵᵉ *Beaumef-*
nard, & àlafois, les d.ᴵᴵᵉˢ *Villette, Lusi,*
Brillant., &c.ª : Mais à l'Opera-comiq,
il falait une reünion de talens, qui tenait
du prodige, la danfe, la musique, le
jeu theatral : Audinot fe-contenta de
former quelques Enfans à rendre paffable-
ment des pièces trèscommunes, & fi-plates
quelquefois, que la naïveté de l'âge des
Aĉteurs pouvait feule les faire excuser.
Auffi les Enfans-élèves d'Audinot, ne
font-ils-pas-propres aux grands Theatres;
ils doivent refter éternellement, par le
manque de talens agreables, dans la ffère-
de-la-mediocrité, où ils ont grandi. Si
ce Direĉteur avait-été l'inventeur de ce
genre, il faudrait le regarder comme un
Homme de genie : rién de mieus-vu que
de faire-jouer l'Enfance; elle-feule devrait-
même être comediénne, à regarder les

+ Depuis célèbre fous le nom d—Belcourt.

choses fous leur veritable accepcion. Les premiers Comediéns durent être des Enfans; l'enfance feule eft-excusable, louable-même, d'avoir le goût de l'imitacion, & d'aimer à representer les accions des Hommes-formés: fous ce point-de-vue, Audinot, reftaurateur du *Theatre-éfebiq*, ou *enfantin,* merite les plûs-grandséloges, & devrait-être-encouragé, nonfeulement par la permiffion de fairejouer des pièces-éfebiques telles qu'il les a-données, mais toutes les pièces des autres theatres; à-condicion, que le plûsâgé de fes Acteurs ne pafferait-pas feizeans accomplis (*). On aurait-pu encore lui imposer une obligacion morale, enl'obligeant à faire-furveiller avec exactitude les mœurs des petites Actrices, avec injonccion de denoncer les Marâtres qui abuseraient de l'innocence de ces jeunes Creatures, & de leur posicion, pour les plonger dans le libertinage. C'eft avec ces precaucions, que le *Theatre-éfebiq* eût-été une invencion utile, & digne de l'encouragement que le Gouvernementfrançais donne à tout ce qui eft louable.

(*) On fit, en-1770, *Sur l'Ambigu-comiq,* quelques *Reflexions*, qui font-peu-connues. Elles fe-trouvent ché la d.e v.e *Duchefne.*

I Actrice-éfebique :
La Fille-mariée-à-neuf-ans.

Une Marchande de petite-mercerie, avait une Fille trèsjolie, d'environ huit-ans. Cette Enfant aimait beaucoup le Fils de la Voisine de sa Mère, jeune-homme alors âgé de vingtdeux-ans. Dès-que la petite *Augustine* était-libre, elle courait auprès de *Mari* (c'est le nom du Jeunehomme dont la mère était-veuve & marchande pelletière): elle se-mettait sur ses genous, & lui fesait des amitiés très-vives. On y-fit peu d'attencion dabord: mais aubout d'un an, c'estadire, quand l'Enfant en-eut neuf-accomplis, la Mère d'Augustine s'étant-brouillée avec sa Voisine, pour une pelisse de mauvais-poil, il lui vint en-idée, que Mari seduisait sa Fille, tout enfant qu'elle était, par des caresses criminelles. En-famme étourdie & bornée, elle guetta l'occasion, pour lui faire une avanie. Ce qui ne tarda-pas à se-presenter. Augustine laissée-libre, courut à son *Mari*, comme elle l'apelait; ils s'enfermèrent, & quand on les apela, ils ne repondirent-pas. La Mère d'Augustine profita d'une aussi-belle-occasion pour faire-retentir la maison de ses cris, & dire contre Mari,

de ces choses, qu'il semble que Persone
ne peut proferer, que les Fammes à tête-
vide & sans éducacion. La Mère du
Jeunehomme accourut des premières,
& apela son Fils, qui ouvrit. Trois ou
quatre Comères se-precipitèrent dans la
chambre, & se-jetèrent sur Augustine,
qui était-fort-tranquile, & sans auqu'un
desordre dans sa parure; elles la ren-
versèrent, la decoïfèrent par ces mouvemens rapides, l'effrayèrent, la mirent
en-larmes, & la presentèrent ainsi au voisinage: —Voyez! voyez! (s'écriaient
ces Comères). La Pelletière voulait interroger son Fils: il leur fut-impossible
de se-parler; cinq-à-six Fammes fesaient
un bruit qui aurait-empêché d'entendre
le tonnère! Enfin, elles sortirent comme
des Furieuses, enmenant la petite Augustine, qu'elles eurent la malice de fra-
per, pour la faire-paraître telle qu'elles
voulaient. Heureusement ces Megères
alèrent au Curé, aulieu-de courir chés
le Comissaire-du-quartier. Le Pasteur
se-fit-écouter: Il interrogea Augustine.
—Monsieur (dit l'aimable Enfant),
j'aime-bién m.r Mari, parcequ'il me-parle
avec douceur, & qu'il ne me donne que
de bons-avis: c'est moi qui vais le trouver, & jamais il ne m'apelle: nous étions
renfermés,

renfermés, parcequ'il me-fesait-repeter
un rôle d'une pièce de l'*Ambigu-comiq*,
intitulée *la Petite-Meûnière*, qu'on doit-
jouer chés une Dame de ses Amies, &
où il veut que je fasse le plûs-beau-
rôle : Je l'aprens depuis huit-jours, &
nous-nous-enfermons pour repeter. —Il
lui a-fait le bec ! (s'écrièrent les Comères (*)). Le Pasteur fit-faire-silence,
& s'assura de la verité. La Mercière,
cependant, soutint qu'il y-avait de la
seduccion ; elle ajouta, qu'il falait que
m.ʳ Mari épousât sa Fille, puisqu'il la
trouvait aussi bonne qu'une grande, ou
qu'elle alait le denoncer. M.ᵐᵉ Mari
effrayée, & peu-sûre de l'innocence de
son Fils, y-consentit. A ce prix, la
Mère d'Augustine promit de se-taire, &
le Pasteur, de-son-côté, offrit de faci-
liter le mariage, à-condicion que les Epous
seraient-ensuite-separés pendant quelques-
années. M.ᵐᵉ Mari consentit à tout ; &
comme il n'y-avait encore rién à dire sur
la Mère d'Augustine, elle s'engaja solen-
nellement à lui laisser sa Fille, en-même-

(*) Cette avanture a-fait du bruit dans le
temps, avec des circonstances fausses ; on en publie
de temps-en-temps de semblables à Paris, qui
ne sont-pas-plûs-fondées.

temps qu'à faire-partir fon Fils pour l'Italie, où il devait-aler biéntôt. Les choses ainfi-convenues, on apela Mari, qui, comblé-de-joie, dit, qu'il cheriffait Auguftine, & que c'était ce qu'il demandait, que de l'époufer. Le Pafteur aplanit les difficultés en-père tendre & éclairé; le mariage fe - fit. Et comme l'innocence des deux Nouveaus-époux était-entière, on n'eut auqu'une peine à leur faire-accepter les lois qu'on leur impofa. Tout ce qu'ils demandèrent, ce-fut de fe-voir fans-temoins, tant qu'ils voudraient. Ce qui leur fut-accordé.

Mari, devenu l'Epoux d'une Enfant qu'il cheriffait, & dont il était-aimé machinalement, ou plutôt par une fimpatie naturelle trèsforte, fe-trouva heureus. Il eft-impoffible d'exprimer le plaifir qu'il trouvait à - tenir des heures entières fa petite Famme fur fes genous, en-lui-fesant les plûs-vives-careffes !.... Il ne pouvait la quitter, & il voulait qu'elle fût auprès de lui durant fon travail, apuyée fur fa chaise par quelqu'endrait; car il falait qu'elle la touchât, ne fût-ce que du piéd, ou de la main. Auguftine travaillait ellemême à l'aigüille, & f'interrompait fouvent, pour donner un baiser... Telles étaient la conduite & les difpoficions des deux jeunes Epous,

Mari, cependant, continuait de faire-
aprendre le rôle de *la petite Metinière* à
Augustine, & cette Famme-enfant le joua
superieurement.   Elle aprit ensuite d'autres rôles, tels que ceux d'amoureuse, dans
le Denicheur-de-Merles, dans l'*Amant-
jalous*, &c.ᵃ qu'elle rendit avec une verité
frapante.   Ce-fut durant ces amusemens,
qu'arriva l'instant du depart de Mari pour
l'Italie : car il était-peintre.   Il ne quitta-
pas sa petite Famme sans-regret, & leurs
adieus furent-aussi-touchans, que si Augustine avait-été-absolument-formée,
pour le corps, l'esprit & le cœur.

Dès la première-semaine de l'absence
de son Mari, la douce Augustine tom-
ba dans une melancolie tendre, mais
inquiétante ; elle pleurait toujours.   Sa
Mère & sa Bellemère employèrent tous
les moyéns de la dissiper : rién n'y-fe-
sait :   Enfin, l'ayant-menée à l'*Ambigü-
comiq*, Augustine s'y-amusa, au-point
qu'elle demanda instanment à y-retour-
ner le lendemain.   Elle prit un tel goût
pour ce spectacle, qu'elle ne parlait d'autre-chose : elle retombait dans sa melancolie, dès-qu'on se-refusait à l'y-mener :
elle repetait les rôles des petites Actrices, & les rendait-mieus qu'elles.   Sa
Mère parlait du goût de sa Fille à tout

O ij

le monde. Une de fes Comères lui dit,
—Pardi, faites-l'y-jouer! ça ne nuira-
pas à fon établiſſément, puiſqu'elle eſt-
mariée, & vous aurez aumoins cent-
louis par-an: vous ne les gâgnez-pas,
à votre petit comerce, avec bién de la
peine-! La Mère d'Auguſtine, qui n'a-
vait-pas une âme fort-relevée, goûta ce
plan. Elle fit la propoſicion à ſa Fille,
qui ne la reçut qu'avec tranſport; Auguſtine n'en-ſentait-pas les inconveniens.
Mais comme m.ᵐᵉ Mari la mère aurait-pu
ſ'oppoſer à ce plan, la Mercière eut-ſoin
de ſe-brouiller avec elle: Libre alors, &
ſans ſurveillante, elle preſenta ſa Fille au
Directeur, ſans lui parler du mariage:
Elle fit-ſentir à Auguſtine l'importance du
ſecret. Lorſqu'elle la vit acceptée, elle
changea de demeure, & ala ſe-loger dans
la rue *Saintonge,* à un troiſième étage.
Depuis ce moment, la Mère de Mari
n'entendit-plus parler de ſa Bru: Elle
ne ſe-doutait-pas du parti ſingulier qu'a-
vait-pris la Mère d'Auguſtine; elle lui
ſupoſait des projets plûs-criminels encore,
& ce-fut ſur ce ton qu'elle en-écrivit à ſon
Fils, après un temps aſſés-conſiderable.

Auguſtine reçue, changea de nom,
& joua les rôles de ſon emploi avec
un ſuccès decidé. Elle était-connue de
peu de monde; les Comères de la Mer-

cière n'alaient-pas au fpectacle, & m.me
Mari n'y-avait-accompagné fa petite Bru
que par-complaifance: la jeune Actrice
refta ignorée. Dans ce nouvel état, fon
innocence fut-attaquée de toutes les manières: mais dans ces établiffemens nouveaus, où les Objets ne font-pas-nom-
breus, les avantures deviéndraient des
perfonalités. Il eft incertain fi elle refifta, ou fi elle fuccomba: il faut craire
le premier. Six-années f'écoulèrent, &
Auguftine en-avait-quinze, lorfque fon
Epous arriva d'Italie.

Il avait-regretté fa petite Famme après
la Lettre qu'il avait-reçue de fa Mère, à
laquelle il avait-recommandé de faire des
recherches. Mais la Dame, irritée de
l'oubli d'Auguftine, honteufe, dailleurs,
d'une telle Bru, n'en-avait-fait aucune.
Elle dit cependant à fon Fils, que la Petiteperfone était-perdue. Le Fils & la Mère
fe-confultèrent: on leur dit que le mariage était-caffable; mais que peutêtre
la Petite était-morte, & qu'il falait la
chercher. Les demarches pour y-par-
venir ayant-été-inutiles, on proceda,
fans-contradicteurs, à la caffacion, en-
tel état que fuffent les chofes.

On travaillait à obtenir un arrêt, lorfqu'un foir Mari, qui fe-diftinguait dans

fon art, ala-voir, avec cinq-à-fix de fes
Amis, une pièce nouvelle au *Theatre-éfe-*
biq. —Nous alons-avoir une Actrice
charmante (lui dit l'Un d'entr'eux): Elle
eft deja grande, quoique trèsjeune, &
faite au-tour; tu aimes les jolies-tâilles,
tu en-feras-amoureus-. La toile fe-lè-
ve, & la pièce commence. Mari ne
reconnut-pas fa Famme : mais il éprou-
vait des mouvemens rapides & trèsvifs.
La pièce finie, Celui qui lui avait-annoncé
la jolie *** (on ne peut écrire ici le nom
qu'elle a-porté fur le theatre), lui demanda, S'il était-content ? —Centfois
plûf-que tu ne faurais le craire; je fuis-
enchanté! Il faut que je lui parle ?
—Parbleu! (dit Un-autre), il n'y-a qu'à
lui proposer à fouper ? Je connais fa
Mère; je m'en-charge, & j'y-vais pendant l'entr'acte-. Il y-a-la effectivement.
Il revint à-l'inftant où la feconde pièce
alait-commencer. Mari avait-eu des re-
minifcences durant la première-pièce :
Auguftine, fous le nom de ***, jouait
encore dans la feconde : Elle avait une
autre coîfure, un-autre habit, qui la
raprochait davantage de ce qu'elle avait-
été autrefois : A-force de l'examiner,
Mari la reconnut enfin. Il rougit, il
pâlit; il fut-obligé de fortit. —Où vas-
tu? (lui dit l'Ambaffadeur auprès de la

Mère): nous ne pouvons l'avoir ce-
soir ; sa Mère m'a-dit qu'elle avait le
D· de-**-. Ces mots redoublèrent le
trouble de Mari, qui sortit, sous-pre-
texte d'une legère indisposicion.

Libre, il reflechit. Mais l'amour ne
lui permit-pas de deliberer longtemps:
Il demanda m.me ***, & on l'introdui-
sit auprès d'elle. En-voyant cette Famme, qui n'était-pas-changée comme sa
Fille, il ne douta-plûs. Pour elle, fen-
tant vivement ses torts, elle feignit de
le meconnaître. Mari ne doutait-pas
qu'Auguftine n'en-fît autant ; & dans fon
indignacion, il alait f'emporter, quand
le rôle de la Jeuneperfone étant-fini, elle
revint auprès de fa Mère. Elle remit fon
Epous, au premier-coupdœil : elle l'aimait autant qu'autrefois ; le reconnaître,
pouffer un cri, fe-jeter dans fes bras, lui
donner mille baisers, en l'apelant, Mon
chèr Mari, ce-fut l'affaire d'un inftant.
La Mère était-confondue. —Votre rôle
eft-fini (lui dit fon Epous). —Oui,
mon Ami. —Sortons ? —Sortons-
(dit-elle avec vivacité). Le D· arriva.
—Que vois-je ? —C'eft mon Mari,
monfieur. —Hâ ! cela eft-refpectable !
alez ! alez enfemble-. La Mère les fuivit. Mari revint fur fes pas, prier le D·

de garder le secret, afin-de ne-pas le deshonorer. —Soyez-en-sûr ! tout ce qui est convenable, a des droits sur ma raison-.

De-retour chés Auguftine, son Mari, après quelques-inftans-de-converfacion, s'apercevant qu'il était-toujours-également-aimé, n'hesita-pas à reprendre sa Famme, qui lui facrifia tous ses amusemens, & qui lui offrit de vivre trèsretirée : —En-te-voyant (lui dit-elle), je vois tout ce qui me-plaît ; en-possedant ton cœur, j'ai le seul bién qui me-tente : Pardonne-moi des écarts involontaires : Hé ! pouvais-je-resister à ma Mère !... Pardonnons-lui, cependant ; je souffrirais trop, si nous l'abandonnions : mais je te jure, qu'elle n'aura-plus sur ma conduite la moindre-influence-. Mari pardonna ; il remit sa Famme sous la conduite de sa Mère, à lui, dans laquelle Auguftine a une entière-confiance ; le secret a-été-gardé sur son mariage, deforte-qu'on a-toujours-ignoré à l'Ambigü-comiq, quelle fut l'Actriçe dont Auguftine portait le nom fuposé. Mais depuis quelque-temps, m.^{me} Mari la mère étant-morte, son Fils a-regardé comme indifferent qu'on sût une histoire qui ne peut faire-tort à sa Jeune-épouse, dont la conduite est excellente. Puisse-t-elle y-perseverer !

II Actrice - éfebique :
La Fille-suposée-de-condicion.

Une Famme, dont la Fille danfait au Theatre-des-Enfans, *couchait-en-joue* le cœur & la bourfe d'un Richard-celibataire fon voisin : La petite *Crisofile* était-trèsjolie, & la fpeculacion paraiffait bonne. La Convoiteuse ignorait que m.ʳ *De-Marguillans* était-devot, & que la manière d'attaquer fon cœur, n'était-pas la manière commune. Crisofile n'avait-jamais-eu d'Amant ; elle avait de l'efprit pour fon âge, qui était-environ douze-ans, & fa Mère l'avait-rendue intereffée : Inftruite de fes projets, Crisofile les fecondait de fon mieus. Tous-les-jours on paffait devant le balcon de m.ʳ De-Marguillans, & f'il y-était, on le regardait d'un air grâcieus. On en-fut-enfin-remarquée. Mais le Richard ne fit-pas une feule demarche. La Mère de Crisofile tâcha de fe-faufiler dans la maifon : Elle parvint jufqu'à un Vieus Domeftiq, qui avait toute la confiance de fon Maître : Ils firent-connaiffance, & lorfque *la-Perrinet* fe-crut bién dans fon efprit, elle fit-entendre à *Feutrein*, combién il ferait-avantageus pour lui de donner à fon Maître une Fille dont

O ᵥ

la Mère lui était-devouée. Le vieus Domeſtiq était un hipocrite trèsintereſſé : Il
parut dabord ſurpris de la proposicion :
mais ſur les explicacions qui lui furent-
données, il commença de prêter une
oreille-favorable. Il ignorait encore,
ou feignait d'ignorer, que Criſofile fût
actrice. Lorſque m.me Perrinet eut-lâ-
ché ce mot, pour lui faire-entendre
qu'elle était dans une poſicion qui rendait ſa conduite excuſable (comme ſi le
vice était un appendice neceſſaire du
Theatre), le Caffard lui repondit :
—Juſte-ciel! que me-dites-vous-là! Je
ne crairái jamais que m.lle votre Fille ſoit
une Baladine! c'eſt une Demoiſelle qui
m'a-toujours-paru de condicion, ainſi qu'à
mon Maître! ſi vous lui lâchiez cette
impoſture, il ne vous regarderait qu'avec
horreur, & Mademoiſelle qu'avec pitié...
Je-ne-me-prêterais-pas dailleurs à un
mauvais-comerce; cela eſt contre mes
principes, bién-connus dans tout le *fau-
bourg-du-Temple :* mais ſ'il ſ'agiſſait
d'un mariage honnête, entre mon Maître, & une Demoiſelle-de-condicion,
comme Mademoiſelle, je verrais à m'en-
mêler. Et dabord, j'inſinuerais douce-
ment à mon Maître, qu'il vit ſeul; qu'une
agreable compagnie, comme par-exemple, de Madame & de Mademoiſelle;

qui ont de la piété, lui conviéndrait fort! Madame & Mademoiselle auraient la bonté de se-trouver à l'église où il va, & d'y-paraître trèsédifiantes, quoiqu'avec cette parure. On verrait ensuite. Ce n'est qu'avec ces precaucions, & de cette manière, que je pourrais faire-faire la connaissance de Monsieur à Madame & à Mademoiselle. La Perrinet, qui n'était-pas une sote, quoiqu'elle eût le cœur mauvais, comprit parfaitement ce que Feutrein voulait lui faire-entendre. —On ne vous oublierait-pas, monsieur Feutrein (lui dit-elle). —Je ne voudrais d'autre recompense que vousmême : Madame est-veuve, j'espère ? —Monsieur je suis-fille ! & vous-ne-vous-êtes-peutêtre-pas-fort-trompé, en-disant que ma Fille est de condicion. —Je vous l'assure, madame... Cependant, vous avez-passé pour mariée ? —Hô! pendant huit-ans. —Cela suffit; vous êtes veuve. —Sansdoute; & je sens que je dois l'être. —C'est cela... vous le serez... de... Aidez-moi, je vous prie ? —Mais, de m.ʳ... le Chevalier-de... dé-***; je l'ai-justement-connu dans ce temps-là. —Et... il vous a-connue ? —Oui, oui, nous fumes trèsliés. —Il est à-present?... —Mafoi, je n'en-sais-rién. —Il me-sem-

ble qu'il eſt-mort? —Hé! ſousdoute,
puiſque j'en-ſuis-veuve! —Bon!....
J'ai-toujours-aimé les Fammes-de-theatre... Je voulais-dire, de condicion...
vous y-tenez par votre Fille; &....
cela me-fait-plaisir... Quand j'aurai-
tout-preparé, à-l'inſtant du ſuccés, j'aurai votre main; nous-nous-marierons ſecrettement; outre que vous me-plaisez,
je ſerai-flaté d'être le Beaupère de mon
Maître: ſon Humilité n'en-ſera-point-
bleſſée; il ſait que nous ſommes tous
frères, quoique dans la pratique, il l'ou-
blie ſouventesfois! Je veus contribuer
à ſon ſalut, en-mortifiant le fond de-vanité
que le peché a-mis en-nous: car dans
tout ce que je fais, madame ***, j'ai des
vues droites & pures comme ce criſtal.
—Je le crais, monſieur Feutrein (repondit la-Perrinet, qui dès ce moment
ſe-proposait de duper le Valet caffard).
—Je vous dirai, madame, quand il fau-
dra-abſolument-quiter le theatre. —Oui,
monſieur Feutrein: mais vous ſentez, qu'il
faut que ça ſoit ſûr? —Laiſſez-vous
conduire à mes bonnes-intencións.

En-effet, dès le même-jour, Feutrein
fit-remarquer à ſon Maître m.lle De-***
(Crisofile); lorſqu'elle paſſa devant les
fenêtres. Mr. De-Marguillans était-fort-
borné: il était-devot, parceque feuë

ſa Mère l'avait-été, qu'elle le menait aux
églises, & qu'elle feſait certaines œuvres-
de-charité : Il continuait. L'éloignement
des occaſions ; l'ignorance des moyéns
avaient-tenu ſes paſſions dans le calme,
juſqu'à trenteſept-ans, qu'il avait alors:
mais un rién pouvait les exciter.   Ce-
fut ce qui arriva.   Feutrein, après avoir-
fair remarquer m.lle-&-m.me De-***, parla d'elles, vanta leur piété, les charmes de la Demoiſelle; loua-fort feu m.r
le Chevalier-de-*** ſon père, & le ſoir,
fit-dire aux deux Dames, de ſe trouver
le lendemain à telle égliſe.   Lorſque
m.r De-Marguillans voulut-partir pour
ſes devocions, Feutrein lui dit : —Monfieur veut-il être-édifié ?   —Oui, je
n'en-ſerais-pas-fâché !   Je me-trouve depuis quèlque-temps d'une tiédeur !.........
—Si Monſieur y-conſent, je le condui-
rai à l'égliſe des *Filles-du-Calvaire*, où
il ſera-édifié, par la piété des deux Dames
que je lui fis-remarquer hièr.   —Hâ !
volontiers !   Je les avais-priſes pour des
Coquettes !   —Point-du-tout, monſieur !
ſongez-donc, la Fille de m.r le Chevalier-
de-*** ! il faut un ton convenable à la
naiſſance !...   Etpuis, ne voit-on-pas aujourdhui les plûs-honnêteſfammes miſes
préciſement comme les Catins d'autrefois ? C'eſt l'uſage, & les Fammes ſont-

obligées de s'y-conformer, sans-quoi on
les regarderait: & se-faire-regarder,
pour une Famme-honnête, fût-ce par
une modestie affectée, équivaut à l'inde-
cence. —Je me-suis-toujours-aperçu
que tu avais du raisonnement! cela m'é-
tonne, dans un Homme de ton espèce!
—Hé! monsieur! ne sommes-nous-pas
tous descendus d'Adam! —Il est-vrai
que la religion nous oblige à le craire... cependant... mais je le crais. —Il le faut,
sous-peine d'être-danné, monsieur. —Je
le crais! je le crais, & je soumets ma raison orgueilleuse... Partons: vous me-
suivrez, Feutrein, afin-que ces Dames
prénnent de moi une idée convenable.
—Je vais-mettre ma livrée, monsieur...?
—Non... oui... oui... Ce n'est-pas que
j'aie de la vanité; mais il n'est-pas decent
que vous soyiez en-veste à l'église-.

Le Maître & le Valet partirent; Feutrein se-tenant si-près de son Maître, dont
il portait le Livre, qu'il lui marchait sur
les talons: ce qui fit que m.ʳ De-Marguillans lui dit: —Pas si près! —Monsieur! c'est pour qu'on ne doute-pas que
je suis à vous. —Hâ! je ne dis-plus-
rién-. Ils entrèrent ainsi.

La-Perrinet & sa Fille étaient-arrivées:
elles étaient en-petit-deshabiller-coquet.
Feutrein fit-placer son Maître derrière

elles, precisement en-perspective de la
taille élegante de Crisofile, qui se-retour-
na. Elle fit un air trèsgrâcieus à m.ᵣ
De-Marguillans, & se-remit aussitôt à
lire : Pour la Mère, elle était-presque
prosternée, & poussait quelques-soupirs.
Elle avait une idée de deuil dans son
ajustement ; ce qui le rendait plûs noble.
En-sortant, m.ᵣ De-Marguillans salua
les Dames, qui, l'ayant-remarqué, le lui
rendirent modestement. Le riche Céli-
bataire s'en-retourna enchanté : Il parla
le premier des Dames à son Valet, &
surtout de Crisofile : Feutrein lui dit :
—Hâ ! monsieur ! que voila une belle occasion de vous rendre heureus, en-fesant
votre salut ! —Vous avez-raison, Feutrein ! —Deux Dames si-pieuses !
—Il est-vrai ! c'est une édificacion.
—Une Demoiselle si-jolie ! —Cela
n'est-pas le mieus ! mais enfin... —Enfin, monsieur, elle ne s'enlaidira-pas !
—Non ; ce serait un péché. —Il faut
vous-lier peu-à-peu, en-les-prevenant
par quelques-politesses à l'église ! —Tu
as-raison ! mon chèr Feutrein : tes conseils sont-excellens. —Hâ ! monsieur !
si vous saviez combién je vous aime !...
c'estadire, respectueusement. —Vous
avez-raison, Feutrein ; c'est votre devoir,
comme il est-dit dans l'*épitre à Onezime-*

Le lendemain, m.ʳ De-Marguillans presenta l'eaubenite aux Dames, qui lui firent une jolie-reverence. Le furlendemain, elles fortirent avec lui: il fesait-beau; ils revinrent enfemble, fuivis de Feutrein, qui marchait fur les talons de fon Maître, fans que Celui-ci le trouvât-mauvais: on fit un tour fur le *Boulevard;* m.ʳ De-Marguillans fut-enchanté de la converfacion édifiante des deux Dames. Le jour fuivant, Feutrein lui fit-entendre, qu'il ferait-à-propos qu'il invitât fes deux Voifines à-dîner. Le Maître trouva l'idée excellente! Il envoya Feutrein porter le billet d'invitacion; à l'églife, il falua comme anciénne Connaiffance; enfortant, il prefenta la main, parla de fon invitacion, & propofa, en-attendant, de prendre l'air du côté de la *Haute-borne.* On y-confentit, parcequ'heureufement il n'y-avait-pas de repeticion ce-jour-là. Crifofile fut-charmante à cette promenade, par fes petites-mignardifes, que les Devots connaiffent peu dans les Fammes, mais dont ils font-plûs-friands que d'Autres. Le Celibataire était-ravi. On revint. A-table, Feutrein, qui menait fon Maître comme il voulait, parla, tout-en-fervant, de ne faire qu'unefeule maifon avec ces Dames, qui occuperaient une aîle du logis, ache-

vée depuis - peu, & qui commençait à
être habitable. M.me De-*** (Perrinet),
se-recria sur cette intimité trop-forte,
avec une Fille comme la siénne. M.r
De - Marguillans, à quî son Domestiq,
apuyé sur sa chaise, poussa l'épaule,
repondit, Qu'il ne tiéndrait-pas à lui,
que cette intimité ne fût-sanctifiée par
le mariage... A ce mot, la fausse Veuve
baissa les ïeus, laissa-couler deux larmes,
& regardant sa Fille : —Sois plûs-heu-
reuse que ta Mère, ma chère Enfant
(lui dit-elle, en-la-baisant au front):
j'ai-secrettement-épousé un jeune Gentilhomme, *faraud*, libertin: qu'en-est-il-
resulté? qu'il m'a-abandonnée; que sa
Famille a-fait-casser le mariage, & que
je n'ai-plus, de tout ce qui fit mon bonheur, que mon titre d'Epouse, qui est-
legitime devant Dieu, & toi, ma chère
Fille-! M.r De-Marguillans fut-attendri
de ce discours : Feutrein apuya fortement; il esperait, en-épousant la-Perrinet,
être-maître dans la maison (& veritablement il avait des droits). La Mère de
Crisofile, voyant tout si-bién-disposé,
ajouta d'un ton patetiq. —Servez à cette
chère Enfant de Père & d'Epous! Elle
n'aura que vous au monde! car, que lui
ai-je-donné? la vie... Peutêtre-même
son Père ne l'a-t-il-pas-fait-batiser sous son

nom ?... Il faut-laiſſer cela dans l'obſcu-
rité- (dit Feutrein)... Le charme agiſſait puiſſanment ſur le cœur encore neuf
de m.ˡ De-Marguillans, qui ſe-trouva-
circonſcrit par deux Fripons, & une petite Seductrice trop-aimable, pour qu'il
lui reſiſtât. On prepara tout pour le mariage. La Perrinet fit-quitter le theatre
à ſa Fille, mais ſous le pretexte d'aler-
jouer en-province; Criſofile fit ſes adieus
à ſes Compagnes; & pour ne rién laiſſer
au-hasard, cette Famme adraite, qui
voyait à quel point le Celibataire était-
épris, resolut de ne lui pas-cacher la profeſſion de ſa Fille, ſon but étant d'empêcher, qu'il ne ſ'expoſât à être-inſtruit
par d'Autres : Elle attendit cependant
la veille du mariage.

Mais d'un-autre-côté, la Mère de Criſofile était-preſſée par Feutrein de l'é-
pouser : elle crut eſquiver le coup, en-
ne-fesant-pas la cruelle. Elle ſe-trompait : c'était le mariage, mais ſecret,
que voulait le vieus Domeſtiq. Parvenu
à la veille de celui de ſon Maître, il me-
naça de détruire ſon ouvrage, ſi ſon *bonheur* ne precedait-pas d'un jour, ou d'une
heure aumoins celui de m.ˡ De-Marguillans. En-ce-même-moment, la-Perrinet
venait d'inſtruire m.ˡ De-Marguillans de
tout ce qu'avait-été ſa Fille, & il n'en-

avait-paru que plûs-ardent à conclure:
elle crut-pouvoir-braver Feutrein. Elle
lui declara, qu'elle ne voulait-pas fe-marier. —En-ce-cas, mon Maître ne fe-
mariera-pas davantage. —Soit (repondit fraidement la-Perrinet). Mais quel
fut fon étonnement, aubout de deux
heures, de recevoir un Billet, de la main
de m.ᵉ De-Marguillans, par lequel il lui
annonçait, qu'il venait de changer de
réfolucion, parceque fa Fille avait-été-
baladine. Ce mot infultant montra,
combién Feutrein devait-l'avoir-maîtrisé.
Elle courut chés le Futur: il était-abfent.
Elle-fut-obligée de fe-jeter aux genous
de Feutrein, qui ne fe-laiffa-toucher
qu'avec peine. Il la renvoya cependant.
Une heure après, il vint pour la conduire
à l'église; elle y-ala; ils fe-marièrent; il
la remit chés elle, & aubout d'une heure
de tranfes & d'inquiétudes, où il la laiffa
exprès, elle reçut un Billet trèstendre,
de la part de m.ᵉ De-Marguillans, par
lequel il fe-plaignait de ce que fon Ange
& fa Mère paraiffaient l'abandonner. La
Perrinet & fa Fille accoururent. Le
Celibataire ne leur dit-pas un mot des
deux Billets: mais il reçut les Dames
avec tranfport. Le lendemain, dès le
matin, le mariage fe-fit.

Au-retour à la maison, la-Perrinet ou

la-Feutrein, dit au vieus Domestiq:
—Expliquez-mói ce qui s'est-passé hièr?
—Jamais je n'explique mes finesses: vous
êtes ma famme: cela était-juste: car
je suis le veritable Père de m.ʳ De-Mar-
·guillans. Que cela vous suffise: Un
vieus Routier tel que moi, en-sait-plûs-
long que cent Fammelettes: ainsi, ne
cherchez jamais à me-jouer; vous en-
seriez la dupe-.

Persone n'a-jamais-su cette avanture:
Persone n'a-pu-donner l'explicacion
de ce que Feutrein viént de dire: J'i-
gnore la source des Memoires que je suis,
& que je deguise en-les-employant.

J'ai-eu un troisième Canevas d'Actrice-
éfebique ; il m'avait-été-communiqué
par le Heros de l'Avanture. ⸫ Un Homme encore jeune, devint-amoureus d'une
Actrice de l'*Ambigu-comiq*: cet Homme était sansdoute un Etourdi; car avec
dixhuitmille-livres d'argent-comptant, &
peu de ressources, il s'imagina, qu'il
pouvait-faire-quitter le theatre à une petite Actrice, qui avait une *Mère* (on sait
la valeur de ce mot). Il prit chés lui la
Fille & la *Mère*, & laissa, plein-de-con-
fiance, la cléf du coffrefort. Il sortait
pour ses affaires, & comptant sur son arran-

gement criminel & precaire, comme fur
un honnête mariage, il ne crayait-pas
qu'une Fille qu'il aimait, dont il fe-
crayait-aimé, pût ne pas-regarder fa fortune, comme un objet facré, qu'elle de-
vait-conferver.   Mais m.ᴵ* devait-favoir,
que les avantages *exclufifs* d'une union legitime, ont-été les premiers-motifs de l'inf-
titucion du mariage...   La petite Actrice
prit à-la-lettre, ce qu'il lui avait-dit plu-
fieurs-fois, que tout ce qu'il poffedait
était à elle.   Le fixième-jour, où m.ᴵ* était
dans une fecurité profonde; *Chouchou*
demenagea, ainfi que fa digne *Mère*,
emportant les dixhuitmille livres, & tout
ce qui lui convint dans le menage.   Elle
n'avait-demandé à fon Directeur, qu'un
congé trèscourt; elle reparut au theatre.
Cependant m.ʳ* furpris, defefperé, la
cherchait partout.   Il ne fedoutait-même-
pas qu'elle ne fe-cachât-point du-tout!   Il
aprit aubout de quinze-jours, qu'elle
jouait comme à-l'ordinaire.   Il voulut
la voir, lui faire des reproches.   Un
nouveau Tenant, qui avait du credit, lui
fit-fignifier d'éviter le fcandal.   En-effet,
m.ʳ* ne pouvait-decenment-avouer, qu'il
eût-eu chés lui une *Fille* de l'*Ambigu-
comiq*.

    Profitez encore de cette leçon, Hom-
mes faibles !

Sujet de l'Eſtampe

de la *Soixantequinzième*, ou

Deuxcentsſoixanteneuvième Nouvelle.

1 Actrice du Fumambul : Aimée jouant dans *la Corne-de-verité*, avec un Vieillard, qu'elle veut tromper, mais auquel elle dit tout ce qu'elle penſe : Il la traite avec mepris.

2 Actrice : Nemorine jouant dans *l'Elève-de-la-nature*, à-l'inſtant où le Jeunehomme abandonné l'aperçoit.

3, Annette dans une pantomime, où Arlequin l'emporte : Caſſandre les pourſuit le bâton-levé, tandiſ-que Paillaſſe, qui marche ſur ſes pas, lui donne des coups-de-piéd :

» Haye! haye »!

LXXV, ou D.c.ſ.neu.ᵐᵉ Nouvelle.
Les Aĉtrices des pièces du Funambul.

Il eſt à Paris un Theatre uniq dans le
Royaume, qui raſſemble tous les mau-
vais-genres-de-ſpeĉtacle de l'Univers,
depuis la Chine, le Japon, les Indes, l'A-
merique-même, juſqu'à Londres: on y-
voit des comedies-farces, comme on
en-donnait en-France, il y-a centcin-
quante ans; des tours-de-force, & des
danſes-de-corde, comme dans les Indes,
en-Eſpagne, en-Italie, &c.ᵃ, des pantomimes, qui reſſemblent aux ſpeĉtacles
bisarres des Nacions ſauvages: On y-
voit même une ou deux pièces du bon-
genre, afin-qu'il y-ait de tout: car *l'A-
mant-borgne-&-boîteus*, & *la Corne-de-
verité*, pourraient, avec quelques-chan-
gemens, faire-honneur au Theatre *Ita-
lofrançais*. *Nicolet*, direĉteur-proprié-
taire de ce Theatre, manque de goût;
mais il eſt-riche: on voit chés lui un
monſtrueus amas de choses qui éton-
nent; c'eſt un caos, que l'eſprit ne peut
debrouiller, & qui n'eſt-propre qu'à divertir cette eſpèce de Speĉtateurs, qui
ne voit que machinalement, & qui ne

comprend rién. *Audinot*, aucontraire,
eft plein de goût : mais contrarié dans fes
vues par des causes exterieures, gêné par
le genre de fon fpectacle, il ne peut-for-
tir du cercle-de-la-frivolité. Cependant
il lute contre fon Voisin, avec le goût
feul ; tandif-que *Nicolet* tâche de l'accâ-
bler fous le fatras de fes *danfes-de-cor-
de*, des *tours-de-forces*, de la *corde-lâche*,
à laquelle un Homme fe-fufpend par un orteil ; de fes *pièces faugrenues* ; de fon
Singe fur le fil-d'archal, de fon *Tam-
bour-de-bafque*, de fes *Forces-d'Hercule*,
de fa *Tourneuse*, de fon *Equilibreur*, de
fon *Petit-diable*, de fes *pantomimes-à-ma-
chines*, où l'on voit des combats, des
mers, des incendies, des châteaux, des
montagnes, des precipices, des Sorciérs,
des Enchanteurs, les Enfers, des naufra-
ges, des ballets degigandés (car une feule
representacion donne tout-cela, outre
trois *Comedies*). Mais tel eft l'empire
du goût, même fur la Populace, que le
Funambul n'eft-jamais-parvenu à faire-
deserter le *Theatre-éfebiq*. Ce n'eft-pas
que *Nicolet* ne foit trèseftimable, de donner à la Capitale, avec des depenfes con-
fiderables, un fpectacle propre à une
certaine clâffe-de-Citoyéns : on lui doit
de la reconnaiffance, & le Gouverne-
ment

ment lui donne proteccion : on ne peut-
même-trop lui reprocher son manque-de-
goût : s'il joignait cet avantage à tous
les autres, il aurait-fait-deserter l'*Opera*,
& peutêtre le *Theatre-nacional*; on au-
rait-été-forcé, pour ne-pas aneantir nos
chéfdœuvres, d'interdire son spectacle,
ou de les-lui-laisser-representer : Ainsi
tout est bién, comme disait le Docteur
Panglofs : Quand nous voudrons du
goût, du vrai beau, nous irons à l'*Opera*, tel qu'il est aujourdhui : quand nous
voudrons nourrir l'esprit & le cœur,
nous irons au *Theatre-nacional* (pourvu
qu'on n'y-donne-pas *le Roi-de-Cocagne*);
quand nous voudrons du joli, du superfi-
ciel, nous irons au *Theatre-ariette* (pourvu qu'on n'y-donne-pas des Drames);
Quand nous voudrons du vide *newto-
nién*; nous irons chés *Audinot*; quand
nous voudrons nous replonger dans le
caos des anciénnes farces, nous irons chés
Nicolet.

I Actrice : *La Manie-du-theatre.*

On jouait un soir chés le *Funambul*,
une pièce sous ce titre, *La Manie-du-
theatre* : L'Actrice chargée du principal
rôle était-aimable, & mit tant de chaleur
dans son jeu, qu'un Spectateur dit à son

Voisin: —Il faut qu'elle joue d'après
nature? —Votre conjecture est-juste
(repondit Celui-ci); je vous dirai cela
dans l'entr'acte-. Dès-que la pièce fut-
achevée, il reprit la parole:

»—Cette Famme est-assés-jolie; elle
est fille d'un Horloger: la manie des
Comedies-bourgeoises perd bién des
Fammes & des Filles! Celle-ci, tant
qu'elle fut fous les ïeus de fes Parens,
n'eut-pas la liberté de fe-livrer à cet amusement dangereus: mais elle en-brûlait-
d'envie. Elle avait pour Compagne une
jeune Voisine, à quî fes Parens permettaient de jouer, & qui fesait à fon Amie
des tableaus raviffans de la mauffade Comedie-bourgeoise. On demanda en-mariage la brune *Aimée.* Elle ne f'occu-
pa-guère fi le Parti lui convenait, pour
la figure, pour le caractère, ou même
pour l'état; elle ne vit qu'une chose, c'est
qu'une-fois-mariée, elle ferait tout ce
qu'elle voudrait. Durefte, elle f'embar-
raffait auffi-peu de l'Homme, que f'il
avait-dû en-épouser Une-autre. Les Parens étaient-trèscontens, & vantaient partout le bon-caractère de leur Fille, qui fesait leur volonté, fans la moindre-replique:
Le Futur n'était-pas-moins-flaté: c'était
un Homme veuf: fort-laid, dont l'haleine

trèsimpure, avait (dit-on) donné la mort
à une première Famme; raison qui fe-
sait-conftanment-refuser m.ᵣ Bardet de
toutes Celles qu'il osait-rechercher. Il
eft-vrai qu'Aimée ignorait ce defaut de
fon Pretendu; fa legèreté naturelle, fon
empreffement pour le mariage lui-fesait-
voir tout en-beau. Enfin, elle devint-
famme.

» Dès le premier-jour, elle fit-part à
fon Mari de fon plan-de-liberté: Bardet
avait de la fortune; il ne vit, dans les
projets de fa Famme, qu'un moyén facil
de f'en-faire-aimer, & de l'étourdir fur fes
imperfeccions naturelles: il lui protefta
qu'elle ferait-parfaitement-libre de fuivre
fes goûts. Avec cette affurance, Aimée
fe-coucha dans l'ivreffe. Quelques-jours
f'écoulèrent: l'occasion fe-presenta d'aler
à une Comedie-bourgeoise dès la feconde-
femaine: fon Mari l'y-accompagna. Depuis ce moment, elle ne rêva que le rôle
qui lui avait-plu; elle fe-mourait-d'envie
de le jouer. Bardet y-confentit, quoiqu'avec peine. Sa Famme en-avertit
l'Amie qui lui avait-donné le goût de
l'actricifme (*): Elles fe-concertèrent; le
rôle leur fut-cedé: Bardet luimême fe-

(*) Mot deja-hasardé dans *la-Mimografe*
il fignifie, *l'art de jouer fur la fcène.*

prêta volontiers à faire-faire à sa Famme
l'habit le plûs-galant pour le jouer: Elle
étudia son rôle; elle ala chés un Maître-
de-declamacion, m.^d - Clinquaillier du
Quai-de-la-Ferraille, qui l'a-formée de
deux manières: Elle joua superieurement; la salle retentit de battemens-de-
mains non-mandiés: son Mari fut-enchanté! Il souffrit qu'elle jouât tant qu'elle
voudrait. Elle vit les Acteurs, quelques
Actrices, filles entretenues, qui-lui insi-
nuèrent leurs principes; tous les Come-
diens-bourgeois de quelque-merite qui
jouèrent avec elle, l'eurent à leur tour:
Elle devint-insolente avec son Mari, autant par le degoût qu'on lui donnait pour
un *punais*, que par l'orgueil de son pretendu talent: Elle le bravait, ne cachant-
pas-autrement ses complaisances pour les
Acteurs, qu'elle traitait avec la plûs-gran-
de-familiarité; elle leur prêta-même de l'argent. Le Mari lui fit dabord des representacions. Elle lui repondit par des injures;
elle lui fit les reproches les plûs-humilians,
& malheureusement, les mieus-merités.
Bardet fut-audesespoir. Mais enfin, il
se-plaignit aux Parens de sa Famme, qui
vinrent en-corps chés Celle-ci; c'estadire,
le Père, la Mère, un Frère & deux
Sœurs-aînées. Aimée fut-atterrée par
cette demarche; elle ceda, & promit

tout ce qu'on voulut. Mais dès le lendemain, ayant-consulté ses bonnes Amies
de theatre, on lui fit-envisager la demarche sage de son Mari, comme un
crime-de-lèze-liberté; on lui cita la Famme de *George-Dandin*, qui plûs-adraite,
dans une pareille occurrence, avait-fait-
theatralement-retomber toute la honte
sur son Mari. Ce fut cet exemple surtout,
pris au theatre, qui fit-impression sur m.me
Bardet : Elle promit du courage, &
elle en-eut. Car dès le lendemain, elle
s'habilla, sans-même en-prevenir son
Mari, & malgré ses defenses, quand il
la vit-sortir, elle se-jeta dans un fiacre,
escortée de trois Acteurs, & ala-jouer
le même rôle de Famme de *George-Dan-*
din, qui fut-d'autant-plûs-aplaudi, que
Bardet avait-suivi sa Famme. Au-retour, il y-eut une grande querelle entre
les Epous ! Le lendemain, la Famille
fut-avertie : Elle vint comme la première-fois. Mais Aimée, qui repondit
moderement à son Père & à sa Mère,
s'en-dedomagea, quand elle parla, soit
à son Frère, soit à ses Sœurs : Elle les
traita trèsmal; Celui-là de sot, d'imbe-
cil, qui prenait le parti d'un Tiran contre
sa propre Sœur; Celles-ci de Begueules,
de jalouses de ses talens : Elle perora,

en-difant: —Mon Père & ma Mère
font les maîtres de venir ici tant qu'ils
le voudront; je les refpecte; mais pour
vous, mon fot Frère, & vous, mes im-
beciles de Sœurs, fi vous y-venez feules,
je fais comme je vous recevrai-. La
Mère indignée, lui donna un foufflet.
—Frapez! (lui dit Aimée), puifque vous
êtes ma Mère: ce n'eft-pourtant-pas pour
me-maltraiter, que la nature vous a-donné des entrâilles-. La Mère fulmina.
Aimée ne lui repondit rién: ce qui fit que
le Père declara fevèrement à fa Fille, qu'il
foutiéndrait un Mari outragé, dans tout
ce qu'il ferait. On f'en-ala: & moins
d'une heure après, Aimée fe-difpofa pour
partir. —Où alez-vous, ma Famme?
—A une repeticion, monfieur le Tiran:
& prenez-garde à ce que vous alez-faire!
j'ai des Amis, & nous verrons-! Le Mari
lui declara, qu'elle n'irait-plus au theatre
pour y-jouer. —J'aimerais-mieus-mou-
rir, que de ceffer de jouer (lui repondit-elle): c'eft ma vie, mon exiftance;
j'y-facrifierai tout. —Vous ne jouerez-
plus. —Je jouerai, dès aujourdhui:
car je me-fuis-arrangée à paraître fur deux
theatres, afin-de jouer plûs-fouvent.
—Vous ne jouerez-plus-. M.me Bardet
repouffa fon Mari, & voulut-fortir. Indigné, Bardet la prit par le milieu du

corps, & la reporta dans sa chambre :
Elle l'égratigna, & le blessa à un œil.
La paciance échapa enfin à ce Mari bra-
vé : il donna un soufflet. Aimée, furieuse, se-jeta sur lui. Mais elle ne fut-
pas la plûs-forte : Bardet, hors de luimême, la rossa si-fort & si-longtemps,
qu'elle resta sur le plancher. Il en-eut
des regrets ; il la fit-mettre-au-lit. Mais
elle était-si-furieuse, qu'elle voulait-se-
traîner dans la rue telle qu'elle était, pour
se-montrer au Publiq (disait-elle). Il
falut-aler-chercher les Parens. Le Père
& la Mère, parfaitement-instruits, même par l'aveu de leur Fille, donnèrent-
raison à leur Gendre, & s'engajèrent de-
nouveau à le soutenir. Ce-fut-alors
qu'Aimée sortit des bornes ; elle *blaf-*
fêma ses Parens, qui lui repondirent :
—Ce dernier trait, prouve combién est-
dangereus ce theatre, dont vous nous
avez quelquefois si-fort-vanté les maximes : Alez, nous ne vous maudissons-
pas ; mais nous seconderons votre Mari,
pour vous mettre à la raison. Ces paroles eurent quelque-pouvoir sur cette Fre-
netique ; elle rougit d'ellemême, & se-tut.
  Elle se retablit en-quinze-jours ; & le
premier usage qu'elle fit de sa santé, fut
de declarer, qu'elle voulait jouer ou mou-

rir. Son Mari marqua la plûs-grande-
fermeté. Aimée pleura, ſe-desola pendant plusieurs-jours. Enfin, elle parut
tranquile. Mais elle meditait un coup-
d'éclat. Elle fit-avertir ſous-main les Acteurs des deux Theatres-bourgeois: ils
lui amenèrent une voiture, à un jour fixé:
le Mari fut-demandé, ſous un faus-pretex-
te: A-peine fut-il-ſorti, qu'Aimée ſe-
jeta dans la voiture, & partit. Elle laiſſait
un Billet ouvert, où elle marquait à
quel theatre elle alait-jouer. Le Mari
ſ'étant-aperçu beaucoup-plutôt qu'on
ne l'avait-compté, qu'il était-dupe, revint
ſur ſes pas : il trouva le Billet, & courut
chercher ſa Famme. Mais n'ayant-pas-
trouvé de voiture, il n'arriva qu'après la
pièce commencée: m.me Bardet était ſur
le theatre, & trop-bién-environnée, pour
en-être-tirée de force. Il ala chés ſes
Parens: Tous ſe-reünirent, & ſe-rendi-
rent au Theatre-bourgeois. Ils entrèrent ſans-difficulté, en-demandant m.me
Bardet; l'ordre était-donné de ne pas-
leur refuser la porte. On donnait *le
Père-de-Famille:* Aimée feſait *Sofie:*
A-l'inſtant où l'Exempt arrive ſur la ſcène, la Famille d'Aimée y-parut: Le Père
était-muni d'un ordre, depuis quelque-
temps. Il le montra au Garde-du-Guet,
& le requit d'empêcher qu'on ne le trou-

blât. Il saisit sa Fille, la tira de la scène,
la fit-enlever par son Gendre & par son
Fils, & porter dans un carrosse, qui les
conduisit à la maison-paternelle : là, le
Père dit à sa Fille: —Puisque vous ne
respectez ni les liéns-du-sang, ni les lois-
civiles, voici un ordre, en-vertu duquel
on va vous renfermer-. Aimée fut-effrayée de cette menace, prête à se-rea-
liser. Elle se-soumit en-aparence, & ses
Parens, ainsi-que son Mari, lui pardon-
nèrent. Elle s'en-retourna-donc avec
ce Dernier. Elle se-coucha tranquile-
ment, mais dans un lit separé.

» Le lendemain, les rideaus étant-fer-
més, son Mari la laissa reposer. Il sortit
un moment sur les dix-heures. A son
retour, il demanda sa Famme. Il ne
la trouva-plus. Elle s'était-évadée, d'a-
près un arrangement pris la veille. Elle
partit pour la province, où elle ala-jouer.
jusqu'à la mort de ses Parens. Elle est
revenue ici, où ne se-trouvant capable,
malgré son grand-talent pretendu, que
de jouer chés le Funambul, elle s'est-
confondue avec les Baladines qui amusent l'Oisiveté ».

Vous alez à-present en-voir Une-autre, dans la pièce qui commence-.

II Actrice : *La Faiblesse-reparée.*

»—La Jolie-Actrice que vous venez de
voir dans la pièce qui finit, eft-reellement-
eftimable : Elle a-fait-fenfacion, comme
vous favez, puifqu'elle a-donné la vogue
à une de nos modes, quoiqu'elle n'en-
foit - pas l'inventrice.

» Je ne vous entretiéndrai-pas-encore
de fon origine : A quatorze-ans, la
petite *Nemorine* devait-être - trèsjolie :
mais vive, legère, fans-defirs, elle ne
fongeait qu'aux amufemens prolongés de
l'enfance. Un Seducteur blâfé, fut-excité par fa naïveté-même : il employa
tant de moyéns, qu'il reüffit... Nemorine, entraînée de circonftances-en-cir-
conftances, fe-trouva enfin, aubout de
deux-ans, c'eftadire, à feize ou dixfept,
actrice fur ce theatre. Elle y-jouait avec-
fuccès : Depuis que fon Seducteur l'avait-
quittée, elle avait-repris fon innocence ;
mais plûs-éclairée qu'auparavant, elle ti-
rait cet avantage de fa première-faibleffe,
que le deplaifir qu'elle-en-reffentait, la
preservait d'une féconde. Contente de
fes apointemens, elle ne f'occupait que
de fes rôles, & dans l'interval de lectures inftructives, qui lui formaffent le

cœur & l'esprit. Une telle conduite de-
vait-produire un effet-oposé à celui qu'-
elle en-attendait : Nemorine voulait-res-
ter tranquile, ignorée : mais sa reserve,
trop-peu-ordinaire sur les petits Theatres,
la fit-aucontraire remarquer, & donna
pour elle la plûs-grande-estime à un Homme d'un rang & d'un merite distingué,
qui la fit-demander. Nemorine crayant
que c'était un Amant qui se presentait,
se-defendit d'entrer dans auqu'un pour-
parler. Cette reponse la fit-soupçoner
d'avoir quelqu'intrigue : m.ʳ *Dupré-de-
Malbonne* resolut d'aprofondir les secrets
de cette Fille interessante : il lui parla
luimême, & lui fit des offres trèsavanta-
geuses. Nemorine se-defendit honnê-
tement. M.ʳ De-Malbonne revint à la-
charge; & parut si-pressant, qu'enfin
la jeune Actrice lui fit sa confidence, à-
peuprès en-ces termes :

»——Je suis-fille d'un Architecte : mon
Père mourut, que je n'avais que deux-ans :
ans : ma Mère en-fut-d'autant-plûs-affli-
gée, qu'il ne fesait que de comencer à se-
rendre celèbre : notre fortune était-très-
mediocre, & ma Mère toujours-malade,
ayant beaucoup de chagrin. Un Homme-riche de notre voisinage parut s'in-

teresser à nous; il venait-voir-frequenment
ma Mère, & gâgna sa confiance. Je le
considerais beaucoup par cettte raison, &
il me-fesait-mille-petites-caresses: il se-
plaisait surtout à me-faire-expliquer les
sentimens qu'il m'inspirait; il me-tenait
alors sur ses genous, & me fesait des ma-
lices, que je lui rendais. Ma Mère me
repetait souvent, que c'était mon second
père. Elle consentit qu'il me-menât seule
aux spectacles des *Boulevards*, qui n'é-
taient qu'à deux-pas; & j'y-prenais beaucoup de plaisir: jusques-là, qu'au-retour, je repetais des rôles entiers à ma
Mère: on me donna un Maître-de-danse
& un de-musique, qui était notte Pre-
mier-violon. Enfin, ma Mère, fort-
bonne-famme, mourut de chagrin de la
mort de son Mari. Mon prétendu Père
me-fit alors beaucoup d'offres-de-servi-
ces, & prit-soin de moi.... Que vous
dirai-je? il abusa si-bién de ma confiance, & de ma situacion, qu'il... Je
n'étais-pas-assés-ignorante, pour ne pas-
voir que j'étais-abusée. Je me-mis fort-
en-colère; je lui dis des injures; il s'enfuit.. Mais le lendemain, il revint, &
me trouva dans les larmes. Il me-fit des
offres, me-representant, que j'étais sans
aucu'une ressource. Je lui repondis, que
je n'en-voulais-point de sa part. Voyant

que je ne l'écoutais-pas, il m'envoya
mon Maître-de-musique. —Monfieur
(dis-je à cet Homme); je ne veus rién
recevoir du Faus-ami de ma Mère, qui
m'a-fait une infulte: mais comme je
n'ai-pas de fortune, à ce qu'on me-
dit, parléz à votre Directeur pour moi;
je fais-deja des rôles, & je crais que je
jouerai trèsbién fur le theatre, fi l'on
veut m'y-recevoir; outre que je danferai
auffi-bién que d'Autres, parmi les Figu-
rantes-. Mon Maître aplaudit à ma pro-
poficion. Il me-conduisit à la Famme du
Directeur, qui m'accepta. Je jouai dans
la huitaine, un petit rôle. Je fus-mife aux
apointemens de douzecents-livres: quinze-jours après, à ceux de dixhuit: quinze-
autres jours après, à cent-louis. Je reftai
deux mois à ce taus; & mon jeu plaifant
de-plûs-en-plûs, on me-paya fur le piéd
de millé-écus. J'en-ai deux-mille aujourdhui: ainfi, mon ambicion eft entière-
ment-fatisfaite. Le Directeur eft riche,
il paie-bién; je fuis-amie de fa Famme:
qu'ai-je à defirer?...

Ma conduite fur le theatre a-été telle
que je me l'étais-propofé, en cherchant à
me-procurer une fortune independante:
J'ai-fui tous les Hommes: Celui qui m'a-
trompée, avait les plûs-belles-aparences;

ils valent fans-doute tous beaucoup-moins
que lui. Je me-punirai de ma faibleffe
(car il ne-me-fit-pas-violence), en-écartant de moi jufqu'aux douceurs d'un
amour legitime, qu'on trouve que j'exprime affés-bién fur la fcène. Mais ce
que j'exprime encore-mieus, c'eft l'horreur que me-font les Trompeurs ».

» M.ᵣ De-Malbonne aplaudit aux fentimens de Nemorine: mais il lui declara, que l'eftime qu'il avait pour elle ne
lui permettait-pas d'abandonner l'efperançe de toucher fon cœur : Il lui dit,
qu'il falait abfolument qu'elle habitât une
maifon qu'il avait-fait-meubler, & dans
laquelle rién ne la contraindrait. Nemorine f'en-defendait: mais enfin, elle
entrevit, qu'elle n'était-prefque-pas la
maîtreffe de refufer. Elle obeït, & quitta
le theatre.

» Les premières-femaines, m.ᵣ De-
Malbonne f'y-montra rarement : mais
enfin, fes vifites devinrent journalières:
il fe-delâffait de fes occupacions auprès de
Nemorine : il jouait avec elle, & f'amufait de fa naïve innocence, qui, éclairée
par une chute unique, lui fefait-exprimer fes craintes, à la plûs-legère entreprife, avec une alacrité très-divertiffante.
Nemorine ne donnait-pas la moindre

prise sur elle; mais sa defense était-fran-
che & sans-finesse. Elle disait tout-bon-
nement: —Vous voulez ceci, pour
avoir autre-chose ensuite, & je n'y-
consentirai-jamais-. Cette defense n'est-
pas à imiter; car elle produirait tout le
contraire de ce qu'une Jeunefille en-atten-
drait: mais elle était-sûre d'ellemême,
quand elle disait, *Je ne voudrai jamais
cela.* Elle ne le voulait effectivement-
pas, & l'on n'obtenait rién. L'année
s'écoula, sans que Nemorine eût-eu la
moindre faiblesse.

» Un-matin, m.ʳ De-Malbonne entra
chés elle. —Je vois (lui dit-il), que
tous mes efforts, pour gâgner votre cœur,
sont-inutils; vous me-detestez; je vais-
cesser de vous voir! —Vous detester!
(lui repondit-elle modestement): il faudrait pour cela que j'eusse une vilaine âme;
& je crais que vous ne m'en-suposez-pas
une pareille? —Non: mais je vous soup-
çonne d'avoir-un Amant-aimé. —Il est-
vrai (repondit Nemorine): mais il n'a-
pas mon estime. —Comment? je
crayais-rire? Vous avez un Amant ai-
mé, qui n'a-pas votre estime? —Oui,
monfieur: c'est le même Homme qui
abusa de mon innocence: Je le meprise
mais je sens que je serais-heureuse, si, me
raportant un cœur sincère & tendre, il

m'offrait d'unir mon fort au fién.
—O! Nemorine! vous lui avez-accordé
ce que je crayais qu'il vous avait-ravi!
—Je n'ai-pas-accordé fcienment: jamais
je n'aurais-confenti à pareille chose: mais
j'ai-accordé. Jamais auqu'un Homme
n'en-obtiéndra autant; j'aimerais-mieus-
mourir. Quant à vous, monfieur, je
vous honore infiniment; je vous eftime
comme le plûs-honnêtehomme du monde: mais j'ai une grâce à vous demander: rendez-moi à ma profeffion: je
l'aime: j'y-veus être-fage, & je ne ferai-
pas la première; on voit des Modèls à
citer, même fnr les grands Theatres:
J'ose-efperer davantage de vous; c'eft
d'employer, non votre pouvoir, mais
cette douce perfuasion, effet de votre
bonté penetrante, à faire-entendre-rai-
son au feul Homme à qûi je puiffe me-
donner. S'il fe-rend, & qu'il m'époufe,
je vous benirai éternellement; ma faibleffe fera-reparée, & je ne verrai-plus-
fur ma conduite la tache qu'y-a-laiffée ma
chute? —Nemorine! (repondit m.ʳ
De-Malbonne), tout ce que j'ai-fait pour
vous gâgner, n'a-été qu'un effai: je
vous eftime, ma Fille, & je vous ren-
drai toujours un temoignage honorable:
Retournez à votre Theatre; je fouhaite
que vous y-reftiez, pour ennoblir par

vos charmes, & par votre jeu noble,
un des Spectacles-du-Peuple ; pour l'honorer par votre vertu: Songez que cet
emploi est-plus-grand que bien-d'autres!..
Quant à votre Amant, si je puis le ra-
mener, & qu'il soit-digne de vous, je
vous le ramènerai. Mais vous resterez
sur votre Theatre; c'est la condicion que
je mettrai à son bonheur, s'il en-est-di-
gne. Je le repète; Honorez un des
Spectacles-du-Peuple: s'il était en-mon
pouvoir, le Peuple n'aurait que des pièces
instructives & amusantes; que des Acteurs, & surtout des Actrices estimables
comme vous. J'ai-même un projet que
je me-propose de donner, depuis que je
vous ai-vue-jouer dans *les Girandoles :*
ce rôle ne vous-va-pas ; il contraste avec
votre honnêteté connue. Voici mon
projet: On interdirait aux spectacles-
du-Peuple, toutes les pièces libres, qui
font un jeu du vol, de l'escroquerie, de
la filouterie: on y-substituerait des pièces
morales, mais amusantes, & peu-compli-
quées, qui representeraient differentes
bonnes-accions: On y-verrait tantôt
une belle accion d'un Domestiq ardent
& zelé pour son Maître: Tantôt un
Batelier amoureus, qui, causant avec
sa Maîtresse, s'élance dans l'eau, pour

fauver un Homme qui fe noie : Tantôt un Tâilleur honnêtehomme, qui remet fcrupuleusement ce que d'Autres volent : on representerait l'interieur de fa maison ; on entendrait fes difcours ; on verrait fa probité, accompagnée de la regularité des mœurs, & de l'éloignement de la debaûche : Tandif-qu'on en-verrait Un-autre, qui aurait les defauts ordinaires, fe-ruiner, fe-perdre, parcequ'il aurait-compté, pour fe divertir, fur des gains illicites : on animerait tout-cela par une petite intrigue amoureuse. On enferait autant pour tous les états. Aulieu-de representer un Savetier ivrogne de mauvais-exemple, qui ne fait qu'encourager l'ivrognerie, on mettrait fur la fcène un honnête Cordonnier, un Boulanger, un Ferblantier, un Epicier, un Chapelier, un Mercier, un Ouvrier-compagnon, laborieus, fidèl ; en-oposicion à un Libertin, à un Ivrogne : on rendrait l'Ouvrier rangé, rival du Debaûché, auprès d'une petite Ouvrière honnête : tantôt Celle-ci aurait-preferé le Libertin ; tantôt le Laborieus : Dans le premier cas, l'Acteur qui ferait la clôture de la pièce, dirait aux Spectateurs, en-fesant la dernière reverence : —Dimanche, Mesfieurs, vous verrez dans une autre pièce, quel fera le fuccès du mariage imprudent que viént de faire m.^{lle} *Javote* la couturière, &c.^a.

» Je proposerais, pour la recepcion de ces pièces, deux Examinateurs: Le Premier ferait un Homme-de-l'art; il n'aurait d'autre emploi, que d'examiner fi la pièce eft theatrale: Le Second, ferait un Cenfeur ordinaire: fon emploi ferait d'examiner, fi la pièce eft dans les bonnes-mœurs; c'eftadire, fi lés fcelerateffes y-font-presentées de façon à enéloigner le Peuple; fi les tableaus de la vertu font-attendriffans: Chaqu'un de ces deux Examinateurs indiquerait à l'Auteur de la pièce les changemens à faire, ou l'aprouveraient, chaqu'un pour leur partie. Alors elle ferait-jouée, fans être-foumise à l'infpeccion des grands Theatres. Je n'ignore pas que des pièces du genre que je propose, n'attireraient-pas la belle Compagnie! Mais n'a-t-elle-pas les grands Theatres? Pourquoi ira-t-elle remplir les places deftinées au Peuple? C'eft une double injuftice envers le Peuple, & envers les grands Comediéns, qui meritent de la reconnaiffance de la part de Ceux qu'ils amusent; l'amusement, pour certaines Perfones, eft le premier des biénfaits.

»—Je crais, monſieur (repondit Nemorine), que vous avez-raison! & il
me-ſemble que j'aurais-bién du plaisir à
ne plus jouer que dans les pièces comme
celles dont vous parlez-.

·»Nemorine retourna le même-jour à
ſon ſpectacle, où elle a-brillé plûſque jamais. On aſſure que m.ʳ De-Malbonne
lui a-rendu ſon Amant, & qu'elle va devenir ſon épouse; mais ſecrettement, &
ſans-quitter un Theatre, où elle eſt-utile à
l'Etat... Il eſt-impoſſible que la vertu
ne produise-pas un effet digne d'elle!

III. *Les Effets d'une* 1.*re Faibleſſe.*

Deux Auteurs étaient un-ſoir au *Theatre-éfebiq :* deux jeunes Danſeuses y-fe-
saient-aſſaut-de-talent; on les aplaudit
également toutesdeux: mais l'Un des
deux Auteurs paraiſſait ne goûter que
Celle qui venait de danſer un *tambourin.*
Son Confrère, homme futil, ſoutenait
aucontraire, que l'autre Danſeuse avait
plûs de rapidité dans les mouvemens.
—Hé! qu'eſt-ce-que la rapidité, ſans la
volupté (repondit l'Auteur de bonſens):
Voyez comme la jolie *Amnette* ſ'enlève
& retombe avec molleſſe: aulieu-que

Permanette sa Compagne, a des mouvemens secs & sans liaison-.

Les talens d'Amnette furent cependant
longtemps enfouis ; & voici à quelle
occasion.

Le Directeur avait-paru , dans toutes
les occasions, marquer des preferences
pour Amnette : Le jour qu'elle avait-
dansé le tambourin, en-passant devant-
lui sur le *Boulevard*, après le spectacle,
elle le salua, & il y-repondit , par un bai-
ser-d'amitié sur le front. Mais quelque-
temps après, il parut se-refroidir : Amnette vit accueillir sa Rivale, & elle en-
fut-jalouse. Elle n'ignorait-pas que le
Funambul enviait tous les Bons-sujets de
l'*Efebiq* ; dans un mouvement-de-depit,
elle dit à sa Mère, de parler au *Funambul.* Cette Famme n'y-manqua-pas ; &
les proposicions du Directeur furent si-
avantageuses, que la Mère sollicita vivement sa Fille de les accepter. Mais la
Petite avait-toujours-entendu si-fort-mé-
priser le Funambul, qu'elle était dans un
étrange embarras ! Elle ne pouvait-con-
sentir à-renoncer, par-interêt, aux leçons
d'un Maître qu'elle aimait, d'un goût épu-
ré, pour aler s'ensevelir dans un caos;
se-mêler, se-confondre avec des Sauteurs,
des Danseurs-de-corde-Equilibreurs ,

qui font plûs-mauvaise-compagnie que les
Corps-de-garde! Elle pleura; elle refusa-
net. Mais fa Mère avait-accepté les avantages offerts par le Funambul: Elle favait que fa Fille avait un goût enfantin,
pour un des Jeunes-acteurs fes Camarades, trèsjoli-garfon: Elle en – parla au
Funambul, qui ne demanda-pas-mieus
que de faire à ce petit Acteur des condicions feduifantes. Alors la Mère, qui
f'était-toujours–oposée aux visites du
jeune *Heell*, permit à fa Fille de le recevoir. Les deux Enfans fe-virent en-li-
berté; ils étaient-charmés l'un de l'autre;
la corrupcion qui règne fur les petits-
Theatres les avait-rendus precoces, ils
furent-..... furpris par la Mère d'Amnette.
Cette Famme, aulieu-de faire du brüit,
fe-borna dans cet inftant à quelques-re-
proches moderés, qu'elle fit au jeune
Heell: enfuite, elle le careffa, l'apela
fon Fils, & l'ayant-pris en-particulier,
elle lui confia, que fa Fille alait-entrer
chés le Funambul, avec des apointemens trèshonnêtes; mais qu'elle n'en-
était-pas-encore-prevenue: elle lui proposa de f'engajer dans le même fpectacle.
Heell, ivre d'amour, y-confentit. La
Mère d'Amnette le mena furlechamp au
Funambul, & l'engajement fut fsigné.

On se-promit reciproquement le secret,
afin-que le jeune Acteur pût se-degajer;
ce qu'il fit-aisement, parcequ'il començait
à être trop-grand pour le *Theatre éfebiq*.
Dès qu'Amnette sut que son Amant était
au Funambul, elle n'eut plus de repugnan-
ce pour entrer à ce Spectacle: aucontraire,
elle parut trèsempressée. Elle y-parut
au-renouvellement de l'année-dramati-
que; ce qui surprit tout le monde: elle
y-fut première-danseuse, & y-joua les
rôles d'Amoureuse dans les pantomimes.

Mais elle eut-lieu de s'en-repentir! son
talent n'étant-plus-soutenu par l'émulacion,
éclairé par le goût exquis du Directeur-
éfebiq, ce talent precieus devint en-peu de
temps trivial, & n'eut plus rién de saillant.
Tout le monde dit qu'elle se-negligeait:
ce n'était-pas-cela; c'est qu'elle n'avait-
plus l'âme de son ancién Directeur, pour
animer la siénne: La Petite fesait tout
ce qu'elle pouvait: mais elle manquait-
d'âme; elle avait-quitté son Guide trop-tôt.

Heell se-crayait trèsamoureus d'Amnette, quand elle était au *Theatre-éfebiq*; il ne l'était que de son talent-distin-
gué: dès-qu'elle parut dechoir, il de-
vint-glacé: il fut-coquet, volage; Amnette s'en-plaignit; ils se-querelèrent, &
finirent par se-haïr. Le Funambul & la

Mère d'Amnette craignirent alors qu'elle
ne se-degoûtât, & que malgré eux, elle
ne retournât à Celui qui pouvait-seul
nourrir son talent : Ils l'amorcèrent par des
preferences ; ils la tentèrent par l'interêt,
& parvinrent à lui faire-illusion : elle
resta dans la Tourbe des Funambuls.
Mais pour l'y-fixer plûs-sûrement, il falait
de l'adresse. On lui trouva un Amant ;
c'était un Richard apelé m.ʳ *Massif.* Il
était-grossier, brutal, imperieus, épais...
& cependant, lorsqu'il abordait Amnette,
il s'humanisait ; il souriait ; sa rude figure, de brutale, devenait nigaudement-
gaie : Il ne fut-pas-aimé ; mais il paya ;
il procura de la consideracion dans les
Bandes-foraines par ses presens, & Amnette, sûre de règner par lui, prit son
martire en - paciance. Mais combién
n'eut-elle-pas de *deboires!* (pour employer
son expression). —Voila (disait - elle
souvent), les effets d'une première faute
essencielle ! car je ne parle-pas de ma jalousie contre Permanette ; mais de ma
faiblesse pour ce fat d'Heell, que j'au-
rais-bién-dû-penetrer.

Cependant, Amnette était-aplaudie
sur le Theatre du Funambul : elle n'a-
vait-pas-entièrement - oublié les excel-
lentes-leçons de son ancién Directeur :
elle

elle alait quelquefois furtivement à ses repeticions, où elle le priait de la fouffrir, &
elle en-profitait de fon mieus : mais
comme ce n'étaient-pas des leçons directes, il falait qu'elle en-fît l'aplicacion à
des rôles, où fouvent elles étaient-inapli-
quables; les pantomimes du Funambul
étant toutes, fans-excepcion, deftituées de
bon-fens, de liaifon, & même de comiq:
ce-font des alées & des venues non-moti-
vées; des Vieillards imbecils, qui agiffent
comme on ne fe-conduit nulle-part; un
Valet-Paillaffe, qui fait-rire la Stupidité,
par la farce la plûs-groffière, & neanmoins
dangereufe, en-ce qu'elle jette un ridicul fur les Maîtres, fur les Pères; ridicul dont les effets font trèsfenfibles fur
la Populace-de-Paris, & même fur celle
des Villes-de-province, dont prefque-
tous les Artifans font quelque-fejour à
Paris. Annette, par fa figure aimable,
par le goût provoquant de fa parure, &
même par fon jeu, donnait quelque-digni-
té à ces farces miserables; on aimait à la
voir, à-caufe de fa legèreté; de la manière
voluptueufe dont elle fe-fesait-quelquefois-
enlever, &c.ª Mais elle perdait de-
plûs-en-plûs, & f'aviliffait d'autant. Elle
voulut-faire des rôles de Soubrettes dans
les pièces-*parlées* : Elle y-fut-mediocre :

cette Famme était-faite pour la danfe, &
c'eft dans cet art feul que fes *moyéns* lui
permettaient d'exceller.

Ce-fut à cette époque, qu'un Danfeur
italién devint-amoureus d'elle, & lui propofa de f'affocier avec lui, par un ma-
riage-de-confcience. Amnette lui fit-
entendre, qu'elle accepterait un vrai-
mariage; mais qu'elle fe-refuferait à une
liaifon, telle qu'il la propofait. L'Italién éclata-de-rire: —Je ne veus-pas
me-marier; mais fi cette envie me-pre-
nait, je-me-connais, il me-faudrait oune
Fille innocente, à laquelle ma jaloufie-
natourelle n'aurait-rién à-reprocher: vous
avez-eu Heell; vous avez-apartenou à m.r
Maffif: Quel rôle fait oun Mari, quand
il fe trouve visavis d'oun Homme qui a-
particoularifé fa Famme avant-loui, comme vous avez-été-*particoularifée* par ces
Meffieurs? Aulieu-qu'en-me-prenant
pour votre amant, nous fommes-égaus;
j'ai-plou à mon tour; j'ai-même l'air de leur
avoir-damé le pion-. Amnette ne put-
f'empêcher de trouver ces raifons bonnes.
—Hâ! (dit-elle), qu'une première faute
a des fuites humiliantes-! Elle infifta
cependant encore. —Ma Belle (lui dit
l'Italién), il y-a-quelque-temps que me-
trouvant dans oune maifon, il y-vint oune

trèsjolie-Blonde: on me demanda, si, à
l'âge de seize-ans, avant d'avoir-rién-vou,
je n'aurais-pas-adoré cette Joliefille?
—Ç'aurait-été oun grand-malheur oun
jour, & pour elle & pour moi! (re-
pondis-je), si j'avais-vou Mademoiselle à
cet âge! —Pourquoi-donc-cela! —Mademoiselle est-trèsjolie, parconsequent
coquette; je l'aurais-aimée; elle m'au-
rait-aimé; trois-femaines après elle
m'aurait-trahi; j'aurais-poignardé mon
Rival, elle ensouite, & peutêtre moimême... Vous voyez si je souis-jalous!...
Je vous renouvèle ma proposicion, mais
qu'il ne soit-pas entre-nous question de mariage: ounissons nos talens & nos interêts:
soyons amans-.... Amnette refusa.

Elle est-rentrée dans la suite à son premier Theatre: Elle a-cru n'avoir-fait
qu'un long & penible songe: Elle y-a-
repris une partie de son ancién talent. Ses
succès l'ont-encouragée; elle a-voulu-ten-
ter la fortune chés les Etrangers: elle a-
passé la mèr. Quelqu'argent rapidement-
gâgné a-couronné sa tentative; mais qu'est-
ce-que-cela, au prix du talent-uniq qu'elle
aurait-eu, si du Theatre-éfebiq, elle
avait-passé à celui de l'Opera: sa pre-
mière-faute l'a-perdue, aumoins pour la
gloire, si ce n'est pour la fortune!

Sujet de l'Estampe

de la *Soixanteseizième*, ou *Deuxcentssoixantedixième Nouvelle.*

1 La Danseuse-de-corde : Funette s'élevant sur la corde-tendue, un drapeau à la main.

2 La Baladine : Elise sur le fil-de-fer, jouant du violon.

On voit au balcon un Homme qui la regarde; Elle periclite, & Paillasse lui tend les bras :

Au-haut du centre, on voit un Voltigeur suspendu par un orteil à la corde-lâche.

LXVI, & D.c.soi.dix.me Nouvelle.
La Danseuse-de-corde,
& la Baladine.

Nous ne quittons-pas-encore le Theatre du *Funambul*: mais ce n'est-plus sous le même Directeur: les deux historiettes qui vont-composer cette *Nouvelle* ont pour Heroïnes deux Actrices de *Restier*.

La danse-de-corde, est l'*art-baladoire* proprement-dit: confondre cet exercice avec l'art-du-theatre, tel qu'il est-exercé aux *Français*, à l'*Opera*, aux *Italiéns*, serait-faire-pis, que de mettre sur la même ligne le Blanchisseur-de-plafonds, & les plûs-celèbres Peintres: la danse-de-corde, est ce qu'on apelait à Rome, *difficiles nugæ* (niaiseries difficiles): cependant, cet exercice amuse: il pourrait-même être-tourné à l'utilité, si, dans tous les ports-de-mèr, on fesait-marcher & danser sur la corde les Enfans destinés à être Mousses, puis Matelots: cet exercice, & ses tours-de-force, seraient-peut-être necessaires à Ceux qu'on destine aux voyages de longs-cours, dans lesquels, comme les Compagnons de *Coock*, ils doivent se-trouver-exposés à se-battre

Q iij

avec les Sauvages, ou à les étonner. Cependant, on ne peut disconvenir, que l'usage de cet art, considéré comme exercice gimnastiq, ne soit très-peu-étendu.

I, La Danseuse-de-corde: *La Fille-volée*.

Un de ces Malheureus, qui font des tours dans les rues, apeuprès dans le genre de ceux qu'on voit chés le *Funambul*, s'aperçut unjour, qu'une petite Fille trèsjolie, & proprement-arrangée, le regardait operer avec une grande attencion. Il voulut-faire avec elle quelques-lazzis; ensuite, il lui demanda, Si elle aimerait son metier? —Mondieu non! mais j'ai une petite Sœur de deuxans, qui depuis qu'elle vous a-vu, semet en-rond, comme ce petit Garson, & nous demande, qu'on la mette ainsi sur la tête-. Le Feseur-de-tours, remarqua où alait la petite Fille, & de retour chés lui, en-causant avec sa Famme, il lui raconta ce que la petite Demoiselle lui avait-dit. La Famme d'un Equilibreur-des-rues, n'est-pas-communement une Persone fort-distinguée: Celle-ci avait-été Fille-publique. Elle forma le dessein de s'emparer de la petite Fille de deux-ans, & d'en-faire son gâgne-pain: son Mari, en-quittant Paris, devait-aler

à Bruffelles; la Mechante f'arrangea là-
deffus: elle guetta la maison; vit la petite
Fille, & la veille de fon depart, au-foir,
f'ayant-trouvée feule un-inftant fur la
porte, elle f'en-empara. L'Equilibreuse
empêcha l'Enfant de crier par quelques-
bonbons; fortit le foir-même de la Ville,
& ala-coucher à *Saintdenis*, où elle attendit l'Equilibreur. Il la joignit le lendemain. Elle ne lui confia-pas fon fecret; elle lui dit, que c'était la Fille
d'une Voisine, qui avait-beaucoup d'Enfans, & qui, preffée par fes inftances,
lui en-avait-donné Une. L'Equilibreur
ala de Ville-en-Ville, fesant des tours:
la Petitefille fe-mettait en-rond, & il la
posait fur fa tête; ce qui plaisait beaucoup à l'Enfant. Dans les intervals, la
Famme alait-quêter par la Ville, avec
la petite *Funette* (c'eft le nom qu'on lui
donna), dont elle fe-disait la mère, & la
gentilleffe de cette Enfant lui procurait
une recette prefqu'auffi-avantageuse que
lorfque fon Mari fesait des tours. Ces
deux Vagabonds parcoururent ainfi toute
la *Flandre*, & ne quittèrent les *Pays-bas*,
que lorfque Funette eut environ quinze-
ans. L'innocence naturelle dans le pays
où elle vivait, preserva la fiénne: mais
elle était dans de cruelles mains! La
Q iv

Famme de l'Equilibreur la confiderait comme une propriété, dont elle pouvait-difposer, pour en-tirer tout le profit poffible. A-mesure que Funette grandiffait, qu'elle embelliffait, fes Tirans la traitaient plûs-durement, dans la vue de la forcer à leur obeïr dans tout ce qu'ils lui commanderaient. Ils lui firent-aprendre à danfer fur la corde; l'Equilibreur, fans être-habil, y-fautait unpeu: il tendait une corde dans fa demeure, & la petite Funette y-courait, y-danfait; la moindre faute qu'elle fefait dans cet exercice était-punie par des coups: ce-fut ce qui la rendit trèshabile. La grâce feulement lui manquait. L'Equilibreur & fa Famme entendirent-parler d'une Troupe celèbre de Danfeurs-de-corde, qui était-en-Hollande: ils coururent à *La-Haie*, presentèrent leur Fille au Directeur, qui l'accepta: on lui donna des leçons, dont elle profita merveilleusement. Enfin, elle parut en-publiq, avec un aplaudiffement genéral. Le Directeur la trouvant jolie, en-voulut-faire fa maîtreffe: mais comme il n'offrait que fa proteccion, la Famme de l'Equilibreur ne trouva-pas que ce fût un Parti avantageus: Elle fe-proposait de mener fa pretendue Fille dans les principales Villes-de-l'Europe, & de la vendre, lorfqu'elle trouverait un grand avantage.

En-attendant, elle la surveillait: & comme Funette avait-été-durement-élevée, elle était-d'autant-plûs-soumise à ces Gens, qu'elle les crayait les Auteurs-de-ses-jours. Elle parcourut l'Allemagne; on la fit-ensuite passer en-Italie. Ce-fut dans ce pays que son innocence fut attaquée avec plûs-d'adresse & d'audace: à Florence, deux Rivaus se-battirent pour elle; ce qui obligea ses Parens, qu'on fit-menacer, de s'enfuir, & de venir à Turin.

Ce-fut-là qu'unjour Funette, en-sortant de son spectacle, fut-enlevée par des Gens-masqués, & conduite dans un château à quelque-distance de la Ville. Elle y-était-à-peine-arrivée, qu'un Seigneur d'un certain-âge se-presenta: il lui dit, qu'il était-amoureus d'elle, & que les Filles de son état n'étant-pas des Lucrèces, il l'avait-fait-enlever, pour abreger le ceremonial. Funette trèsétonnée, lui dit naïvement la manière dont elle avait-vecu jusqu'alors; & le Seigneur Piémontais vit par ses discours, qu'elle était-innocente. Ses proposicions furent sans-effet, quelques-brillantes qu'elles parussent; desorte-qu'après l'avoir-gardée huit jours, il la fit-remener, à quatre-heures-du-matin, à la porte de ses Parens. Funette leur raconta ce qui lui était-arrivé. La

Q v

Famme de l'Equilibreur se-fit-depeindre
le Seigneur Piémontais : Funette dansa
le soir, & il vint la voir : Il fut-reconnu
par la pretendue Mère, qui le fit-voir à
Funette.   Alors cette Famme ala le
trouver, & lui offrit le tresor qu'il n'a-
vait-pu-ravir, à certaines-condicions,
qu'il accepta.   La Miserable revint ensuite auprès de sa Fille, qu'elle disposa
de son mieus, à se-prêter à ses vues.   Funette était-trop peu-éclairée sur les mœurs,
pour resister à sa fausse Mère ; elle eût-
cedé : mais il arriva un incident, qui
derangea tout.

Depuis que Funette dansait à Turin,
elle avait-inspiré une vive passion à un
jeune Peintre-français, qui travaillait
dans cette Ville, aux decoracions du
Grand-theatre.   Son ouvrage venait de
finir.   Il avait-entendu-parler, comme
tout le monde, de l'enlèvement de Funette ; il l'avait-crue, comme tout le
monde, une sorte-de-Fille-publique : il
n'en-fut pas-moins-amoureus ; il ne vit-
même, d'après cette opinion, qu'une dif-
ficulté vaincue.   Tandis-que la Famme de
l'Equilibreur fesait des alées, des venues ;
qu'elle fesait-faire à sa Fille un joli-habit de
Vielleuse, pour la presenter, le Peintre
trouva-moyén de parler à Funette, dans

une espèce-de-petit-cabinet, separé par
une cloison de la chambre de ses Parens.
Il fut lui plaire, ou dumoins lui inspirer
de l'amitié: il lui persuada de partir de
Turin, avec lui, par la voiture qu'on lui
fournissait pour s'en-retourner jusqu'à
Lion. Funette hesitait: mais dans le
même moment, elle entendit l'Equilibreur dire à sa Famme: —Ça me-fait-
peine, de vendre-cette Enfant! elle nous
raporterait davantage, en-la-fesant-dan-
ser à Paris. —Bon! il ne la gardera-
pas, & nous l'aurons toujours! Qu'est-
qu' ça nous fait; ç' n'est-pas note Fille.
—Tu eus-là une bonne-idée de la prendre!
—Sans elle, j' serions-morts-de-faim, ou
dans les prisons.... C'est une p'tite
Demoiselle de Paris; alons, alons, i'
faut qu'a' la danse tout-du-long-. Et la
Malheureuse éclata-de-rire; ajoutant:
—La v'la bén-malade! n' l'avons-nous-
pas-nourrie? faut-i'-pas qu'a' nous nour-
risse-?

—Vous êtes une Enfant volée par ces
Miserables! (dit le Peintre à Funette);
sortez avec moi surlechamp, & venez
à mon auberge: nous avancerons mon
depart-. Funette effrayée, suivit le
Jeunehomme: Il fit ses preparatifs, &
le soir-même, il partit, après avoir-donné

un de fes habits à Funette, qu'il enmena fous le nom d'Un de fes Elèves.

La jeune Danfeuse-de-corde n'avait-pas ce qu'on nomme une inclinacion pour le Peintre : Elle était-naturellement-fage ; fon cœur ni fes fens n'avaient-point-encore-parlé : elle refifta aux attaques qu'il lui livra. Lorfqu'ils furent à Lion, il lui fit-faire un habit de Danfeuse : il y-avait une Troupe de Baladins, avec laquelle Funette donna des preuves de fon talent. Mais elle ne voulut-pas-f'engajer : Elle favait que Paris était fa patrie, & elle était-empreffée de f'y rendre. Elle y-arriva huit-jours avant l'ouverture de la *Foire-Saintgermain*.

Le Peintre aimait Funette : mais il n'avait-pas une certaine delicateffe ; il confentit fans-peine qu'elle fe-prefentât au Grand-Baladin, qui l'admit dans fa Troupe, & qui l'annonça enfatiquement fur fes affiches.

Le Peintre l'avait-donnée pour fa Sœur ; elle occupait en-confequence une chambre à-côté de la fiénne, & c'était-lui qui tous-les-jours la conduifait au Theatre. Il en-procurait, par fon moyén, l'entrée à toute fa Famille, à fon Père, à fa Mère, à une grande Sœur fort-jolie, qui tous prenaient un plaifir infini à voir danfer Funette : fa legereté, fes

grâces, sa beauté interessaient tout le
monde: la Famille du Peintre la prit en-
affeccion; & Celui-ci ayant-temoigné l'envie de l'épouser, après de legères difficultés, occasionnées par une sorte-de-honte
d'avoir pour Bru la celèbre Danseuse-de-
corde, ils consentirent enfin au mariage,
d'après cette idée, souvent-presentée par
leur Fils, que les grands talens sont-tou-
jours-honorables. Funette, demandée
par la Famille, se-trouva-honorée du
chois du Peintre; sans-aimer, elle marqua
la plûs - tendre - reconnaissance. Mais
quand on voulut-proceder à la celebra-
cion, il falut-avoir le consentement de ses
Parens. —De ses Parens! (dit le Peintre): ma Pretendue n'en-a-pas! elle a-été-
volée par la Famme d'un malheureus Equilibreur. —Volée! (dit la Sœur du Peintre): mais... j'ai une Compagne, m.lle
Delatour, qui aprenait les modes avec
moi chés m.me *Merri*, dont la petite
Sœur, à l'âge de deux-ans, disparut,
après avoir-vu les tours d'un Equilibreur.
Ce-sont des Gens très-comme-il-faut! la
petite Fille se-nommait *Louisette*, ou
Lisette, suivant qu'on voulait-prononcer.
—Je crais me-souvenir (dit alors Funette), qu'on m'apelait Louisette dans
mon enfance; mais c'est comme une idée

confuse-. On envoya-chercher Monfieur, Madame, & M,ᶦᶦᵉ Delatour, en-les-
priant de venir furlechamp. Ils étaient-
en-ville. L'heure du fpectacle arriva :
Funette fut-obligée d'y-aler, & toute la
Famille de fon Pretendu l'y-accompagna. Elle excita l'admiracion la plûs-
vive. Dans un moment-de-repos, la
Famille du Peintre aperçut la Famille
Delatour : on fe-plaça, pour fe-raprocher ; on parla de la petite Louisette.
Adelaïde, la grande fœur, n'entendait-
jamais-prononcer ce nom fans pleurer.
Sa Mère pleura comme elle. Le Peintre
raconta ce qu'il avait-entendu à Turin.
—C'eft ma Sœur (f'écria la bonne Adelaïde. —Si Celle dont je parle eft votre
Sœur, la voila qui danfe-. Adelaïde
rougit : mais elle tint fes ieus fixés fur
elle, fans les detourner un-inftant. Lorfque la danfe fut-achevée, elle dit à fa
Mère : —Venez, Maman, venez ; fi
c'eft elle, j'ai un moyén de la reconnaître : elle a une lentille brune fur l'épaule
draite : venez. —Il eft-vrai! (dit la
Mère avec-tranfport). —Je vais vous
conduire fur le theatre (leur dit le Peintre) ; j'ai mes entrées partout-. Il conduifit les deux Familles derrière les cou-
liffes. Funette était-occupée à changer

d'habit, pour faire un rôle de soubrette,
lorsque sa Mère & sa Sœur se presentèrent
à la porte de la loge. Adelaïde lui dit :
—Mademoiselle, je suis Adelaïde-Dela-
tour ; reconnaissez-vous *Daïde* ? Funette demeura penſive. —Dans mon
enfance, j'ai entendu ce nom !.. oui, je
l'ai entendu.... Elle me-faisait-dire,
Louisette, aimes-tu Sœurette Daïde ?
—Voyons, voyons ! (dit Adelaïde, en-
lui-decouvrant l'épaule)... —Hâ! c'est
ma sœur !... voyez, voyez, Maman !
Funette, à ce mot, s'élança dans les bras
de sa Mère, en-lui-disant, —Mon cœur
me-dit, que je suis votre fille !... Elle
baisa la main de son Père, & se jetant au
cou de sa Sœur : —Mais voici ma seconde Mère ! Un torrent-de-larmes
s'échapa de ses ïeus... Puis toutacoup
tendant la main au Peintre ! —C'est à
vous, que je dois tout le bién qui m'est-
arrivé. La joie fut-extrême. L'inſtant
de reparaître ſur la ſcène étant-arrivé,
Louisette ala jouer : mais les larmes
coulaient de ses ïeus : & dans un inſtant
où elle disait à ſa Maîtreſſe : —Pardon-
nez-moi ma première faute ; je ne le fe-
rai-plus ! les ſanglots l'étouffaient. Le
Publiq, crayant que c'était un effet de
l'art, lui donna des aplaudiſſemens, très-
rares ſur ce theatre, vu les mauvaises

pièces qu'on y - jouait. Les deux Familles attendries fondaient en-larmes.

Après le fpectacle, on enmená Louisette, qui fut-parfaitement-reconnue à la
maison, d'après tous les renfeignemens
qu'on fe-donna mutuellement. La jolie
Danfeuse de-corde fe-rapela une infinité
de petites choses, que fes Parens reconnu-
rent, furtout Adelaïde, qui ne l'avait-
prefque - jamais - quittée. On écrivit à
Turin, pour tâcher de faire-arrêter l'E-
quilibreur & fa Famme : mais ils etaient-
difparus, fans fe-plaindre de l'enlèvement
de leur Fille: ce qui équivalait à une forte
de conviccion.

Le mariage de Louisette & du Peintre
fut-celebré: mais ce qu'il y-a de fingu-
liet, c'eft que cet Artifte & les deux
Familles laiffèrent Louisette danfer fur
la corde, jufqu'à ce qu'elle fût enceinte.
Elle quitta pour-lors le theatre durant
quelque-temps. Dans la fuite, fon Mari ayant mal-fait fes affaires, il accepta
une invitacion qu'on lui fit de Madrid:
il y-enmena fa Famme & fon Enfant,
& là, elle reprit fon exercice de Danfeuse-
de-corde. Elle était - fi - bién - payée,
qu'elle foutint fa Famille par ce talent,
jufqu'à ce que le merite de fon Mari ayant-
-enfin-percé, il fe-trouva en-état de fuffire
luifeul à l'entretién de fa Famille.

II, La Baladine: *La Famme-reconnue.*

Un Jeunehomme d'une fisionomie dure, de ces Gens qu'on ne voit qu'avec
crainte, & qui femblent fe-contenter
d'infpirer une forte-de-terreur, époufa
une Jeuneperfone, douce, timide, &
d'une jolie-figure. Il n'en-fut-pas-aimé;
il fut-craint. Un Galant plûs-aimable,
profita des difpoficions de la Belle, pour
en-obtenir le doux fentiment refufé au
Brutal. Elle combatit unpeu; enfin elle
fuccomba, & fi-malheureufement, qu'elle
fut-aperçue par une efpèce de *Virago*,
qui poffedait la confiance de fon Mari, en-
qualité de Cuifinière & de Fammedechar-
ge; c'eftadire, qu'elle adminiftrait tout.
La jeune *Elife* comprit qu'elle était-de-
couverte, & fremit. Qu'attendre d'un
Homme terrible? Elife prit le parti
de fuir avec fon Amant, jeunehomme
qui, pour tout talent, jouait paffable-
ment du violon, & pour toute fortune,
avait la jolie-garderobe d'un Parifién,
fécretaire à modiqs apointemens d'un Sei-
gneur-poète. Elife n'avait-pu rién emporter: elle fe-trouva prefque-nue dans
une petite Ville éloignée de la Capitale.
Son Amant fe-mit à montrer le menuet,
& quelques-autres danfes qu'il avait-

aprises, en-fréquentant les bals de Pàris,
Elise était la tenante de tous les Ecoliers;
& comme elle était-jolie, elle attirait des
Pratiques à fon pretendu Mari : mais
comme elle était-mal-vetue, elle effuyait
fouvent des attaques, & des infolences,
de la part de grofliers Provinciaus. Ce
genre-de-vie lui paraiffait bién-dur ! cependant, elle en-éprouva biéntôt un
plûs-dur encore. La nouveauté feule
avait-attiré la Foule chés *Calais* (c'était
le nom qu'avait-pris le Galant d'Elise);
lorfqu'on en-fut-las, il demeura fans Ecoliers : Quel parti prendre?

Le befoin fe-fefait-deja-fentir, lorfqu'il
paffa dans la Ville une Troupe de Baladins. Calais ala fe-prefenter au Directeur pour jouer du violon. On l'accepta, quand on eut-vu fa Fámme : le Chéf
de la Troupe la trouva jolie, & fe-pro-
pofa de lui faire-jouer certains rôles.
Mais jamais Elise ne put-prendre fur elle
de parler en-publiq : quoiqu'agreable &
douce, fa voix timide chevrotait alors, de
la manière la plûs-rifible. Mais comme
le Directeur voulait abfolument l'employer, il f'avisa de lui montrer differens
tours-d'adreffe, qui ne demandaient que
de l'aplicacion & de l'habitude : le premier, ce-fut de tourner pendant un temps
confiderable, avec un certain mouvement

des piéds, qui avait quelque-chose de
trèsagreable. Elle se-fit-infenfiblement à
ce genre fingulier de baladinage, & dès-
qu'elle y-fut-exercée, elle parut fur le
theatre, où elle reçut de grands aplaudiffemens. Le Maître, cependant, travaillait à lui donner un autre talent, celui
de marcher fur le fil-d'archal: Dèf-qu'elle
y-fut affés-affurée, pour ne-pas tomber,
il la fit-paraître dans ce nouvel exercice,
auquel il lui fit-ajouter journellement,
tantôt une attitude, tantôt une-autre.
Elle fit infenfiblement differens équi-
libres, avec le clou, l'affiette & l'épée:
enfuite elle fit l'exercice-du-drapeau;
elle battit du tambour; elle joua du
violon; car fon pretendu Mari lui montrait depuis longtemps; & dès-qu'elle fut
encouragée par les aplaudiffemens, elle
excella, par l'affurance qu'elle prit, &
l'aisance qui en-fut la fuite.

A cette époque, le Directeur voulut f'emparer d'Elise: Il fit au pretendu Mari des propoficions avantageuses, que Celui-ci rejeta; foit qu'il aimât encore Elise, foit que les talens qui
fe-developaient en-elle, lui fiffent efpe-
rer, qu'elle contribuerait inmanquable-
ment à fa fubfiftance. En-effet, comme
elle était-jolie, on accourait en-foule
pour la voir. Le Directeur fut trèsfâ-

ché des refus du pretendu Mari: Dabord, il n'avait-parlé qu'à cet Homme; il s'adressa ensuite à Elise, qui lui avoua que ce n'était-pas son Mari; mais qu'elle l'aimait. Elle lui fit toute son histoire. —Un Miserable, qui vous a-fait-quitter un état honnête, où vous étiez-respectée, pour vous en-donner un où vous seriez-morte-de-misère sans-moi, ne merite auqu'une consideracion: Je vous declare que je vais le chasser de ma Troupe, & vous garder-. Elise employa les prières, pour que son Seducteur fût-conservé dans son emploi, & l'obtint, mais à des condicions agreables au Chef de la Troupe: Elise n'apartint-plus à Calais: il fut-menacé, qu'à la première-tentative pour l'aprocher de trop-près, il serait-denoncé comme ravisseur, & arrêté. Elise, depuis ce moment, fut la maîtresse absolue de la fortune du Directeur, qui l'adorait. Il s'informa-même si son Mari était-vivant; car dans le cas où elle serait-devenue-veuve, il l'aurait-épousée: mais le brutal Epous était-plein-de-vie; quoiqu'il eût-eu un violent chagrin de l'éloignement de sa Famme, à laquelle il assurait qu'il aurait pardonné, si elle avait-été-réellement-repentante. Mais sa fureur était-sans-bornes contre le Seducteur-adultère: il se promettait de s'en-van-

ger cruellement, s'il parvenait jamais à
le decouvrir.

Le Chéf-des-Baladins avait-fait-secret-
tement ces informacions: comme il aimait passionement Elise, & qu'elle lui
tenait-rigueur pour l'article principal, il
prit une resolucion digne d'un Homme,
de son espèce; ce-fut de faire-passer le
vrai Mari pour mort, de faire-éloigner
le Faus, sous quelque-pretexte, qui ne le
compromît-pas, & d'annoncer ensuite à
ce Dernier la mort d'Elise, après avoir
changé de Ville. Il commença l'execu-
cion de son projet d'une manière assés-
heureuse pour lui: Dès-qu'il eut-fait-
craire la mort du Mari, le Seducteur,
qui s'ennuyait dans sa posicion, quitta
la Troupe de-luimême & se-rendit à Paris. Le Chéf lui écrivit aubout d'un
mois, qu'il était audesespoir; qu'il venait
d'avoir le malheur de perdre Elise, après
une maladie aigüe de huit-jours: il en-
voyait un faus-extrait-mortuaire : Le
Seducteur reçut cette Lettre, à-l'instant
où il aprenait que le Mari n'était-pas-mort.
Il n'imagina-pas que le Directeur eût-
voulu le tromper, en-lui-annonçant la
mort du Mari d'Elise; mais il pensa que cet
Homme avait-été-trompé luimême: Il
ne douta-pas non-plûs de la mort d'Elise; il
la publia; cette nouvelle vint aux oreilles
du Mari, à qui le Seducteur, qui le crai-

gnait, fit-indirectement-parvenir l'extrait-mortuaire, fait de-manière, qu'en-
en-demandant un nouveau, dans la Ville
où il avait-été-donné, on ne pouvait-
manquer d'en-avoit un tout-femblable.
C'eft qu'il était-mort reellement une Actrice de la Troupe, que le Directeur
avait-fait-inhumer fous tous les noms
d'Elise, c'eftadire, fous ceux de Fille &
de Famme. Il avait-auffitôt-changé de
féjour. Il perfuada enfuite à Elise, pour
éviter de donner de fes nouvelles à fa
Famille, de l'épouser fous les noms de
Jeanne-Rose-Colaffe, comme fe-nomait
l'Actrice morte, & elle y-avait-confenti,
après quelques-difficultés. Ainfi, tandif-
que le Mari prenait à Paris pour Famme
la Fille d'un Fourreur, jolie-brune, dont
il était-devenu trèsamoureus, l'Epouse-
fugitive fe-donnait à un Chéf-de-Bala-
dins vers Bayonne. Ces deux mariages
faits, trois des Nouveaus-épous étaient-
fort-tranquils, & quant au Baladin, cause
de tout, il n'était-pas-homme à fouffrir
de fes remords.
    Il fe-difposait à paffer en-Efpagne,
& il avait-pris la route de Pampelune,
lorfqu'un de fes premiers Danfeurs-de-
corde, qui était-devenu-éperdûment-
amoureus d'Élise, prit-querelle avec lui,
dans un endrait desert, aux piéds des
Pirenées; ils fe-battirent fecrettement,

& le Chef fut-tué. Le Danfeur, affuré
de n'avoir-pas-été-vu, garda le filence,
& le Mort paffa pour avoir-été-affaffiné
par des Voleurs. Son Meurtrier fit fa
cour à la Veuve, & l'époufa, quand on
fut fur les terres d'Efpagne : ce-fut un
mariage-de-neceffité; elle avait-befoin
de cet Homme. Mais à-peine fe-crut-
il fon mari, qu'il devint d'une jaloufie
infuportable; il renvoya les meilleurs
Sujets de la Troupe. Un-d'Eux, pour
f'en-vanger, l'attendit, & le força de
fe-battre. Il fut-mortellement-bleffé.
Le Danfeur fe-fauva en-France. Après
la mort de ce quatrième Faus-mari, Elife
fut-recherchée par un-autre Danfeur :
mais elle le refufa : elle vendit tout ce
qui lui apartenait de la fucceffion de fes
deux Maris, quitta la Troupe, & revint
dans fa Patrie. Comme elle crayait fon
premier Mari mort, elle n'hefita-pas de
pouffer jufqu'à Paris, où elle efpera de
jouer fur le theatre du Funambul, fans
être-connue de Perfone. Elle portait le
nom de fon dernier Mari, & par-explica-
cion, elle donnait celui de l'avant-dernier.

Après fon arrivée, & un repos de
quelques-jours, elle ala dans fon quartier,
f'informer : Elle affectait le baragouin de
fes Maris, qu'elle avait-eu le temps d'aprendre : Perfone ne put lui dire ce qu'était-

devenu m.ᵉ *Marollin* (fon Brutal); il avait
quitté le quartier après la fuite d'Elise,
& on le crayait-mort. Ce-fut ce qu'on
lui dit à ellemême, fans la reconnaître.
Croyant n'avoir-plus Perfone qui f'intereffât à elle, Elise f'offrit à *Reftier*, qui
l'engaja : Elle parut fur fon theatre, &
y-eut du fuccès.

Unfoir, qu'elle y-jouait avec l'aplaudiffement general des Spectateurs qui
f'amusent de ce genre-vide, après être-
defcendue de la corde-lâche, fur laquelle
elle avait-voltigé, elle monta fur le fil-
de-fer : ce-fut alors qu'elle aperçut aux
balcons, tout-près d'elle, avec une jolie-
Brune, m.ᵉ Marollin. . . . Elle le connaiffait trop-bién pour f'y-meprendre.
Pour elle, quoique fort-deguisée par fon
habit, & par fon rouge, elle n'était-pas-
moins - reconnaiffable pour fon Mari,
Elise fut fi-troublée, par cette vue, en-
fesant un de fes tours, qu'elle perdit l'é-
quilibre, & fe-laiffa-tomber. Heureusement que Paillaffe la reçut dans fes-bras.
Elle dit, qu'elle fe-trouvait-mal, & cet
Acteur l'emporta derrière la fcène. Marollin, de-fon côté, voulut-favoir f'il fe-
trompait : comme on avait-baiffé la toile,
il fauta fur le theatre, & joignit la Baladine, qu'il reconnut alors parfaitement.
—Malheureuse! (lui dit-il à-l'oreille),
puifque

puisque tu n'étais-pas-morte, pourquoi
reviéns-tu dans cette Ville, & montes-tu
sur un theatre? —On m'a-persuadé
votre decès: j'ai-eu deux Maris depuis
qu'on me-l'avait-prouvé. Mais gardons
le silence: Persone ne-me connaît: Je
repartirai sans-mot-dire, après quelques-
representacions, & j'irai-jouer à Madrid:
car j'ai-vu que vous aviez une Maîtresse.
—Je suis-marié! —En-ce-cas, je par-
tirai dès demain: ne vous decelez-pas-!
Cet entretién fut-cru trèssecret par les
deux Epous: mais le Directeur l'avait-
entendu, caché par une toile: Il parut,
& leur dit, qu'ils n'avaient d'autre parti à-
prendre, que de se-reünir. Ce mot dé-
cida Marollin, qui sentit qu'il aimait encore Elise. Comme il était dans la
bonne-foi, tout s'arrangea sans-scandal:
la jolie-Fourreuse avait-fait une Con-
quête depuis son mariage; cet Amant
l'épousa sans-bruit, en-prenant la precaucion necessaire de changer de quartier. Quant à m.me Elise, elle a-été fidelle
à Marollin, après leur reünion, parcequ'il
y-aurait-eu trop à-risquer à ne l'être-pas.
Elle a-quitté le theatre, & deux Enfans
qu'elle a-donnés à son Mari, ont-fait-ou-
blier à Marollin tous ses sujets-de-plainte.

Voici un second Canevas de *Baladine*, ou plutôt d'une *Chanteuse-à-treteaus*.

Un de ces beaus *Chanteurs*, qu'on voit fur le *Quai de-la-Ferraille*, ou à l'entrée du *Port-au-bléd*, avait un Camarade, qui fesait l'accompagnement (car ils executaient les plûs-jolies ariettes): Ils febrouillèrent. Le beau Chanteur en-chèf reflechit fur ce qu'il avait à-faire. Il ferapela, qu'il avait-entendu dans fon voisinage une petite Couturière, dont la voix était-affés-forte: Il la guetta le foir, lui proposa d'être fa compagne, à tant-parjour (environ 50-fols, outre des habits en-commençant). La Jeunefille, qui ne gâgnait que 10-fous, fut-tentée; mais la honte la retenait: monter en-place-publique fur des treteaus, & chanter devant tout le monde!... Cependant, la vue d'un joli habit de Baladine brillanté en-argent, d'un beau chapeau-à-plumes, & de quelques-bijous, achevèrent de la decider: Elle promit. Le lendemain-dimanche, elle f'habilla chés le Chanteur, & après un bon-dîner, où il lui verfa plus d'une rasade, pour l'enhardir, ils alèrent fur les quatre-heures f'établir à-l'entrée du *Port-au-bléd*. La gentilleffe de la Chanteufe attira la Foule; on deferta le Camarade du Chanteur, qui était-deja en-accion, & il refta feul. Le beau Chan-

teur & *Colombe* firent une foirée fi-lucra-
tive, qu'au-retour, le Premier donna fix-
francs-de-gratificacion à la Jeunefille. Ils
travaillèrent ainfi environ trois-mois, fans
que le Chanteur fît aucun'une proposicion
à Colombe. Mais enfin, un dimanche-
foir, après une bonne recette, & un fouper fort-arrofé, m.ʳ le Chanteur f'avifa
d'être-tendre. Il agit & parla. Colombe
le repouffa, & lui repondit, qu'elle f'é-
tait engajée pour chanter, & non pour
lui fervir d'amufement. Le Chanteur
fe-fâcha; ils fe-quittèrent en-querelle.
Son ancién Camarade l'aprit dès le lendemain. Il accourùt chés Colombe;
l'affura, qu'elle feule fefait le fort du
Chanteur, & lui propofa de f'affocier
enfemble, à égalité de profit. Colombe
hefitait : Le Chanteur lui dit alors, que
fon ancién Camarade était-marié. Ceci
decida la jolie Chanteuse : on f'arrangea :
le foir-même, ils alèrent dans une place
éloignée, où ils firent - merveilles. Le
nouveau Tenant fentit biéntôt tout ce que
valait Colombe; aubout de quelques-fe-
maines, il lui propofa de l'époufer. Elle
y-confentit; ils partirent pour la Province, où ils donnent de petites representacions à deux Aĉteurs, qui font-fort-goû-
tés. Ils font-riches aujourdhui.

R ij

Sujet de l'Eftampe
de la *Soixantedixfeptième*, ou
Deuxcentsfoixanteonzième Nouvelle.

Isabelle en fcène à la parade, dans le preau de la *Foire-Saintlaurent*, entre *Caffandre* & le beau *Leandre* : Elle repouffe le Dernier, & prefente la main au Premier, qui ôtant à-demi fa chevelure poftiche, montre un beau Jeunehomme :

» Ma chère Isabelle !... l'Amour... m'a rajeuni »!

LXXVII, ou D. c. f. on.^me Nouvelle.

La Jolie-Paradeuse.

On peut diftinguer deux fortes-de-Parades : La *Parade* proprement-dite, qui fe-fefait n'aguère fur une forte de Balcon, audevant de la falle du *Funambul* & des Petits-fpectacles, & les *Comedies-parades*, qui tirent leur nom de la première, telles que la *Tête-à-perruque, Caffandre-&-Isabelle, Colombine-&-Leandre*, &c.ᵃ Il ne fera-pas-queftion de l'Actrice de la *Comedie-parade*, qui n'eft-pas un genre-particulier ; ce n'eft-pas-trop, pour le bién-jouer, que tout le merite d'une Actrice confomée : Je ne pretens hiftorier ici que la Paradeuse du genre le plûs-bas, telle qu'on en-a-vue cent-fois preluder aux jeux fceniqs du Funambul & des Marionnettes. Ce genre n'exifte. plus au *Boulevard*, avec une certaine étendue ; c'eftadire, qu'on n'y-donne-plûs de petites parades regulières (fi l'on peut donner cette épitète au genre le plûs-imparfait & le plûs-inmoral) : La Police a. fagement-interdit ce genre d'amufement dont le moindre inconvénient était-d'att⸱x.

rer fur le *Boulevard* des Ouvriers de toutes
les profeffions, qui perdaient leur temps,
des Enfans qui fesaient l'école-buiffonniè-
re, & de Jeunesfilles, qui trouvaient-là des
occasions trèsdangereuses! Les Actrices
qui jouaient à ces parades, devaient-avoir-
abjuré toute pudeur; & par-là-même,
elles bleffaient, par leurs lazzis & par
leurs difcours, celle des jeunes Specta-
trices; elles donnaient comme un cours
d'effronterie : Auffi n'y-exposait-on-
guère que de vieilles Actrices, fans-talens,
ou de jeunes *Filles-publiques*, qui en-
avaient encore-moins. Mais à tout il eft
une excepcion : on vit, quelque-temps
avant l'interdiccion des parades, une
Famme trèsjolie y-faire un rôle, où elle
mettait de la fenfibilité, quoiqu'elle fût-
obligée de crier à f'égosiller, comme ce
genre le demande. Cette Famme n'é-
tait-pas fans-éducacion; elle n'était-pas-
même fans-naiffance, comme on va le
voir.

U n Homme qui poffedait une fortune
honnête, avait-paffé la moitié de fa vie
à plaider contre tout le monde, & enfin
avec fa Famme, en-feparacion, en-ac-
cusacion d'inconduite, &c.ᵃ Il mourut.
Mais il avait-fi-bién-donné le goût des

procès à ſa Veuve, que dèſ-qu'elle ſe-
vit maîtreſſe d'ellemême, elle ſaiſit toutes
les occaſions de plaider : Elle plaida
tant, qu'elle ſe-ruina, en-gâgnant tous
ſes procès, ſurtout le dernier, pour des
inſultes graves : elle avaît-affaire à une
Partie puiſſante ; on multiplia les inci-
dens-de-la-chicane, & par-là les fauſ-frais ;
& comme la veuve *Romainville* était-
connue au Palais pour une chicanière,
on lui accorda, pour la forme ſeulement,
cent-écus de domages-interêts. Ce procès acheva de la ruiner. Elle avait une
Fille alors âgée d'environ dix-ans.

La Plaideuſe, en-aſſiſtant unſoir à une
parade ſur le *Boulevard*, fut-enchantée
d'une diſpute-de-menage, & d'un procès
qui en-était la ſuite : elle vit-jouer tout
cela ſi-fort au-naturel, qu'elle ſentit ſa
vocacion ſe-declarer. Dès le lendemain,
elle vint-trouver le Directeur, en-lui-
demandant la faveur d'eſſayer ſes talens
par une repeticion ? Il l'accorda, parceque les inſtances furent trèſvives : mais
il n'eut-pas-lieu de ſ'en-repentir : la De-
butante mit tant de feu & de verité dans
ſon jeu, que l'Acteur ſ'enfuit, & que
le Directeur rit-aux-éclats. Elle fut-re-
çue : & dès le même-ſoir, la parade eut
un ſuccès prodigieus. Le Publiq averti

R iv

par la vivacité de la scène, accourut de toutes-parts; on descendit même des voitures, & lorsque la parade fut-achevée, tout le monde convint, que l'Actrice principale avait un grand merite.

La Romainville, devenue paradeuse sous le nom de *la-Paladine*, n'eut-pas-plutôt la faveur du Publiq, nonseulement devant la porte, mais dans l'interieur de la scène, qu'elle proposa de recevoir sa Fille, à laquelle (disait cette bonne Mère), elle devait-donner un état. Le Chef y-consentit, & la Mère composa pour elle un rôle de Jeunefille dans toutes les parades, sous le nom de la petite *Colombine*, dabord, ensuite, sous celui d'*Isabelle*, qui lui est-resté, lorsqu'elle a-été-plûs-grande. Pour menager la poitrine de cette Enfant, qui était-trèsjolie, sa Mère ne lui donna que des rôles pantomimes. Elle accourait à son Père, lorsqu'il voulait-battre sa Mère, elle le supliait, en-se-jettant à ses genous, & feignant de pleurer: ce qu'elle accompagnait de quelques-cris inarticulés, quelquefois si-touchans, que la plupart des Spectateurs versaient des larmes. - Tels furent les rôles de *Colombine*, jusqu'à l'âge de quatorze à quinze-ans.

Pendant cet interval, le Directeur

avait-épousé la Mère de la Petite-Paradeu-
se, & Celle-ci jouait sur la scène-interieu-
re, soit en-dansant des *sarabandes*, des
allemandes, &c.ᵃ, soit en-fesant les Soubrettes dans les Comedies-parades, sous
le nom d'*Isabelle*, qu'elle commença de
porter uniquement.

Elle jouait unjour à la *Foire-Saintlaurent*, un rôle de jeune Chambrière, dont
le vieus *Cassandre* était-amoureus: Le
beau *Leandre*, suivant l'usage, était-ri-
val du Vieillard: Les rôles étaient-en-
canevas, & les Acteurs y-ajoutaient les
saillies qu'ils jugeaient à-propos. Tout
le monde, en-voyant commencer la
pièce, en-prevoyait le denoûment: Cassandre vint en-toussant, faire sa declara-
cion: Il fut-assés-bién-reçu: mais tout
le monde crayait que c'était du persiflage
(mot qui n'était-pas-encore en-usage),
& l'on admirait la finesse du jeu d'*Isabelle*.
—C'est-domage! (disait-on), que cette
Jeunefille se-*prodigue* à une parade; elle
serait-en-état de jouer à l'*Opera-comiq-!*
La parade continuait: Leandre fut-traité
fort-mal: Isabelle lui dit, qu'il était un
libertin, un faraud de la plûs-sote-es-
pèce, un vaurién: L'Acteur l'écoutait
avec ébahissement; & lorsque la Mère
fut en-scène avec sa Fille, Cassandre &

R v

Leandre, elle marqua le même étonnement qu'eux. Isabelle ne disait-pas un
mot de la pièce; elle composait entière-
ment son rôle: enfin, au denoûment,
elle presenta la main au Vieillard, en-
disant: »—Oui, oui, c'est vous que
» je prefere: je me-moque de l'usage &
» du goût des *Isabelles* & des *Colombi-*
» *nes;* je ne veus-pas de ces jeunes Vau-
» riéns, qui rendent une Famme malheu-
» reuse par leur libertinage: vous faites
» plûs le casse que vous ne l'êtes, alons,
» redressez - vous unpeu-». L'Acteur,
quoique non - prevenu, entendit enfin
Isabelle; il jeta sa fausse-chevelure, &
montrant un assés-beau jeunehomme,
il s'écria: »—Ma chère Isabelle! l'a-
» mour a-fait-miracle, à-cause de votre
» bonne raison; il m'a-rajeuni-»! Toute
l'Assemblée exterieure aplaudit beaucoup
à ce denoûment-imprevu, que l'étonnement stupide de *Leandre* rendait asses-
comiq.

Cette fantaisie d'Isabelle, aura des suites.
Le lendemain, on donnait la même
parade. Isabelle y-fit son rôle de la manière ordinaire: Leandre fut-preferé, au
grand étonnement de toute l'Assemblée,
qui s'attendait à la parade de la veille.
Lorsque celle-ci fut-achevée, *Isabelle*

f'avança fur le devant du balcon, & dit:
»—Meffieurs, j'ai-joué aujourdhui, fui-
» vant l'usage; mais hièr, c'était d'après
» mes vrais fentimens-». Elle fe-retira
auffi-tôt en-courant. Tout le monde la
crut amoureuse de l'Acteur qui fesait le
rôle de *Caffandre*, & l'on admirait fon
adreffe, pour decouvrir une paffion, qu'on
fupofa contrariée par fa Mère.

Parmi les Spectateurs des deux parades,
il fe-trouva un Jeunehomme, nouvelle-
ment-reçu dans un ordre confideré; la vue
d'Isabelle l'avait-frapé dabord: mais il
n'avait-fenti pour une Creature de cette
efpèce que de la compaffion & du mepris.
La manière dont elle joua le premier-
jour, rendit ces deux fentimens dou-
loureus, en-lui-donnant quelqu'eftime:
Le fecond jour, Isabelle l'intereffa davantage encore: il fentit un fecret de-
fir de la connaître: mais biéntôt l'idée
repouffante des mœurs d'une Paradeuse
éteignit fa curiofité. Il était dans ces
difpoficions, lorfque la feconde parade
finit. Il f'aprocha de la porte, où vint
Isabelle: l'*Aboyeur* invitait tout le
monde à entrer: Isabelle ne disait-mot:
m.ʳ *Belval* était-alors tout-près d'elle:
—Entrez, monfieur (lui dit-elle d'un ton
poli); un Spectateur comme vous, en-

couragera les Acteurs. —Je le veus-
bién, ma Belle; à-condicion, que vous
jouerez de tête dans votre rôle, quel-qu'il-
foit. —Je n'ose vous repondre de reüf-
fir; mais je le ferai-. Belval prit un
billet, & Isabelle rentra, pour le placer
ellemême. Il la pria de f'affeoir à-côté
de lui, fi elle en-avait le temps. —J'ai
une demi-heure-. Ils causèrent. - Belval
fut-furpris de l'efprit & de la penetracion
de cette Jeuneperfone: Elle lui parla,
comme la Fille la mieus-élevée; elle lui
montra des fentimens delicats, & furtout
une ferme resolucion de fe-comporter
avec honnêteté. Il f'informa de la fituacion de fon cœur. Elle repondit, Qu'elle
n'aimait rién; mais qu'elle f'était-mise
comme fous la garde de Caffandre, afin-
d'avoir un defenfeur, qui f'intereffât à elle
en-l'abfence de fa Mère. Cet entretién
prit toute la demi-heure, & il n'y-eut-
pas d'autre explicacion: Isabelle ala-
jouer.

Elle tint-parole au Jeunehomme: Elle
mêla dans fon rôle, quelques-unes des
choses honnêtes qu'ils avaient-dites enfemble, & les appliqua d'une manière
fpirituelle, qui la fit-aplaudir. La pièce
finie, elle revint auprès de lui dans la
loge, & fe-mit dans l'ombre, pour n'être-
pas-aperçue des Spectateurs. —Mais,

comment eft-il poffible (lui dit Belval), que vous ayiez de pareils fentimens dans votre état? —Ma Mère a-
été-bién-élevée: mais un procés l'ayant-
ruinée, elle n'a-pas-trouvé d'autre ref-
fource, que celle de jouer la parade.
—Et comment fe-nomait votre Mère?
—M.me Romainville. —Qui poffedait
un bién à *Lonjumeau*? —Oui, monfieur. —Quoi! vous êtes mlle Romainville? —Oui, monfieur. —Vous aviez
une belle maison, rue *Daufine*! —Oui,
monfieur, près celle ***. —Je n'en-
puis-douter... C'eft ma Mère qui a-
comencé de ruiner la vôtre: nous fomes-
parens; vous êtes ma Cousine. —Hâ!
quel bonheur! (f'écria Isabelle). Mais
on lève la toile; je vais-jouer; je re-
viéndrai, dèf-que mon rôle fera-fini-.

Pendant la mauvaise-farce qu'on donna, Belval reflechiffait: Isabelle était-
charmante; il fentait qu'il l'adorait: il
fe-rapela de l'avoir-vue dans fon enfance,
lorfqu'elle était-deftinée par fa fortune,
à être un Parti convenable, & que dèf-
lors, il avait-desiré de l'obtenir pour
compagne. Mais les circonftances étaient-
bién-changées! dans quel état il la trouvait!... Isabelle ayant-paru, il l'é-
couta; il y-avait dans la pièce (*l'Enfant
prodigue*), une reconnaiffance trèstou-

chante, du Frère & de la Sœur: Isabelle
y-mit tant de patetiq, qu'elle fit-cou-
ler des larmes de tous les ïeus: la falle
retentit d'aplaudiffemens groffiers, mais
vrais... Entre la feconde & la troisième pièce, Isabelle revint auprès de
fon Cousin Belval. —Je n'ai-pas-
voulu-parler de vous à ma Mère, fans
vous en-avoir-demandé la permiffion (lui
dit-elle): mais elle eft-bién-curieuse de
favoir avec quî je cause! —Cachez-lui
mon nom, & notre parenté: je m'en-
remets à votre difcrecion: Je-me-nome
Belval: Je fens que je vous aime de
tout mon cœur, comme ma parente:
mais quel état! —J'y-ai-vecu honnê-
tement (repondit Isabelle); nos gains
ne font-pas-forts; mais mon Beaupère
en-agit fort-bién avec moi. —Votre
Beaupère! —Oui; ma Mère eft-devenue famme de notre Directeur. —Je
vois, ma chère Isabelle, qu'il ne fera-
pas-poffible de vous arracher à l'aviliffement, à-moins que vous n'y-confen-
tiez! —Le premier de mes devoirs,
tant que je ferai-fille, mon Cousin, fera
d'obeïr à ma Mère, & de la contenter.
Elle ne m'a-jamais-donné que de bons-
confeils: Elle me-dit fouvent: ::Ma
chère Isabelle, nous fomes dans un état
audeffous des grands Comediéns; mais

je le préfère : Tu es-jeune-&-jolie; & cependant, tu n'es-pas-exposée, comme fur un grand Theatre; le Peuple ne feduit-pas fes Actrices; il ne folde-pas leurs écarts, comme font les *Honnêtes-gens*, & les Gens *comme-il-faut :* Les grands Seducteurs te-trouvent trop-baffe pour eux, & dailleurs, ils te-fupofent tous les vices; c'eft ce qui te-fauvera : Je verrai à t'établir avec quelque Directeur-de-petit-fpectacle; on vit dans cet état, & je m'y-trouve heureufe depuis que j'y-fuis; tu le feras davantage encore, parceque tu y-es-habituée de jeuneffe. Nous n'y-fommes-pas-toutafait-deshonorées; on n'y-fait-pas-attencion à nous; & avec de bonnes-mœurs, nous pouvons être trèseftimées de nos Pareilles, parmi lefquelles feules il faut-vivre. Tu marques de grands talens, & j'en-fuis-fâchée; c'eft peutêtre ce qui te-rendra malheureufe. Sois fans ambicion; borne-toi à être famme-mariée dans notre état: gâte ton jeu trop-noble & trop-diftingué, enaffectant la manière agrefte & *tabageufe* de nos Camarades: Tu brilleras toujours audeffus-d'eux, mais tu n'attireras-jamais fur toi les regards des Gens-diftingués; tu croupiras heureufe au fein de la baffeffe. Dailleurs, ton jeu, en-fe-perfeccionnant encore, ferait paraître nos Acteurs trop-mauvais; on les sifflerait; ils se-deplai-raient, & nous planteraient-là. Je ne vis heureuse, que depuis ma ruine : Per-fone ne m'a-encore-reconnue fur ce pe-tit theatre *borgne* ; on ne se-doute-pas que m.me Romainville eft-paradeuse : hé! qui pourrait-avoir une pareille idée! Je ne fuis-plus-affujetie à auqu'un des devoirs de la Société; libre comme l'air, je manque à Quî je veus, & fi l'on m'en-fait autant, je n'y-mets auqu'une confe-quence. Ce qui a-fait le tourment de ma vie, & m'a-ruinée, enfin, ne paraît-plus, à mes ïeus qu'une fotise fans-con-fequence. Vis dans mon nouvel état, ma Fille; prens du goût pour l'obfcurité; ne fais-rién qui puiffe te-faire-remarquer; étoufe tes talens, f'ils font-capables de te-porter hors de cette ffère; fois-y-bonne-famme, quand tu feras-mariée; car la celebrité du vice eft la pire de toutes, & la celebrité eft-toujours un mal; c'eft une vaine fumée, qui empoisonne la vie; la celebrité du vice porte à la fûreté la plûs-funefte atteinte! elle donne pouvoir fur nous à une infinité de Gens, dont il eft-toujours-util d'être-ignorées; qu'il eft hon-teus de fuplier, & dont il eft desefperant d'être-punies. Si la crapule me-rendait

heureuse ; je voudrais-être-crapuleuse,
en-ne-prenant ce mot, que dans l'accepcion de la baſſeſſe & de la ſaloperie, non
de l'ivrognerie & de la debaûche ; puiſque ces deux vices produiraient les deux
inconveniens que je redoute le-plûs...

Vous voyez, mon Cousin, quelles ſont
les diſposicions de m.^{me} Romainville,
quels ſont les motifs qui l'ont-determinée
au genre-de-vie qu'elle a-choiſi, & qu'elle
m'a-fait-embraſſer-?

Belval ne pouvait-revenir de ſon étonnement : Il voyait dans les maximes de
ſa Parente une ſorte-de-filoſofie, qui,
pendant quelques-inſtans, lui fit-illusion.
Il ne repondait-pas : Il regardait Isabelle,
le Theatre, les Acteurs, leur ignobilité
profonde, leur obſcurité, plûs-grande
que celle du dernier des Artiſans ; il fut-
un-inſtant-tanté de quitter ſon état, &
de ſ'aneantir, comme ſa Parente, dans
l'ignobilité. Tandiſ-qu'il reflechiſſait,
Isabelle vit-lever le rideau : Elle paraiſſait à la ſeconde ſcène ; elle courut à
ſon devoir, laiſſant Belval plongé dans
une rêverie, dont elle ignorait le motif.

Elle joua enfin : au-milieu de la ſcène,
dans une pièce intitulée, *Isabelle fille-de-
qualité*, elle ſe-tourna du côté de ſon
Cousin, & ajouta ce couplet à ſon rôle :

»—Je suis-soubrette, il est-vrai; mais
j'ai l'âme fière: Hé! qui sait! peutêtre
» suis-je née quelque-chose? Peutêtre
» n'est-il-pas-moins-extraordinaire de
» me-voir servante de m.r *Caſſandre,*
» qu'il l'eſt que d'Autres occupent un
» rang dont elles ſont fières! (*L'Acteur*
(*Leandre*) *ſurpris, lui dit:*) » Cela ſe-
» peut, Ma'm'ſelle Zirzabelle! (*Isabelle*).
» Mais ne vous effrayez-pas, Monſieur
» Leandre! j'ai une bonne Mère, qui
» ne me-donne que de bons-conſeils, &
» je ſuis-contente dans mon état....
» Hâ! ſi Quelqu'un voulait y-paſſer avec
» moi ſa vie, devenir valet où je ſuis ſer-
» vante, je prefererais ma ſervitude, à
» porter une courone-»!

Belval ne put-douter qu'elle n'expri-
mât ſes veritables ſentimens. Il en fut-
encore-plûs-convaincu, lorſqu'à la fin
de la pièce, à l'inſtant où Isabelle eſt-
reconnue pour la fille de m.r *Caſſandre*
comte *de-Tumefières,* & de la Barone-*de-
la-Colombinette* ſon épouse, cette Fille,
aulieu-de faire ſon rôle, qui était de ſuplier
ſes Parens d'accepter Leandre, & de re-
chercher, ſ'il n'eſt-pas-auſſi fils d'un
Comte, dit au-contraire:

»—Je-ſuis-charmée d'avoir-trouvé mes
» Parens; mais je ne le ſuis que de

» cela; leurs richeſſes & leur nobleſſe ne
» me-touchent-pas: A-quoi me-ſervira
» d'être-demoiſelle, ſi j'avais le bon-
» heur dans mon obſcurité? ſi je trouve
» les tourmens, les inquiétudes, l'ambi-
» cion dans ma qualité! Hô! que je
» voudrais avoir-retrouvé mes Parens
» dans l'état où je ſuis! rién ne trou-
» blerait ma joie-»!

Après cette pièce, qui terminait le
ſpectacle, Iſabelle vint-dire adieu à Belval. Il la pria de le preſenter à ſa Mère,
ſans le faire-connaître. La jeune Romainville y-conſentit. Elle le conduiſit
par la main derrière la ſcène, où il trouva la Directrice occupée à donner ſes ordres. —Maman (dit Iſabelle en-riant),
voici un jeune Avocat, pour qui notre
genre-de-vie a des charmes; il voudrait-
debuter à la Parade avec-moi. —Hâ!
mon chèr Enfant! (repondit la-Romainville), êtes-vous-bién-decidé?.... Prenez-garde! cet état ne conviént-pas à
tout le monde, & ſi vous y-aviez des
repentirs, ils ſeraient-cruels! —Je
compte ſur l'obſcurité, madame; ainſi
le repentir ſerait-moins-grand, que ſur
un Théâtre plûs-relevé. Qui me-recon-
naîtra ſur votre Theatre, & même à la parade? —Il eſt-vrai!... Cependant, je

ne ſouffrirai-pas que vous debutiez, qu'auparavant voûs ne ſoyiez-bién-decidé.
—De deux choſes l'une ; ou il faut que je
prénne votre état, ou que votre aimable
Fille prénne le mién ; & des deux-côtés,
je riſque autant : Je ne ſais à-quoi me-
determiner. —Ceci eſt-autre-choſe
(repondit la-Romainville) : ſi vous êtes-
aſſés-amoureus de ma Fille, pour la vou-
loir-épouſer, je crais qu'il ſerait-plûs-ſage
de deſcendre à notre état, que de l'élever
au vôtre, à-cauſe des inconveniens, ſi
l'on venait à la reconnaître. —Je vois
les choſes differenment, madame : Je
ſens que j'adore Iſabelle ; que je ne puis
être-heureus ſans ſa main & ſa perſone,
quoique je ne lui aie-parlé que d'aujourdhui : Nous prendrons tous les moyéns
poſſibles, pour qu'elle ne ſoit-pas-recon-
nue ; comme de lui faire-paſſer quelque-temps à une-campagne que j'ai à
quatre-lieues de Paris. Mais enfin, ſi,
malgré toutes ces precaucions, quel-
que-choſe tranſpirait, j'ai de-quoi-repouſ-
ſer le deshonneur, & m'en-faire aucontraire un ſujet-de-louange : c'eſt qu'Iſabelle eſt ma parente : Je-me-nomme Bel-
val-. A ce nom, la-Romainville rougit. —Que devez-vous-penſer de moi ?
(lui dit-elle). —Votre Fille vous a-

juſtifiée dans mon eſprit : elle m'a-expoſé vos motifs, votre filoſofie ; ſi tout-cela n'eſt-pas-deciſif, aumoins il vous excuſe... Je remettrai ma Parente dans ſon état naturel : vous reſterez avec votre Mari ; c'eſt la première-loi : mais ſi vous deveniez-veuve, vous vivriez avec nous ? —Ce que vous dites-là eſt très-raiſonnable ! mais d'où-viént ne le puis-je goûter ? Je tremble de faire le malheur de ma Fille !... On verra-bién votre generoſité, pour votre Parente, ſi l'on fait ce qu'a-fait Iſabelle ; on vous louera : mais ma Fille, dans les cercles où vous la conduirez, ſera-toujours-alarmée d'un mot ; ſa vie ſera-empoiſonnée ; elle en-mènerait une ſi-douce dans notre état, avec ſes talens !... Qu'elle deviénne la famme d'un Directeur, elle eſt une eſpèce-de-ſouveraine.... Enverité, mon Couſin, je ſuis-deſolée de votre rencontre ! Si vous voulez m'encraire, vous ceſſerez de voir ma Fille ? —Il eſt-trop-tard ! (dit Belval). —Trop-tard pour toi ? (dit la-Romainville à Iſabelle). La Jeune-Paradeuſe rougit, & baiſſa la vue. —Voila le premier Homme aimable que j'ai-vu. —Hô ! je n'ai-plus-rién à dire ! Je ne veus-pas-rendre ma Fille ſûrement-malheureuſe, pour

la preserver d'un *peutêtre elle le fera?*
Mais, mon chèr Belval, reflechiſſez, ſi
vous ne feriez-pas-mieus de prendre notre
état? Vous avez du goût, de la fortune; vous ſeriez un Directeur éclairé;
vous-vous-feriez une ſorte-d'honneur-
nouveau, de reputacion nouvelle.....
Vous pourriez-même avoir un prêtenom?
—Les dangérs que vous me-proposez de
courir, n'ont-pas de comparaison, avec
ceux que vous craignez! Cependant,
que votre chère Fille nous decide!...
Parlez, Isabelle? —Oui, parle, ma
Fille? —Je vais vous obeïr, Maman... Il faudrait que je fuſſe-abſolu-
ment-depourvue de ſens & de tout ſentiment honnête, ſi aimant un Homme,
voulant le rendre-heureus, & l'être avec-
lui & par-lui, je commençais par l'exciter à faire une demarche, qui pourrait
unjour le mettre au-deſeſpoir! Quels
reproches ne me-ferait-il-pas, lorſque ſa
paſſion éteinte avec mes faibles attraits,
ne lui laiſſerait-plûs-voir que le ſacrifice?
S'il avait des Enfans, aulieu-de les regarder comme deſtinés aux emplois, il ne
verrait en-eux que de petits Baladins; ils
lui feraient-horreur; il ne pourrait les
aimer. Le genre-de-mon-jeu, ne tarde-
derait-pas-non-plûs à le degoûter de ma

perſoné ; aulieu-qu'en-le-quittant à-present que je ſuis-jeune , il ne laiſſera auqu'une idée repouſſante... S'il faut dire
la verité , jamais je n'ai-goûté cet état ;
je n'aurais-pas-même-goûté celui d'Actrice des grands-theatres : mais je ſentais
ce que je dois à une Mère , & je n'ai-
jamais-voulu la mortifier. Mon Cousin
me-rendra le plûs-important des ſervices ,
en-me-retirant de la ſituacion où je ſuis,
ſans-bleſſer ma Mère , puiſqu'il conſent
qu'elle reſte avec ſon Mari. D'un-autre-
côté , nous ferons-tout ce qu'il faudra ,
pour éviter les inconveniens que m.ʳ Belval peut avoir à-redouter : Je paſſerai
quelque-temps dans un Couvent , à ſon
chois , afin-de me-faire-oublier , & d'a-
voir un moyén de-plûs de cacher ce
que nous ne voulons-pas qui ſoit-ſu-.
La-Romainville & Belval aprouvèrent
ce que proposait Isabelle : la Première
ne voulait que le bonheur de ſa Fille ,
& elle n'avait-plus d'objeccions , dès
qu'Isabelle n'aimait-pas ſon état. Il
fut-arrêté , qu'elle ne jouerait-plus , &
que dès le lendemain , elle entrerait au
Couvent. On craignait cependant que
le Mari de la-Romainville ne fût-très-
fâché de perdre un Sujet comme Isabelle :
on ſe-trompait ; lorſque cet Homme vit

dans Belval un Parent & un Pretendu, il fit une accion, qu'on n'aurait-pas-obtenue d'un Homme plûs-relevé: Il voulut-doter Isabelle, sous-peine de se brouiller avec-lui : & la manière secrette & genereuse dont il le fit, augmenta le prix de sa generosité. Isabelle ala au Couvent: son Pretendu l'y-vit tous-les-jours, & il la pressa-vivement d'abreger le temps de sa retraite.

Six-mois s'étaient-écoulés : Isabelle avait-été trèsheureusement-remplacée, par une Jeunefille de son âge, de sa tâille, & qui lui ressemblait unpeu; desorte-que beaucoup de Spectateurs s'y-trompaient. C'était son Beaupère, qui avait-fait ce chois, & qui s'apliquait dans les repeticions, à-faire-prendre à la nouvelle Isabelle, le ton & la manière modestes de l'Anciénne.

Tout alait à-merveille, & promettait à Belval un bonheur assuré, lorsque la mort l'enleva. Isabelle en-fut au-desespoir. Elle quitta le Couvent, renonça pour-toujours au mariage, & se-fit-recevoir à l'_Opera-comiq_, où elle parut avec-succès, pendant plusieurs-années. Elle quitta enfin absolument le theatre, & ne joua-plus que dans les Sociétés-particulières, dont elle fit les delices: C'était-ordinairement

ordinairement les pièces-parades, qu'elle
jouait avec une verité, toujours-plûs-ad-
mirée. Dans cet état, qui femblait-fait
pour la joie, Isabelle vivait dans la douleur: Elle avait chés elle un bufte de
Belval, placé dans une forte-de-fanc-
ruaire tendu en-deuil: elle alait tous-
les-jours y-donner des larmes au fouve-
nir de fon Amant, dont on pretend
qu'elle avait une Fille. Il paraît-même
que ce fut fa groffeffe qui la fit-fortir du
Couvent, où peutêtre fa douleur l'eût-
engajée à-refter pour-toujours. Cette
Fille d'Isabelle, quelle-que-foit fon origine, a-joui d'une haute deftinée, par fa
beauté: une mort prematurée a-borné fa
brillante-carrière. (*Non plura dicam.*)

Dans les *Nouvelles* qui concernent les
Fammes-de-theatre, j'ai-tâché d'être-vrai,
fans commettre Perfone: mais que de
foins, que de peines, que de recherches
il a-falu, pour fe-procurer des anecdotes
enterrées! quel art pour les deguiser, &
verifier le mot, *ludere, non lædere!*

Sujet de l'Eſtampe
de la *Soixantedixhuitième*, ou *Deuxcentsſoixantedouzième Nouvelle.*

La Belle-Charlatane jouant, ſur un theatre élevé dans le *marché-du-jeudi*, le rôle de *Lise*,
dans l'*Enfant-prodigue*: Elle reconnaît Eufe-
mon-fils-cadet, tout en-guenilles: On voit ſur la
ſcène, d'un côté, des Cochons; de l'autre, un
poirier-ſauvage; les Eufemon-père-&-fils-aîné
parlent au Valet.

LXXVIII, ou D.c.f.d.me Nouvelle.
La Belle - Charlatane.

On voit encore quelquefois des *Charlatans*, c'eftadire, des Hommes qui fe-vantent de poffeder des remèdes pour telles & telles maladies, ou même la *panacée-univerfelle* : Ils parcourent les Villes, & montent, dans les places-publiques, une forte-de-theatre, pour y-jouer des parades, afin-d'attirer la Foule, & de vendre enfuite leurs remèdes, vrais ou faus : C'eft un abus qui commence à difparaître, par la fageffe de l'Adminiftracion; mais il exiftait de temps inmemorial. Le Charlatan & le Chanteur-publiq, ont cela de commun avec le Limonadier, qu'il leur eft-important d'avoir une Jolie-famme, qui faffe-valoir leur marchandife.

Un Jeune-étudiant en-medecine, natif de Saintflour en-Auvergne, après avoir-paffé plufieurs-années à Paris, où il était-devenu-amoureus de la Fille d'une Avanturière, était-retourné dans fa Patrie, chés fon Père, un m.r *Delarbre*, maître-

Apotiquaire, qui refusa son consentement
au mariage que voulait-faire son Fils avec
Sara-Lee. Il arriva peu-de-temps après,
que l'Abesse d'un Monastère, que fournis-
fait m.ʳ Delarbre-père, eut-besoin, pour
sa Comunauté, de quelques-medicamens:
le vieus Apotiquaire, fièr de son Fils,
nouvellement-arrivé de Paris, avec tous
les ridiculs de la fatuité, crut-faire un vé-
ritable cadeau à l'Abesse, en-lui-envoyant
Josef-Delarbre. Le Jeunehomme plut
effectivement: tant il est-vrai, que s'il
existe des Fats, c'est l'ouvrage des Fammes, & que si elles en-sont-toujours la
dupe, elles le meritent-bién... Le jeune
Delarbre eut avec m.ᵐᵉ l'Abesse un long
entretién, dans lequel il se-flata de plusieurs choses, entr'autres, d'être aussi-
habil bibliotequaire que *Martin* ou *De-
bure*; de savoir-parfaitement arranger
des Livres par ordre-de-matières, desorte-
que rién n'était si-aisé que de les trouver,
dès-qu'on savait de-quoi ils traitaient.
La petite bibliotèque du Monastère était
dans un trèsgrand-desordre; il fut-convenu, que m.ʳ Delarbre-fils serait-intro-
duit pour l'arranger. Une jeune Sœur
de l'Abesse âgée de dixhuit-ans, renfermée depuis la première enfance, &
n'ayant-jamais-vu d'autres Hommes

qu'un vieus Capucin, était la Bibliotequaire : ce-fut-elle qui resta seule avec
Delarbre, aux instans où les devoirs de
sa place obligeaient l'Abesse à rentrer
chés elle.

Sœur *Saintéclaire* était une brune vive, charmante, moûlée par les Grâces, &
d'une innocence complette. La langueur
qu'inspirent les besoins de la nature, ne
se-fesait-sentir en-elle, que depuis quel-
ques-semaines, lorsque Delarbre parut.
L'aimable Recluse ne donnait auqu'une
consequence à ses demarches, à ses faveurs ; elle montait en-riant à l'échelle,
se-laissait-baiser la main, la joue, & quand
on vint à sa jolie bouche, elle ne repoussa
que faiblement. L'imprudent Delarbre,
gâté par son sejour à Paris, persuadé de
la verité des Contes de *Lafontaine*, qu'il
y-avait-lus, fut-audacieus, mais avec
une sorte-de-reserve ; il craignait, que la
Vertu revoltée, par une attaque trop-
decisive, ne l'accusât, & ne le perdît.
Il se-mit à faire des contes à la jolie
Sœur. Il lui raconta diverses avantures,
qu'il avait-lues dans les Romans, de
Religieuses évadées avec un Homme,
qui les avait-enmenées dans les pays-
Protestans, où ils s'étaient-mariés : Il
parla d'une Recluse qui s'était-faite

comediénne, & qui n'avait-été-reconnue
qu'après fa mort. Il amusait ainfi l'aimable Sainteclaire, & jetait la curiofité dans fon âme. Lorfqu'il la vit unpeu – difposée, il parla de luimême.
—Si vous le permettez, lui dit-il unjour (car il fefait-durer l'ouvrage), je
vous lirai ma confeffion-generale: Je
l'ai-écrite, & je n'aurai-pas à chercher,
ou-bién vous la lirez feule, & vous me-la-
rendrez? —Je prefère de la lire (repondit Sainteclaire); noûs fommes à-tout-
moment interrompus: l'avez–vous:
donnez-la-moi-? Delarbre la tenait
prête, il la remit à la Jeune-fœur, en-
la-priant de la-lui-rendre le lendemain.
Le refte de la feance, il fut-trèspreffant;
il entremêla fes difcours de quelques-re-
cits libres, qui firent-rougir Sainteclaire
pour la première-fois.

Le foir, quand elle fut-retirée dans
fa chambre, elle cacha fa lumière dans
les rideaus, & fe-mit à lire. L'Hiftoire
de Delarbre était-intituleé.

Le Pouvoir des Fammes
dans les fix-époques ordinaires de la vie.

» Pour rendre mon hiftoire plûs-intereffante, je vais la divifer en fix *Epoques*,

de trois-années; chaque *Epoque* aura une avanture particulière : Vous verrez par-là, madame, que l'amour eſt de tout âge; il ſe-fortifie en-croiſſant. J'ai-tou-jours-paſſionement-aimé votre ſexe; lui-ſeul m'a-donné mes plaiſirs; lui-ſeul a-cauſé mes peines : Ecoutez-les, belle Sainteclaire, ſinon pour les ſoulager, dumoins pour me plaindre : Hâ! ſi vous me plaignez, je ſerai moins-malheureus !

Première-Epoque, 1-à-10-ans.

» Joſef-Delarbre (c'eſt-moi), né de Parens honnêtes, & à-leur-aiſe, avait la plûs-heureuſe-figure : il avait-auſſi les paſſions vives, un levain d'impaciance dans ſon caractère, ou goût effrené pour les Fammes, qui ſe-manifeſta dès l'enfan-ce, c'eſtadire, à l'âge de neuf-ans; mais par-malheur il n'était-pas d'un tempera-ment auſſi-vigoureus, qu'il était-ardent.

» Il était-né en-1734, le 22 novem-bre. Sa beauté frapa tout le monde; on ne pouvait ſe-laſſer de l'admirer. Par-venu à l'âge de quatre-ans, ſon premier ſentiment, ce-fut-l'orgueil, & la honte qui en-eſt la fille : il ne-ſerait-pas-ſorti mal-arrangé : mais *brave*, il ſe-montrait, ſans-effronterie pourtant; cet Orgueil-leus était-modeſte. On ſ'aperçut chés ſes Parens de ſa petite vanité, mais non de sa modestie : & comme, suivant les Devots (ses Parens l'étaient), l'orgueil est le premier des crimes, on le regarda comme perdu, si on ne deracinait ce vice util, la source de toutes nos bonnes-qualités. On mit Josef le plûs-mal qu'on put. Il en-resulta, qu'on fortifia l'orgueil, en-le-soufflant par la contradiccion : nonseulement le jeune Delarbre ne ceda-pas ; mais il devint sauvage, concentré, misantrope ou énnemi des Hommes, longtemps avant d'être-Homme. Il fuyait, dès-qu'il voyait Quelqu'un, dabord, par-honte d'être-mal-vêtu, ensuite, par-haîne pour Ceux dont la vue l'humiliait. Si quelque-Convive venait chés ses Parens, Josef, à son arrivée, disparaissait, se-cachait dans le grenier-à-foin, & ne reparaissait qu'après le depart de l'Etranger. Des Parisiéns qui restèrent quinze-jours chés ses Parens, ne le virent-jamais ; il ne mangeait que la nuit, couchait avec les Rats, & se-tenait si-bién-caché, qu'on ne pouvait le decouvrir.

» Ce-fut alors qu'on lui donna le surnom de Sauvage, qui lui est-toujours-demeuré depuis. Cette qualité, ou ce defaut, on ne sait lequel doit-exprimer l'épisète, rendit Josef célèbre dans son can-

ton : les Jeunesfilles de fon Village en-
profitèrent, pour tenir avec-lui une conduite oposée au vraifemblable pour leur
fexe ; furtout à la campagne ; elles le
pourfuivaient, lorfqu'il fortait de l'églife,
ou lorfqu'il traverfait la Ville, pour
l'embraffer cinq à-fix-fois, & lui *mettre
une Fille fur la joue* (difaient=elles).
Jofef fuyait alors de-bonne-foi, & comme
par-inftinct, le fexe qui devait le perdre unjour. (Helas ! l'inftinct eft donc
plûs-fûr que notre raifon !)

>> Mais il fe-prefente ici une reflexion
à faire fur cette pourfuite des Filles :
Eft-ce que la pudeur ne ferait-pas-natu-
relle aux Fammes ? eft-ce qu'elle ne ferait
que l'ouvrage de la civilifacion ? Il y-
a grande aparence, à juger d'après ce
fait certain, & dont Jofef eft le Heros.

>> Delarbre ne fut-fauvage avec les Filles
que jufqu'à l'âge de neuf-ans. Beaucoup
plutôt, il en-avait-remarqué quatre ou
cinq, qu'il trouvait à fon gré : il peut-
même affurer, qu'étant encore à la li-
fière, porté fur les bras à l'églife par une
Fille qui avait de belles-couleurs ; il trouvait du plaifir à en-être-careffé. Mais à
neuf-ans, ce-fut un goût plûs-éclairé qui
fe-manifefta, pour une grande Fille, tou-
jours-plûs-propre que les Autres, furtout

S v

par fa chauffure. Josef aimait à la voir, mais en-fe-cachant ; la nuit, il penfait à elle ; il fe-la-representait, tendre, fenfible, lui prodiguant des baisers, & lui donnant pour gaje de fon cœur, des chofes qui avaient-fervi à fa parure. Cette idée était-anacreontique, & montre combién l'Ode d'*Anacreon,* où il fouhaite d'être toutes les parties de l'ajuftement de fa Belle, eft dans la nature. Ce-fut le lendemain de cette idée agreable, que Josef, en fortant de vêpres, fut-encore pourfuivi par les grandes Filles : Une furtout, qui était-fort-laide, alait-l'atteindre, & le faisir, quand Josef fegliffa fous fon bras, ala fe-jeter au-cou d'Une-trèsjolie, & l'embraffa plufieursfois, en-lui-disant : —Je me-fauve des Laides ; mais je veus à-prefent faire-endêver les Jolies—. Toutes les Filles furent-étonnées de ce difcours, & elles fe-retirèrent unpeu-honteuses, furtout la Laide.

»Il tint-parole, & devint d'autant-plûs redoutable à ces mêmes Filles, qui l'avaient-autrefois-pourfuivi, que fon caractère fauvage avait-concentré fes paffions ; elles n'en-étaient que plûs-ardentes. Il attaquait toutes Celles qu'il rencontrait, dans les jeus que l'innocence

des mœurs rend communs entre les deux
sexes, dans ces cantons éloignés de la Capitale : Il était prêt à devenir libertin,
comme les Gens des Villes, lorsqu'une
jolie Brune de son âge, fit naître dans
son cœur de tendres sentimens. Elle s'a-
pelait Marie : c'était une Beauté provo-
quante, malgré sa jeunesse.

» Elle forme la première *Epoque*.

» Delarbre ne respirait plus que pour
Marie : dès qu'elle était absente, il paraissait triste : Entendait-il sa voix argentine, il tressaillait, & sortait de son
accâblement. Lorsqu'il était auprès
d'elle, il devenait tendre ; il la caressait
comme une sœur ; & si quelquefois l'a-
mour lui fesait chercher sa jolie-bouche,
il s'arrêtait dans un ravissement inexpri-
mable. Deux-ans s'écoulèrent dans
cette situacion heureuse, & Josef en-
avait-douze, quand il éprouva un sentiment different pour Nannette.

» C'est la seconde *Epoque*.

» Nannette était une Joliefille, d'environ dixhuit à dixneuf-ans : sa figure pro-
voquante, son tour, sa tâille, tout en-elle
paraissait fait pour la volupté. Elle l'inspira : Josef sentit, pour la première-fois,
l'aiguillon-du desir. Il rechercha Nannette, qui ne l'évita-pas ; aucontraire,

elle fut-charmée d'enlever à Marie ce joli Garſon, d'autant-plûs-attrayant pour
elle, qu'il était-encore-unpeu-ſauvage.
Elle le captiva deux-années, & courona
ſon amour d'une manière ſingulière. Elle
ſe-maria : Joſef en-fut-affligé : mais il
ſ'en-conſola par l'idée, que ſa Maîtreſſe,
iniciée par un Mari aux miſtères-de-l'a-
mour & de l'himèn, lui communique-
rait ſes lumières. Il en-fit la demande,
qui lui fut-accordée, avec une ſorte-d'innocence. . . .

» Mais ces lumières furent-fatales à celles
de Marie : Joſef revint à elle, bleſſé
(car il était-delicat), du partage de Nannette avec un-autre Homme : Ils ſe-
reconcilièrent, & Marie ſeduite, laiſſa-
cueillir ſa roſe à l'amour.

» Sa faibleſſe fut le terme de la conſtance de ſon Amant.

» Voici la troiſième *Epoque.*

» Joſef vit l'aimable *Marie-Jeanne*
Plûs-belle encore, & plûs-provoquante
que les deux Autres, elle inſpira plûs de
deſirs & plûs d'amour : Elle fut-aimée
deux-ans, & le ſerait peutêtre encore,
ſans une abſence forcée : Joſef fut-en-
voyé à Riom, pour étudier : les adieus
avec Marie-Jeanne furent-touchans ; la
Jeuneſilla ſe-laiſſa-flechir ; elle donna ſa
roſe. . . .

» Quatrième *Epoque.*

» A Riom, Josef fit-connaissance de Jeannette, fille d'un Notaire. Elle était-plûs-belle que les trois Autres, & fut-adorée avec plûs de respect. La passion qu'elle inspira fut une sorte-de-frenesie: Josef la regardait comme une Divinité: Il la rêvait la nuit; elle-seule le rendit poète; car il ignorait encore les règles. Cette passion épura son cœur: Il aimait tendrement, avec un devoûment sans-reserve... Mais helas! les ordres de son Père l'arrachèrent de Riom; il fut-obligé d'aler à Clermont, sans avoir-rién-obtenu de Jeannette.

» Cinquième *Epoque.*

» Josef avait-cru ne pouvoir rién-aimer audelà de Jeannette: Il se-trompait: Il vecut à Clermont, chés un Ami de son Père, dont l'Epouse était un prodige-de-beauté, de vertu, de grandeur-d'âme. Toutes les facultés du jeune Delarbre furent-absorbées par ce nouvel Objet. Il l'adora... Le dira-t-il? Oui, oui... Josef fut-heureus, sans en-être moins-tendre, sans-moins-respecter l'Objet de son amour, de son inepuisable ardeur. Il l'aurait-toujours-aimée, cette Famme adorable... mais la mort l'a-ravie à sa vive tendresse...

» Sixième & dernière *Epoque*.

» Il vivait dans la douleur, l'Infortuné ! toutes ſes anciénnes Maîtreſſes
étaient-mariées : Il partit pour Paris.
Là, il ne vit que des Coquettes. Un-
inſtant ſeulement, il crut avoir-trouvé
dans Sara-Lée, blonde charmante, un
Objet capable de le conſoler : mais il
ne tarda-pas à decouvrir qu'il ſ'était-
trompé... Il eſt-revenu à Saintflour : Depuis huit-jours, il a-eu le bonheur d'entrer dans le Temple ſacré de la Beauté
recluse ; il y-a-vu le Chéfdœuvre-de-
la-nature : Il l'adore, il n'adorera qu'elle
juſqu'au tombeau : ſi elle courone ſes
vœus, il lui jure un éternel attachement :
ſi elle veut ſ'échaper avec lui, il lui
donnera ſa foi. Josef a des talens ; il ne
manquera jamais du neceſſaire.... Mais
il en-dit aſſés ; ou il en-a-trop-dit (*) ».

Sainteclaire ne comprit-pas entière-
ment ce que Delarbre voulait lui faire-
entendre : mais tout ce que desirait le

(*) Ces ſix *Epoques* devaient renfermer toute
la vie ; mais Delarbre les tronqua exprès : on
les verra dans un autre Ouvrage, au nombre de
huit, & avec une étendue qui ne laiſſera-rién à
desirer.

jeune Apotiquaire, c'eſt qu'elle lui demandât une explicacion. Il attendit le
lendemain avec impacience.

En arrivant à la bibliotèque, il y-trou-
va la jolie Sainteclaire, penſive & le
viſage coloré. Il la ſalua timidement.
Elle lui ſourit, en-lui-rendant l'écrit.
—Quelle eſt-donc cette Beauté recluse,
par laquelle vous finiſſez? (lui dit-elle).
—Pour vous le confier (repondit Delarbre), il faudrait que je fuſſe-bién-ſûr de
vos bonnes-diſpoſicions pour moi?
—Hô, pour cela, vous n'en-pourriez-
douter ſans-injuſtice!... Je ne ſaurais
vous dire, combién je trouve de plaiſir
avec-vous! je n'enviſage qu'avec-effroi,
l'inſtant où nous-nous-ſeparerons pour-
jamais! —Hâ! belle Claire! que de
momens-perdus? —Que voulez-vous-
dire-parlà! —Mais, je veus dire, que
nous ſommes-libres, & que... jamais une
ſi-belle occaſion, pour vous faire-connaître l'amour, ne ſe-preſentera deſor-
mais... Mais vous ne voulez-pas le connaître... je vous intereſſe-peu. —Serait-
ce de moi, dont vous parlez dans la ſixiè-
me *Epoque*? —Enhardiſſez-moi à vous
le dire? —Hâ! que faut-il-faire, pour
vous enhardir? —Permettez un baiſer?
—Mondieu! je n'y-vois-pas de mal.......

—Adorable Claire... oui, c'eſt de vous
que j'ai-parlé... C'eſt vous qui réüniſſez
plûs de charmes que mes cinq premières
Maîtreſſes: c'eſt avec-vous que je vou-
drais-paſſer le reſte de mes jours.....
Mais eſſayez de ces careſſes-delicieuses,
dont vous ſerez-éternellement-privée, ſi
vous n'acceptez-pas l'offre de mon cœur...
—Helas! je ſerais-trop-heuréuse de vivre
avec-vous! mais comment?... —Je
vous le dirai: En-ce-moment, madame
l'Abbeſſe eſt-occupée: oubliez-tout,
excepté que je vous adore....

Il trouva une Brebiette ſans-defenſe,
qui donna ce qu'Une-autre eût-laiſſé-ra-
vir. Mais elle était ſi-belle, que tout
fat qu'il était, il devint-amoureus éper-
dûment. Sainteclaire n'était-pas-moins
tendre: ou plutôt, elle éprouva cette
flâme devorante, qu'excite la crainte
d'en-perdre l'Objet. Lorſqu'une-fois
elle ſe-fut-entièrement-livrée, le Monaſ-
tère lui devint-inſupportable, & elle fut
la première à preſſer ſon Amant de l'en-
tirer, ſans trop ſ'embarraſſer des reſſour-
ces qu'il avait pour ſubſiſter. Delarbre,
de ſon côté, n'était-pas-doué de beaucoup de prudence. L'arrangement des
Livres étant-fini, la privacion de Celle
qu'il adorait, le mit dans cette efferveſ-

cence, qui renverse toutes les idées: Il
fit-provision de quelqu'argent, s'assura
d'une chaise, & le soir où tout fut-prêt,
il tira Sainteclaire de son Couvent par le
tour, après avoir-enivré une sorte de
petit Sacristain-valet, nommé *Doli*.
Sainteclaire était-mince; elle passa, quoiqu'avec-peine; son Amant la jeta dans
la chaise, & ils s'éloignèrent.

Genève fut le premier-endrait où les
Fugitifs s'arrêtèrent: Sainteclaire y-prit
des habits ordinaires, & s'y-maria. Les
Nouveaus-épous alèrent ensuite à Bâle,
où ils se-fixèrent. Comme la petite
somme que s'était-procurée Delarbre,
par differens emprunts, commençait à
disparaître, il falut-songer aux ressources: Il fit le mèdecin. Mais les Mèdecins en-titre sont-partout les Ennemis des
Nouveau-venus: Delarbre fut-persé-
cuté, parcequ'il s'avisa de faire deux cures desesperées avec un regime sage.
Obligé de quitter Bâle, avec très peu
d'argent, il lui vint une idée: —J'ai-
gueri par le regime seul: les Mèdecins
me-persecuteront partout: Il faut-aler
où il n'y-a-pas de Mèdecins; il faut-pa-
raître Empiriq; je guerirai par le regime; je vendrai vingtquatresous des bouteilles d'eau-claire, dont je recommande-

rai de mettre quatre goutes le matin dans
un grand verre-d'eau, en-suivant un regime proporcionné; je suis-sûr par-là
de ne pas-faire de mal, & de faire sûrement unpeu de bién; je vivrai . . . . .
Rentrons en-France, sous le nom *dou
signor Ousoucapioni, italiano*; obte-
tenons une permission de chaque Maire
des Bourgs où je passerai: associons-nous
quelques-*Saltinbanques*; ma Famme est-
jolie; elle fera quelques-petits-rôles, sur
un échafaud élevé à-peu-de-frais: Je vendrai unpeu de vraie teriaque; quelques-
grains-de-vie de *Clerambourg*, que je
tirerai de Paris; je ferai des cures mer-
veilleuses par-là: si quelque Libertin
est-tombé dans le gouffre de la *sifillis*; je
connais le Docteur *De-Preval*; je de-
manderai de son eau, qu'il oubliera de
me-faire-payer; je guerirai radicalement,
comme si c'était avec la miénne: je ferai
peutêtre fortune-.

Tel fut le plan de l'Apotiquaire Delarbre. Il l'executa en quittant la Suisse.
Il rentra en-France par la Franche-comté;
se-fit-annoncer partout, comme *il signor
Ousoucapioni, italiano, medico della
soua Atezza serenissima* (il n'en-dit-pas
le nom): Il fit-venir à Besançon de
l'eau du Docteur, comme *dou remedio*

pioù *efficace* ; des *grains-de-Clerambourg* ; il remplit dans le *Doux* une cen-
taine de bouteilles de demifeptier, dreffa
un theatre dans un Bourg, y-monta, dif-
tribua fon eau, prefcrivit un regime, accompagné de quelques-bols, & fit des cures
fi-promptes, fi-merveilleuses-même, que
fa reputacion lui amena des Malades de
trois-lieues à la ronde. Les *grains-de-
Clerambourg* leur rendirent l'apetit ; l'eau
fraide prife à-jeûn, leur lava l'eftomac,
fans en-relâcher les fibres ; on cria,
Miracle ! vivat il fignor Ousoucapioni,
le *plous* grand mèdecin qui ait-*parou* en-
Franche-comté, *depouis* les Efpagnols...

Mais pour mettre le comble à fa gloire,
il falait un Sifillisé. Il en-arriva un de
Besançon : c'était un Jeune-officier, qui
avait-paffé l'hiver à Paris, au *Café-mi-
litaire*, & aux environs. *Ousoucapioni*
lui adminiftra le remède du Docteur-De-
Preval, avec toute la fageffe requise, &
le guerit en-peu-de-temps. Le Jeunehomme tranfporté-de-joie, ala-celebrer
fon Efculape dans la Garnison, qui accourut auprès de lui. *Ousoucapioni* alait
faire-fortune : mais il était-trop-près
d'une grande Ville ; les Mèdecins le me-
nacèrent : Et comme Usucapioni n'a-
vait-pas interêt à fe-faire trop-connaî-
tre, il decampa, ne vit Dijon que de

loin, fuivit la grand'-route de Lion à
Paris, & vint établir fon theatre à cinq-
lieues d'Aucerre.

C'était un-jour de marché; l'affluance
était-grande, & le bourg de Vermanton
raffemblait ce jour-là, tout ce qu'il y-
avait-d'aifé à deux ou trois-lieues à-la-
ronde: mais ce qui le raffurait, c'eft
qu'il était à plûs de foixante-lieues de
Saintflour. Toutes fes difpoficions faites, il monta fur fon theatre, dans le
marché-du-jeudi, avec m.me Usucapioni;
un Elève en-guenilles, jouait le rôle
d'Enfant-prodigue; un Valet, fesait celui de Frère, & un Garfon de l'auberge,
était-chargé du rôle de Porcher. La
pièce fut-jouée à la grande fatiffaccion
des Spectateurs, qui virent avec plaisir la
belle Claire, quoiqu'unpeu-rembrunie:
une Marionnette, fesait le perfonage
muet de Soubrette, & Claire expliquait
aux Spectateurs ce qu'elle aurait-dû-
dire: Usucapioni était le Père: il avait-
fuprimé les autres rôles; mais en-revan-
ge, on avait-introduit les Cochons fur la
fcène: C'était avec-eux que l'ouvrait
l'Enfant-prodigue, qui mangeait des cof-
fes-de-pois, & racontait, comment il
avait-quitté fon Père. Il fit-repandre des
larmes: mais quand la belle Claire fut
en-fcène avec-lui, tous les Spectateurs,

qui n'avaient-jamais-vu de pièce regulie-
re, furent-tranfportés-de-plaisir: Ils
étaient fi-touchés, qu'on eut, à cette occafion, la preuve d'une verité, que les
Antidramiftes n'étoufferont-pas, avec
des fofifmes, c'eft que l'attendriffement
eft un plaisir plûs-noble & plûs-delicieus
que le rire: Le premier obtiént toujours l'aprobacion de la raison; le fecond aucontraire, quand il a-furpris les
Perfones ferieuses des campagnes, leur
laiffe un petit fentiment-de-honte: c'eft
que jamais le rire n'exifte fans un grain-
de-mechanceté, ou de nigauderie; car
le rire-de-bonté, n'eft-que le fourire...
   Après la pièce jouée, tout le monde
acheta de l'eau de la *Cure*, en-fiole, &
des *grains-de-Clerambourg*, à un fou la
pièce, avec un imprimé, qui preferivait
le regime à obferver. Cette journée fut-
trèslucrative, & celle du lendemain encore davantage: Tous les Malades cro-
niqs vinrent-confulter le *Charlatan* Ufucapioni, qui, ayant beaucoup de bon-
fens, comprit parfaitement la cause prefqu'uniforme des maladies de Vignerons
laborieus, ou de Gens-de-rivière, exposés
aux refraidiffemens fubits. Il leur prefcrivit fes bols prefqu'à-tous: Unfeul eut-
besoin de l'eau du Docteur, & Ufucapioni fit fa cour au Chirurgién du lieu,

en - lui - confiant le traitement de cet Homme.

On partit de Vermanton le quatrième-jour. Mais il était-arrivé un grand malheur à l'Operateur & à l'Operatrice! Ils l'ignoraient encore, & femblables à l'Agneau, qui va en-bondiflant fous le couteau qui doit l'égorger, ils fe-rendirent gaîment à Aucerre.

Or, il faut favoir, que tandifqu'Ufucapioni & Claire jouaient à Vermanton la pièce attendriflante de l'*Enfant-prodigue*, il paffait par ce Bourg deux Auvergnats frères, qui fe-rendaient à Paris, pour y-travailler de leur profeffion : Ils étaient-fils d'un Imprimeur de Clermont, & fe-nomaient les *Dinarfes*. Le Plûs-jeune des deux avait-eu-occafion de voir fouvent Claire, à laquelle il portait des Livres pour l'ufage de la maifon. S'il n'avait-pas-entendu-parler de fon évafion, il ne fe-fût-jamais-avifé de trouver fes traits dans une Charlatane ; mais il y-avait-eu quelques-rumeurs, qui aprochaient de la verité ; il avait-auffi-entrevu Delarbre dans le pays, & quoique fon deguifement le cachait davantage, comme une decouverte en-amène une autre, Dinarfes vit tout-d'un-coup la verité. Ce Cadet était-mechant : Il fut-tranfporté-de-joie de la rencontre ; mais il commença par s'ouvrir à son Frère : Celui-ci, naturellement-bon, fremit des maus ausquels un mot pouvait-exposer Claire & Delarbre. Il les fit-envisager à son Frère, & employa son autorité d'aînesse, pour retenir sa langue. Mais le petit Dinarses brûlait de parler. Son Aîné le surveilla. Ils partirent pour Aucerre. Là, toute la vigilance de l'Aîné fut-inutile ; Dinarses le Cadet trouvant l'instant de dire à une Servante : —Vousverrez-arriver ici, sous peu de jours un Charlatan, avec une jolie Charlatane : Elle joue parfaitement des parades : c'est une Religieuse, que le Charlatan, fils d'un Apotiquaire a-enlevée : Je vous le dis en-secret : n'en-parlez-pas-! La Servante le dit à tout le monde. Dinarses l'aîné, instruit de l'indiscrecion de son Frère, prit le parti d'écrire à Usucapioni, qu'il se-gardât de passer par Aucerre, où son avanture était-connue, & où il pourrait-être-arrêté : Il mit la Lettre à la poste en-partant d'Aucerre. Mais c'était malheureusement le jour qu'Usucapioni quittait Vermanton ; desorte-qu'il ne reçut-pas la Lettre. Il arriva dans la Metropole des Basbourguignons, dans une securité profonde.

Il aimait tendrement Claire : outre

qu'elle était-jolie, douce, fpirituelle,
l'idée du peril où il la tenait-continuelle-
ment-exposée, attendriffait fon cœur:
fouvent, en-l'embraffant, il verfait des
larmes : ——Helas! penfait-il en-lui-
même (car il ne le difait-pas), peutêtre
cette Epouse adorée finira-t-elle fes jours
dans un cachot, fur la pâille, au-pain-
&-à-l'eau, dont on diminuera infenfiblement la quantité, jufqu'à ce qu'elle n'en-
ait que pour conferver un fouffle-de-vie!
Hâ! puiffé-je le prevoir, & terminer
nos jours enfemble dans le même-inf-
tant-!... Lorfque Delarbre avait ces
idées, il pâliffait; Claire effrayée, fe-
jetait dans fes bras, & lui difait :
——Qu'as-tu? chèr Epous? quel chagrin
t'agite! Hâ! conferve ta vie! la miénne
y-eft-attachée; que deviéndrais-je fans-
toi-? Dans la voiture qui les conduifait
de Vermanton à Aucerre, les deux Infortunés eurent une de ces converfacions
intereffantes, & leurs larmes ordinaire-
ment-douces, furent-amères pour la première-fois...

A fon arrivée, Ufucapioni ala chés
le Maire, demander la permiffion d'exercer fon talent dans la Ville. Ce qui lui
fut-accordé. Dès le lendemain le theatre fut-élevé dans la *place-des-Fontaines*,

audeffus

audeſſus du *jeu-de-paume :* on y-joua de-
nouveau l'*Enfant-prodigue,* dont l'effet
attendriſſant fut-encore plûs-marqué qu'à
Vermanton. Cependant, la Rumeur,
ſœur aveugle & trèsmechante de la Re-
nomée, ſe-mêlait parmi les Spectateurs,
& leur diſait à-l'oreille : :: *Cette jolie
Charlatane, qui joue ſi-bién, eſt une Religieuse échapée !* ... A ces mots, les
Devotes ſe-ſignèrent, les Servantes bo-
naſſes, ouvrirent de larges becs ; les petites Ouvrières ſourirent malignement ; &
les Bourgeoiſes émues diſaient entr'elles,
pour rendre la ſcène plûs-intereſſante :
:: Il faudrait que cette belle Charlatane fût-
priſe & exécutée dans cette-même place !
hô ! il y-aurait dequoi fondre en-larmes...
Ces bruits furent ſi-forts, qu'ils parvinrent
aux oreilles d'Uſucapioni. Effrayé, il
abregea ſa recette : mais avant de ſe-re-
tirer, il crut devoir ſe-juſtifier publique-
ment, en-racontant le roman de ſon origine, en-ces-termes :

» —*Meſſeours & Dames : Je ſouis
italiano, de la ville de Verona, où qui
ſont les reliques de l'Ane qui porta noſtre
Signor, que l'on monſtre tous-les-ans
deoux-fois au Peouple ; & ma Fame,
la ſignora Chiara, è figlia del ſignor Or-
vietano : Et-ſi j'entens poublier qu' io*

sono oun overgnat; e che la signora mia
Sposa, è oune Reclousa. Mensounge de
çalomnie de la medisance: nous soumes
de Verone, nell' Italia : nous arrivons
de Souisse, e nous alons à la grande
ville de Paris, où che la fortouna nous
rira, pour notre excellente aqua-de-vita
(il montrait ici ses bouteilles), *che gué-*
rissono di tota maladia-».

Cette harangue eut son effet: Une
partie des Spectateurs pensa que le bruit
repandu était une fausseté : mais la partie
mechante du Publiq (& ce-fut la plûs-
nombreuse), trouvant un grand plaisir à
se-scandaliser, continua de faire du bruit.
Cependant, Usucapioni se-retirait, &
donna-ordre au Menuisier de demonter
son theatre. Il se-proposait de partir
le lendemain jeudi, par le coche-d'eau,
trèsinquiet sur ce qui avait-occasionné un
bruit conforme à la verité. Mais à huit-
heures-du-soir, étant-sorti dans la cour
de l'auberge, il entrevit deux Cavaliers-
de-marechaussée, qui s'informaient où
était sa chambre. La Servante refusait
de la montrer, & dit à ces deux Hommes,
de s'adresser au Maître ou à la Maîtresse-
de-la-maison. Ils y-alèrent, & montrè-
rent un ordre du Maire, pour arrêter le
Charlatan. Usucapioni remonta sans-
bruit dans sa chambre, prit son argent,

abandonna tout le reste, à-l'excepcion
de ses bouteilles d'eau-pure, qu'il brisa,
donna la main à sa Famme, & descendit
à la faveur de l'obscurité. Il sortit heureusement de la cour, gâgna le bord de
l'*Ione*, & resolut de suivre le cours de
cette rivière jusqu'au lendemain-matin,
pour se-jeter dans le coche-d'eau, lorsqu'il passerait. Claire était-si-tremblan-
te, qu'elle pouvait à-peine marcher. Elle
avait, pour voyager, une capote à la
poitevine, & son Mari une grosse redin-
gote; on ne les avait-pas-vus sous cet
habit: Ils se-flatèrent qu'on ne les recon-
naîtrait-pas; & que se-retirant aussitôt
dans une cabane, ils arriveraient à Paris sans-danger. Ils marchèrent jusqu'à
Bassou: Ils y-attendirent le coche, où
ils entrèrent, sous un nom suposé. Delarbre, defait de son jargon italién-fran-
çais, paraissait tout un autre Homme:
comme le coche part à cinq-heures, le
bruit de l'évasion du Charlatan & de la
Charlatane n'était-pas-repandu; Delarbre s'en-aperçut, parcequ'on lui parla
de lui, à luimême, comme étant-encore
à Aucerre: Pour Claire, elle ne parais-
sait-pas. A Melun, le Charlatan & sa
Compagne quittèrent le coche, & arrivèrent à Paris, par le *Faubourg-Saintantoine*.

Delarbre n'avait à Paris auqu'une connaiſſance ſtable : les Amis qu'il y-avait-
laiſſés, tous jeunes, avaient-changé dix-
fois d'hôtel-garni, ou de boutiques, depuis ſon depart. Il ſe-reſſouvint alors
de la Mère de ſa dernière Maîtreſſe. Il
conduiſit ſa Compagne chés cette Famme, dont il eſperait que ſon avanture
ſerait-ignorée. Il fut-aſſés-bién-reçu:
La Mère de Sara ne vit-pas Claire ſans-
interêt ; elle donna un petit logement ſur
le derrière aux deux Epous, & ſ'étudia
enſuite à connaître à-fond leurs affaires.
Delarbre lui parla de ſon eau, de ſes grains
(qu'il achetait chés Clerambourg), de
ſon ſecret pour la ſiſillis (qu'il gueriſſait
avec le remède du Docteur). Il la pria
de le prôner, non-pas ſous ſon nom de
Delarbre, ni même ſous celui d'Uſucapioni, mais ſous celui de m.ʳ *Merlin*,
mèdecin-bourguignon. L'Hôteſſe du
Charlatan fut-dabord-trèsempreſſée à le
ſervir. Mais inſtruite aubout de quelquetemps, de la veritable avanture de
ſon Locataire, elle en-profita, pour
vendre Claire à un Lord, qui retournait
dans ſon pays. Elle fut-perſuader à m.ᵐᵉ
Merlin, que pour éviter les malheurs qui
la menaçaient, il falait pluſieurs-choſes:
Renoncer dabord à Delarbre: paſſer enſuite pour ſa Fille aux ïeus du Lord:

Puis s'arranger avec lui sous ce nom,
& le suivre en-Angleterre, qui était un
pays protestant. Tout-cela fut-execu-
té: Claire, quoique sensible autant que
jamais pour Delarbre, le quitta, de
son consentement à luimême, & passa
la mèr: L'Intriguante reçut la somme
convenue. Cette somme lui servit à
marier sa Fille avec Delarbre. Elisa-
beth-Sara n'était-plus dans la première-
jeunesse, mais elle avait un certain éclat;
sa Mère, qui était-bién-aise de s'en-de-
barrasser, conseilla aux Nouveaus-épous,
de retourner en-province exercer le metier de Charlatan: —On vous arrêtera
peutêtre, & c'est tantmieus! cela vous
justifiera. Ma Fille n'était-pas chés moi
dans le temps de votre passage à Aucerre,
& ailleurs; on n'a-pas-vu de fort-près
votre Religieuse; vous direz que vous
n'avez-jamais-eu d'autre Compagne que
ma Fille; elle le soutiéndra; je vous se-
conderai; vous serez-ainsi-justifié d'une
accusacion qui peut vous perdre. Delarbre suivit ce conseil, qui était-sansdoute
prudent. Mais les ïeus-éclairés de *Te-
mis* sont-difficils à fasciner! Delarbre
fut-arrêté à Aucerre. Il s'y-justifia facilement. Mais son affaire ayant-éclaté, les
Parens de Claire en-entendirent-parler; ils

T

firent-arrêter Delarbre de-nouveau, & de-
couvrirent la fourberie, en-fesant-voir le
Charlatan avec sa nouvelle Compagne à
Ceux qui les avaient-frequentés en-Suisse.
Cependant, Delarbre trouva-moyen de
s'échaper. Il passa en-Angleterre. Il
y-retrouva Claire, que le Lord avait-
quittée, & mariée à un Bas-officier de son
Regiment. Elle ne put revoir son veritable Mari, sans-reprendre ses premiers
sentimens. Le Bas-officier s'en-aperçut,
& la maltraita. Elle s'enfuit avec Usucapioni (qui avait-repris son metier de
Charlatan); ils passèrent en-Ecosse, où
ils vecurent quelques-années assés-mise-
rablement: Delà, ils alèrent en-Irlande;
le Bas-officier y-servait; il reconnut sa
Famme sur le theatre du Charlatan; il y-
monta, la saisit par les cheveus, & l'enmena chés lui, après avoir-renversé si bru-
talement Usucapioni de son theatre à terre, que cet Infortuné en-mourut. Claire,
devenue veuve, est-repassée en-France,
avec trois-Enfans; elle est-venue se-jeter
dans les bras de sa Sœur l'Abesse, qui lui
a-pardonné. Elle vit à-present d'une
manière édifiante, degoûtée du monde &
de l'amour: elle a quarantecinq-ans.

Fin des Nouvelles.

Jamque Opus exegi, quod nec Jovis ira, nec ignes,
Nec poterit ferrum, nec edax abolere Vetuflas!
Cùm volet illa dies quæ nil nisi corporis hujus,
Jus habet, incerti fpatium mihi finiat ævi:
Parte tamen meliore meî fuper alta perennis
Aftra ferar, nomenque erit indelebile noftrum.   Ovid.

Je viens d'achever un Ouvrage, que rien ne pourra detruire ; ni la fureur des Cagots, ni la rage des Celibataires-corrupteurs ; ni la jalousie écumante des Ecrivains ampoulés, ni les fourdes menées des Intriguantes, ni les groffières injures des Catins, ni la morgue altière des Prudes imperieuses : Je mourrai, lorfque le nombre de mes jours fera rempli, & j'entraînerai dans mon tombeau, toutes les critiques, periffables comme ce corps chetif & mortel : mais je vivrai à-jamais, par la porcion la plûs-noble de moimême ; mon nom franchira les mèrs ; on lira mes *Nouvelles* dans les deux-mondes, dans toutes les langues ; chaque Peuple y-reconnaîtra les Avantures racontées dans fes Villes, dans fes Villages, & on dira, Comment *Nicolas-Edme* a-t-il-pu-deviner ce qui fe-paffait à deuxmilles-lieues de lui ?

O mon honnête & biénveuillant Lecteur, c'eft que je n'ai-jamais-voulu rien écrire d'imaginaire ! J'ai, pendant trente-ans, amaffé les faits dans le magasin de ma memoire, & j'en-ai employé fix à les publier, pour être util à mes Semblables, en-leur montrant le Vice odieus & la Vertu aimable !... Combién-de-fois, au milieu des rues, où je meditais filencieusement, parmi les embarras des chars rapides, des pesantes voitures-de-bois, de-boues, de-pierres, environné de troupeaus de Moutons & de Bœufs, entraîné par la Foule qui fortait des églises, dés fpectacles, ou qui pour-

T..

fuivait un Voleur, combién de fois ne me fuis-
je-pas-vu-retenu par le bras! ——Vous avez-
bién-peint m.ᵣ *Tel* avec m.ᵐᵉ *Telle!* C'eſt leur
avanture, mot-pour-mot-! On m'aprenait que
j'avais-dit la vérité; ou plutôt, on me-decou-
vrait, que les faits deja-connus, que j'avais-em-
ployés, n'étaient-pas-arrivés pour une ſeule-fois...
En-effet, en-1782, on imprima la *Nouvelle* des
Chaircuitières, faite ſix-mois auparavant: dàns
l'automne de 1783, j'ai-vu le trait principal ſe-
verifier ſous mes ieus. Mon étonnement fut ex-
trême! J'avais-été profète, autant qu'hiſtorién.
Centfois la même chose eſt-arrivée dans les *Nou-*
velles que vous achevez de lire... O mon Lecteur, donnez-moi votre confiance! mes vues ſont
pures, & je ne vous tranſporte jamais au pays des
chimères; je vous promène dans nos Villes,
quelquefois dans nos Villages; vous êtes toujours
avec des Hommes qui penſent & qui agiſſent
comme Ceux avec qui vous vivez... Jeuneſſilles,
qui ne connaiſſez pas-encore le monde, liſez-moi
ſans-crainte! Les *Contemporaines*, comme les
Lois, ont deux parties: Par l'une, j'encourage à
la vertu, que je peins aimable: Par l'autre, je
donne horreur du vice, que je repreſente hideus:
ces deux manières ſont inſeparables, & ſont égal-
lement utiles: que dis-je? elles ſont-également
neceſſaires.... Ami du vrai, mes recits naïfs,
naturels, n'ont-point l'art du Reteur; je le dedaigne; je raconte comme ces Vieillards reſpec-
tables, énnemis du menſonge, & non comme
les Petitsmaîtres hâbleurs, qui *clinquantent, co-*
lifichètent, ou *bourſoufflent* toujours la verité.
Adieu, mon honorable Lecteur! je ne ferai-
plus de *Contemporaines!*

Canevas.

Parvenu à la fin de l'inmenfe *Colleccion*
cu'on viént de lire, il me-refte differens
Canevas que je n'ai-pu-employer : Il
en-eft dont les fujets font-doublés, c'eftadire, que je les ai-traités dans une hif-
toriette differente de celle qui me-refte :
Telles font *la Famme-au-laid-Mari*, dont
le fujet eft le même que celui de *la Fam-
me-au-Mari-invisible*, XXVII.me Nouvelle, *l'Elève-de-la-nature*, &c.ª

I Canevas : *La Famme-au-laid-Mari.*
Une jeune & jolie Perfone époufe exprès
un Homme fort-laid de figure, mais non
defiguré, pour en-être-mieus-aimée : Elle
ne f'eft-pas-trompée dans fon efperance;
fon Mari l'adore, & prend tous les moyéns
de fe-rendre fuportable, en-évitant ce qui
peut faire-paraître fa laideur ridicule. Il
dit à cette occafion une grande verité !
c'eft que le ridicul de la laideur eft toujours
ce qui rend haïffable, & jamais la laideur
en-ellemême. C'eft par cette raifon, qu'il
eft tant de Laiderons aimables parmi les
Fammes, & tant d'Hommes qui fe-paf-
fent de beauté : les Premières & les
Seconds n'ont-rién de ridicul dans les

T v

traits. L'Auteur du Canevas cite à cette occasion, une Fille de Libraire de Paris, decidement laide, mais bién-faite, ayant ce tour voluptueus, qui excitait dans les Hommes qui la voyaient, une forte-de-frenesie, tant fon enfemble était provoquant : c'est que loin qu'il y-eût du ridicul dans fa laideur, occafionnée par la petiteverole, on n'y-voyait aucontraire que de l'intereffant! Dans le même Canevas, on parle des Hommes laids qui ont l'haleine forte. Il eft-certain que ce defaut eft le plûs-repouffant de tous. La Famme qui a le malheur de l'avoir, ne faurait-employer trop de precaucions pour le rendre infenfible : fi elle n'y-réüffit-pas, il faut qu'elle renonce à l'efpoir de plaire, de toucher, d'infpirer, d'être-aimée, enfin. Quant aux Hommes, le mal eft moins-grand : mais f'ils ne veulent-pas-faire-mourir une Famme de degoût, comme j'en-ai-vu deux exemples, ils ont-besoin de f'obferver beaucoup. Après avoir-pris les precaucions, pour diminuer leur defaut, il faut éviter les occasions d'en-faire-apercevoir, & fe-priver de la plûs-douce des careffes; puifque de leur part, elle ne peut qu'occafioner un dedain repouffant. Il faut, à de pareils Maris, une attencion conti-

nuelle, à ne pas-même parler de trop-près
à la Persone dont ils veulent se-concilier
l'attachement, ou menager la delicatesse.
De tous les sentimens penibles, celui
d'inspirer du degoût, est le plûs-morti-
fiant : Hommes & Fammes, connaissez-
vous vous-mêmes, & ne venez-pas, Ca-
davres infects, faire-souffrir à Ceux que
vous pretendez caresser, le suplice qu'in-
fligeait à ses Victimes le cruel *Mezence !*

II Canevas : *La Famme-mise-à-la-
raison* (sujet deja traité). Une mechante
Famme fesait-tourner la tête à son Mari.
Ses Voisins conseillèrent quinze ou vingt-
mille-fois à cet Homme de prendre le des-
sus, & de la mettre à la raison. Il ne put
s'y-determiner, & prefera de mourir :
Un-beau-jour, on le trouva sans-mouve-
ment, avec ce Billet : »Qu'on n'inquiète
»Persone ; je suis Un de ces Infortunés,
»qui, *lucem perosi*, ont euxmêmes-termi-
»né leur sort ennuyeus : ma Famme n'a
»d'autre part à ma triste fin, que de ne
»m'avoir-pas-rendu la vie agreable : je
»ne pouvais-plus-suporter ni l'Une, ni
»l'Autre ».

Ce Billet bién-signé, très-lisible, &
dont le double avait-été-envoyé à un
Ami, alors à vingt-lieues de la Capitale,
ne laissa-pas de doute. Pour éviter le

ſcandal, le ſage Magiſtrat de la police or-
donna une prompte inhumacion. Quelque-temps après la Famme ſe-remaria :
un Ami de ſon Mari, qui la connaiſſait
parfaitement, voulut-bién ſ'en-charger.
Le ſoir des noces arrivé, le ſecond Epous,
qui, dans la journée, ſ'était-comporté
de la manière du monde la plûs-tendre,
ferma les portes de la chambre-nupciale
à la cléf, qu'il mit dans ſa poche. Il
ſ'aſſit enſuite dans ſon fauteuil, ôta ſes
jarretières, & dit à ſa nouvelle Compagne : —Mon Amie, faites-moi le plaiſir de me-tirer mes bas. La Nouvelle-
épouse revoltée, ne fit-pas-ſemblant d'entendre. Le Mari repeta l'ordre un peu
plûs-haut. Un regard-d'indignacion fut
la reponſe. —Madame, obeïſſez-! Un
torrent d'injures, accompagné de larmes-
de-rage fut la repouſe. Le Mari tira un
piſtolet, & le dirigeant vers ſa Moitié :
—Madame, ma resolùcion était-priſe
en-vous-épouſant, obeïſſez : je le re-
chargerai pour moi-. Cette terrible
menace eut ſon effet. L'Epouse, en-
ſanglotant, tira les bas. Le Mari ſa-
tiſſait, dit alors : —J'entens vous rendre le même ſervice : vous ne me-ferez-
rién, que je ne vous le rende, plaiſir ou
peine-. Il la dechauſſa : Puis lui pre-
ſentant la main : —Ma chère Famme,

veus-tu être - bonne? Je ferai-bon, le
meilleur des Hommes? mais fi tu prefère d'être-mechante, tu as-épousé le
Diable. On affure qne la Veuve fut-
en-fecondes-noces, la meilleure des
Epouses.

III Canevas. *La Faibleffe-reparée.*
Une Jeunefille, fans-experience, nommée
Victoire-Adelaïde, eut le malheur d'a-
voir pour premier-amant un Homme qui
la trompa. Cet Homme, apelé *C—
p—u,* avait l'expectative d'une efpèce-
de-fortune : ce-fut ce qui nourrit fon im-
pertinence. Il fut-aimé; il en -abusa,
fut-infidèl, & fe-maria par-interêt. Cependant, Victoire-Adelaïde, devenue
mère, cacha fon deshoneur, & ayant-
perdu l'efpoir d'époufer l'Homme vil
qui l'avait-indignement-trompée, elle
vecut dans la retraite, aportant une fi-
grande-attencion fur fa conduite, que la
Mechanceté la plus noire ne put-trouver
à mordre, pendant huit-années entières.
Elle en-avait environ vingtfix, lorfqu'un
Parti la demanda en-mariage. Victoire l'examina, & le trouvant un Homme trèsordinaire, elle fentit, que ce n'é-
tait-pas ce qu'il lui falait : elle le refufa.
Trois ou quatre fe-fuccédèrent, qui furent de -même -éconduits. Enfin, un

Homme-veuf fe-presenta. Victoire,
qui avait de lui une haute-opinion, lui dit
unjour: —Vous me-recherchez, pour
faire de moi votre Compagne & porter
votre nom: mais me-connaissez-vous-
bien? —Oui, mademoiselle: Je fais
que C—p—u vous a-aimée; que vous
l'avez-aimé; qu'il vous a-trompée; qu'il
f'est-deshonoré luimême; que depuis
huit-ans, vous avez-reparé votre faiblesse par une conduite qui vous rend
deux-fois plûs d'honneur que vous n'en-
aviez-perdu: Je vous regarde comme
un caractère folide, éprouvé par le malheur; je n'aurais-jamais-fongé à vous,
fans cette épreuve-là; vous n'auriez-été
qu'une Fille ordinaire; aulieu-que vous
êtes pour-moi une Fille audessus de vous-
même; une heroïne par la force & le courage: vous me-ferez-infiniment-chère.
Victoire-Adelaïde, à quî le caractère de
l'Homme était-parfaitement-connu, fut
touchée de ces fentimens: Elle confentit à fe-lier-avec-lui, & elle eft-heureuse.

IV Canevas. *La Fille-facrifiée*, ou
le Père-fingulier. Un Marchand d'······
apelé *M—rd*, avait une Fille trèsjolie;
que plufieurs-Partis d'égale condicion
recherchèrent envain: comme ce Marchand était-riche, tout le monde lui

crut de l'ambicion, & on le cenſurait davance : : : Il ſera-bién-avancé, quand il aura un Gendre qui le mépriſera. . . .

M—rd laiſſa dire, & quand ſa Fille eut atteint l'âge qu'il avait-fixé pour la marier, il la donna, au grand étonnement de tout le monde, à un Jeunehomme de trentedeux-ans, qui avait-fait avec-ſuccès le même comerce que le ſién, ſans autres avances que ſon économie. Ce qu'il y-a de ſingulier, c'eſt que ce Jeune-homme ne ſavait-pas-lire; il viént d'aprendre, après ſon mariage. Tout le monde blâma M—rd, & le tourna en-ridicul. Il ne ſ'en-étonna-pas : —Je n'ai-pas-voulu-donner ma Fille (dit-il unjour à Un de ſes Amis), au Fils d'un Enrichi; parceque tous ces Fils-là diſſipent; mais je l'ai-voulu-donner à Un de ces Hommes qui amaſſent, & vous verrez où ira mon Gendre ! S'il a des Filles, je lui conſeillerai de leur faire comme j'ai-fait à ſa Famme. Quant à ſes Fils, il tâchera d'en-atraper la Fille de quelque Richard, aſſés-ſot, pour penſer comme tout le monde-. Je ne ſaurais m'empêcher d'être de l'avis de ce Marchand, qui a les mêmes principes que le reſpectable *Pombelins*, dont il eſt-parlé dans la *Vie-de-mon-Père*; &

que voulait-imiter m.ʳ *Bourgeois*, ſon arrière-gendre.

V Canevas. *La Courtisane-génereuse,* ou *la Fille-galante-raisonable.* Cette hiſtoriette n'aurait-pas-été-morale. Une Fille-galante, trèsjolie, ſe-trouvant un jour avec un Homme qui lui plaisait, elle lui fit des agáceries, qu'il reçut avec-fraideur. Elle les redoubla. —Tout ce que vous ferez pour me-ſubjuguer (lui dit-il), n'aura-pas de ſuccès: votre état me-donne de vous la plûs-mauvaise-opinion. —Je vous la pardonne (repondit la *Fille*), & je conviéns que vous êtes-fondé: mais il exiſte pourtant des excepcions: j'en-ſuis une; je ne demande qu'à vous le prouver-. L'Homme (dit-on) voulut la mettre à l'épreuve. Aubout de quelque-temps, il feignit d'avoir du goût pour elle; il fit quelques-depenſes, & parut-prêt à ſe-laiſſer emporter fort-loin! La Fille l'arrêta. —Si vous voulez m'aimer longtemps, il ne faut-pas que je derange vos affaires-. Elle ſ'opoſa aux depenſes qui pouvaient-incomoder ſon Amant. Quelque-temps après, il devint-triſte: il feignit d'être-ruiné. La Fille alors lui marqua les ſentimens les plûs-genereus, & lui offrit la moitié de tout ce qu'elle poſſedait

pour payer ſes dettes les plûs-preſ-
ſées, ne ſe-reſervant l'autre, que parcequ'elle voulait lui aſſurer une table &
un aſil : elle le nourrit ainſi pendant trois-
ans, auſſi-tendre, auſſi gaie le dernier-
jour que le premier. L'Homme enchanté, lui decouvrit enfin, que c'était une
épreuve. Elle l'en-remercia, comme
du plûs-grand-plaiſir qu'il pouvait lui faire,
puiſqne parlà elle avait-eu-occaſion de
lui prouver ſes ſentimens. Il feignit de
la vouloir épouſer. Elle ſ'y-refuſa. Il
le voulut alors tout de bon ; elle aver-
tit ſa Famille, & lui fit-preſenter une
Demoiſelle de ſa condicion, ſi-belle &
ſi-remplie de merite, qu'il ne put-reſter
inſenſible. Mais-ayant-ſu que ſon mariage était-l'ouvrage de ſa Maîtreſſe, il
ne l'en-aima que davantage : il lui mena ſa Famme : elles devinrent amies :
mais la *Fille* exigea que cette liaiſon fût
ſi-ſecrette, que Perſone au monde n'en-
fût-inſtruit : Elle raccomodait la jeune
Comteſſe avec ſon Mari, à la moindre
brouille, & ne le traitait-plus qu'en-Frère.
Cette admirable conduite fit une telle
impreſſion ſur le Comte, qu'il ſe-crut-
obligé, par-reſpeét pour *Aurore* (c'eſt
le nom de la *Fille*), de vivre le mieus-
poſſible avec ſa Famme.

On m'aſſuré que ce Canevas eſt-vrai :

mais il eſt ſi-peu-vraiſemblable, que je me-ſuis-refuſé à le traiter.

VI Canevas: *Le Mari-comode.* Un Mari, dont l'Epouſe avait un Homme-en-place pour amant, avait-coutume d'aler ſe-coucher, dès-que l'Amant arrivait: & c'était ſur les neuf-heures. Un-ſoir que l'Amant partait pour Verſailles, il vint à cinq-heures: Il conſulta la Dame, qui avait de l'eſprit, & qu'il eſtimait beaucoup, ſur l'acceptacion ou le refus d'une haute place. La Dame fut pour le refus. Bref, il partit avant ſix-heures. Reſtée ſeule, la Dame demanda ſon pacifiq Epous. Il eſt couché (repondit le Laquais). Comme un Mari de cette eſpèce eſt-toujours-precieus, la Dame monta auprès du ſién avec empreſſement: —Seriez-vous malade, mon chèr Ami? —Mondieu-non, madame! j'ai-cru qu'il était-neuf-heures.

Je ne cite que ce trait, entre pluſieurs autres.

VII Canevas: *La Fille-qui-ſe-croit-aimée-pour-rire.* Un Jeunehomme, qui avait l'expectative d'une trèsgrande fortune, devint-amoureus d'une Demoiselle la plûs-aimable, la plûs-ſpirituelle, & ſurtout la plûs-vertueuſe, qu'il ſoit-poſſible d'imaginer: Elle était ſa petitecouſine; ainſi, les condicions étaient-égales. Mais

la Demoiselle, qui fe-trouva trèsdifposée
à aimer fon riche Parent, fut-effrayée de
cette faibleffe pretendue : Elle penfa
qu'elle alait-faire-tort au Jeunehomme,
lui causer des desagremens fans-fin, &
empoisoner fa vie à ellemême : Par un
effort-de-raison, elle pria fon Père de
la marier le plûs-promptement-poffible,
avec un-autre Jeunehomme, qu'elle avait-
refufé jufqu'alors. Le Père aprouva fa
Fille : les preparatifs fe-firent fi-fecrette-
ment, que l'on n'aprit le mariage au riche
Parent qu'après la célebracion. Il en-
fut-cruellement-peiné ! —Vous avez-
fait mon malheur ! (dit-il au Père).
—Aucontraire ! ma Fille f'eft-facrifiée,
& fansdoute, nous-vous-avons-preferé à
nousmêmes. —Vous alez-voir que vous-
vous-êtes-trompés . Il conduifit fon Parent auprès de fa Mère, & devant lui,
marqua la plûs-grande-envie d'obtenir
la main de fa Cousine. La Dame affura,
qu'il n'y-aurait-point d'obftacles. —Vous
voyez-! (dit alors le Jeunehomme). Le
Parent fe-retira trèsaffligé; mais il garda
le filence avec fa Fille, qui ne fut-inf-
truite que plusieurs-années après. Heureusement ! elle avait un honnête & aimable Mari... Cependant, on fent combién elle a-dû-regretter fon Cousin !...

VIII Canevas : *L'Elève-de-la-nature.*
Un Homme, rebuté des Fammes de la
Capitale, comme le *Mari-dieu*, resolut
de se-creer, non une Epouse, mais une
Amante, qui ne connût que lui au monde, & qui n'aimât que lui par-necessité.
Pour cet effet, ayant-rencontré un-soir,
rue *Daufine*, une Prostituée grosse &
trèsjolie, cet Homme l'aborda, & lui
demanda un entretién, en-*payant*. Elle
le conduisit chés elle. —Je ne viéns-
point (lui dit l'Homme), pour assouvir
une passion brutale : votre état, dailleurs, est-sacré pour moi, & je crairais
violer le Fruit que vous portez dans votre
flanc. Un motif plûs-raisonable m'âmè-
ne auprès de vous : De -combién êtes-
vous enceinte ? —De six-mois. —Je
vais vous mettre chés une Sagefamme de
ma connaissance : En-outre de la depense
de votre pension & de vos coûches, serez-
vous contente de six francs, par-jour d'ici
au temps où vous serez-absolument-re-
tablie-? La Prostituée, blonde agreable, montra les sentimens les plûs-re-
connaissans ; & l'Homme en-prit-soin,
de ce moment. Elle accoûcha d'une
Fille. Ce-fut cette Enfant, que l'Homme destina au projet de bonheur qu'il
avait-conçu. Il l'éleva luimême : la

Mère, dont la fanté n'était-pas-douteufe, nourrit fon Enfant, mais fans lui parler: l'Homme, toujours-present, en-empêcha. La petite *Argentine* fut-fevrée à deux-ans. De-ce-moment, elle ne vit-plus fa Mère, ni Perfone: & pour effacer les idées de fa Nourrice, l'Homme affecta de f'habiller en-famme, pour lui faire-craire qu'il l'avait-nourrie. Argentine grandit, croyant qu'il n'y-avait au monde d'Etres raifonables qu'elle & fon *Ami*. Cette idée eft plûs-naturelle & plûs-fatif-fefante qu'on ne le crait. Argentine, par-là, n'avait auqu'une des paffions viles qui nous rendent malheureus; elle était-reine, & ne connaiffait audeffus d'elle qu'un Etre qu'elle refpectait naturelle-ment. Devenue abfolument-famme, avec les feuls fentimens-de-la-nature, elle accordait fes faveurs fans-remords, fans-peine: ne connaiffant auqu'un Etre aimable que fon Amant, elle l'adorait, ne defirait que lui; elle l'aimait parfai-tement, & ce fentiment était fi-vif & fi-pur dans fon cœur, qu'il fefait à l'Homme un fort audeffus de celui des Monarqs. Il était-fi-heureus, qu'il voulut-faire un profelite: Il montra fon bonheur & fa Maîtreffe au *Marquis-de-***: Celui-ci lui ravit également le premier & la Seconde, parcequ'étant-preſſé de jouir, il ne trouva-pas de famme au-monde auſſi belle, ni qui fût-auſſi-digne d'être-aimée qu'Argentine.

IX Canevas: *La II.de Fille-adulterine.* On dit, qu'il exiſte actuellement au *Faubourg Saintgermain*, une Fille, qu'on tiént renfermée, vêtue en-ſervante, mal-nourrie, & plûs-maltraitée; que ſes Sœurs mepriſent; que ſon Frère reduit à lui rendre les ſervices les plûs-bas, comme de lui faire-netoyer & boucler ſes ſouliers; qu'on oblige à un travail continuel, qui lui a-courbé la nuque-du-col; & l'on ajoute, que cette Infortu-rée eſt-fille-adulterine de la Dame de la maiſon; qui, pour expier ſes torts en-vers ſon Mari, traite avec cette indi-gnité le Fruit de ſon égarement: c'eſt ajouter la barbarie au crime d'adultère; & cette Famme, & ſon Mari, & les Sœurs, & le Frère, ſont trèscertainement les plûs-mepriſables des Etres. Je n'ai-pas-re-cherché à m'éclaircir ſur cette horrible hiſtoire, quoiqu'on me-l'ait-offert; j'ai-voulu-reſter dans une connaiſſance va-gue; une aſſurance entière aurait-été-trop-penible.

X Canevas: *La Fille-aimée après çu'elle eſt-devenue mepriſable.* Un

Homme aimait paffionement une Jeuneperfone, que fa fituacion prefente l'em-
pêchait de rechercher : mais le fentiment-
de-tendreffe qui l'attachait à elle, n'en-
était que plus-vif. Un-foir, cet Homme, en-traverfant la rue *Montorgueil*,
aperçut l'Objet de fon ancién attachement avec du rouge !... Surpris, il
f'aproche. Elle l'attaque : elle était-de-
venue... Fille-de-joie. —Grand-Dieu !
(f'écria l'Homme), avéz-vous pu-fouf-
frir l'aviliffement, la degradacion de votre plus-bel Ouvrage-... Il aborda
la jeune *Anaftasie*, en-la-priant de le conduire chés elle. Il en-était-peu-connu,
& comme il ne fe-decouvrit-pas dabord,
elle fe-flata de fe-faire-paffer pour Une-
autre. Mais lorfqu'il fut-feul avec-elle,
il la nomma, lui parla de fes fentimens,
lui expofa fes regrets, & finit par lui
propofer de retourner chés fes Parens.
Elle f'y-refufa. L'Homme fentit qu'il
falait-employer tous les moyéns : il lui
declara, qu'elle ne ferait-pas la maîtreffe
de refter dans fon état, en-ajoutant, qu'il
lui repondait de fa reconciliacion avec
fa Famille : —Je vous adorais (ajouta-t-
il), dans votre état honnête ; à-prefent,
j'ai l'âme dechirée par un fentiment de
tendre compaffion : venez, ma belle

Anaſtasie, venez avec moi chés vos honnêtes & bons Parens : j'ai un moyén ſûr
de les calmer, & je l'emploierai, c'eſt
de vous demander en-mariage… Vous
ne-me-ſerez plus-chère, comme vous me-
l'auriez-été ; mais d'une autre manière ;
je vous regarderai comme ma Fille, à
laquelle j'ai-rendu la vie de l'âme, l'honnêteté : venez, Anaſtasie ; ne m'obligez-
pas d'employer la violence : car je vous
declare que je ne puis vous laiſſer ici…
Je ne vous demande-pas ce qui vous y-
a-conduite… —Helas ! (dit Anaſtasie),
je vais vous l'aprendre. —Non, je ne
veus-pas l'entendre ici : ſortons. —Mais
il faut que vous le ſachiez… —Vous me-
le direz dans la voiture-. Il la prit dans
ſes bras, & l'emporta. Telle était la
force de ſon amour, depuis longtemps
contraint dans ſon cœur, qu'il croyait
emporter un-tresor. Perſone ne les aperçut dans l'eſcalier. Un Fiacre les reçut,
& ils partirent. L'Amant était alafois
le plûs-affligé & le plûs-heureus des Hommes. Anaſtasie lui dit alors : —Vous
alez-frémir : Je me-ſuis-jetée de-moimê-
me dans la proſtitucion, par-goût, pour
ſatiſſaire un panchant à l'amour, qui ſ'eſt-
developé avec ſureur, après la lecture
d'un Livre dont *Saturnin* & *Suzette* ſont
les

les heros. En-l'achevant, un-dimanche-
foir, j'alai dans la rue *des-Mauvais-gar-
fons*, chés une *Fille*, qu'on fourniffait à
la maifon ; je lui demandai un Homme,
& elle me-le-donna... Par-malheur,
il me-reconnut : il me-nomma, me-râil-
la, lorfqu'il fe-fut-fatiffait. Je n'ofai-re-
tourner chés mes Parens : voila, fans-
deguifement, comme eft-arrivé le chan-
gement de mon état.... J'ai-depuis-
été chés trois Fammes... & je n'ai-plus-
rencontré Perfone de connaiffance que
vous. L'Homme reflechiffait en-l'écoutant : il était-cruellement-bleffé! mais
l'amour l'emporta. Il mena l'infortunée
Anaftafie chés fes Parens. Ils devinrent
furieus, en-voyant leur coupable Fille.
L'Homme ne les calma qu'avec-peine ;
ils lui refufèrent fa main. Mais enfin,
l'amour lui donna tant d'éloquence, qu'il
les flechit pour elle. On affure qu'il l'a-
époufée, & qu'elle eft-trèshonnête aujourdhui. Cependant, je n'ai-ofé employer ce trait en-*Nouvelle*.

XI Canevas : *L'Amant-guéri de-l'a-
mour-par-l'amour*. Un Homme-riche,
qui avait toujours-peu-eftimé les Fammes, fans les haïr, devint-amoureus d'une
Jeuneperfone dans l'infortune, & l'en-tira.
Lazarine avait la fureur des Comedies-

bourgeoises : il s'efforça de l'en-guerir ;
mais envain ; il ne put-obtenir d'elle
cette marque-de-confiance. Cependant,
comme la machine-humaine ressemble
au feu, que le vent contraire embrâse,
s'il ne l'éteint-pas, le Jeunehomme s'attachait de-plûs-en-plûs, surtout, par ses
biénfaits : il éprouva la verité de cet
adage : Les richesses ont tant de pouvoir sur notre consideracion, que l'Hom-
me-même qui a-enrichi une Maîtresse,
se-trouve tout-étonné de respecter en-
elle sa propre munificence : elle est-ri-
che, n'importe la manière ; il la respecte
malgré-lui. Malheureusement, les richesses font le même effet sur la Persone
enrichie : Elle s'estime beaucoup ellemême, & deviént ingrate. Telle fut la
conduite de la Maîtresse du Jeunehomme. Elle se-crut-quitte de la reconnaissance. Un-autre Homme, ancién-cama-
rade de son Amant, qui l'avait-presenté
à Lazarine, lui plut-fort ; elle trahit avec-
lui l'Homme qu'elle devait-adorer.... Il
s'en-aperçut enfin : & se-rapelant alors
tous les caprices qu'il essuyait journellement, il en-vit la source, & fut-indigné.
Il quitta une Fille meconnaissante, & la
laissa au vil Personage qui l'avait-seduite,
bién-sûr que cet Ami perfide la punirait,

plutôt audelà, qu'en-deça des bornes de la moderacion.

XII Canevas: *L'Amant-corrigé-par-l'amour.* Le même Jeunehomme dont je viens de parler, avait-aimé paſſionement une Jeuneperſone honnête, charmante par les grâces de l'eſprit & par celles du corps. Lorſqu'il fut-gueri de ſa funeſte paſſion pour Lazarine, par ſa paſſion-même, il revit ſon anciénne Inclinacion. Il faut-dire ici que le Jeunehomme avait-eu le but, dans certaines demarches, de paſſer pour ſingulier, & qu'il y-avait-tellement-reüſſi, que ſes eſperances, de ce côté-là étaient-plûſ-que-comblées. L'aimable *Melise* ſouffrait de voir un Homme qui lui était-toujours-chèr, donner-priſe ſur lui aux Sots, qu'il ſurpaſſait de toutes manières, en-cherchant la ſingularité. Elle lui en-fit la guerre; mais de la manière la plûſ-faite pour reüſſir: elle lui écrivit les choſes les plûſ-tendres en-amitié; mais ſaiſiſſant l'endrait de ſa Lettre où ſa penetracion-naturelle lui montrait ſon Ami penetré, elle attaquait ſon goût dominant, avec une force qu'on n'aurait-pas-eſperée d'une Jeuneperſone auſſi-douce. La fermeté de Melise étonna dabord Celui dont elle bleſſait unpeu l'amour-propre: mais un inſtant-de-re-

flexion fuffit, pour lui faire-adorer la
fource des reproches que lui fesait l'a-
mitié. En-effet, il ne put-douter de la
pureté de celle que lui portait Melise, &
la plûs-forte preuve qu'elle lui en-donna,
ce-fut de refter toujours-digne de la lui
infpirer. Egalement vertueuse & belle,
fon Ami ne la vit jamais qu'avec ce double charme. Ce n'eft-pas qu'une Famme, pour conferver fon Amant, doive
afficher le purifme ; fa conduite depend
des circonftances : fi elle eft-mariée, fille
cherie, mère-tendre, épouse-adorée, elle
n'a-qu'un moyén pour rendre-heureus &
pour l'être ; c'eft de paraître plûs-ftricte
à fes devoirs, que la Prude, que la Devote : à la moindre faibleffe, elle perdra
vertu, eftime, amour, empire, bonheur :
Avec une conduite irreprochable, elle
jouira d'une conftance éternelle & flateu-
se. Melise a-corrigé fon Amant.

XIII Canevas : *La Fille-à-la-tête-de-*
mort, &c.ᵃ Le plûs-grand des abus qui
exifte parmi-nous, comme le plûs-dan-
gereus par fes confequences, eft-celui de
doter les Filles : mais il faut-convenir
auffi, que c'eft le plûs-agreable aux Hom-
mes-lâches & fans-courage, qui compo-
sent le gros du Genre-humain actuel en-
Europe : Les Hommes font-tellement-
deftitués d'amour, qu'ils renonceraient au

mariage, ſ'ils ne trouvaient des Filles qui leur apportent du bién. Mais un excellent moyén de detruire cette manie depopulative, ſerait-d'ôter les dots aux Filles, même aux Heritières-uniques, ou dumoins de faire de Celles-ci la recompenſe excitative de la vertu, de la gloire & des ſervices rendus à l'Etat : Alors, n'y-ayant-plus d'eſpoir de dot, on ne ne verrait-pas de vieus Financiers, de vieus Procureurs, de vieus Avocats, de vieus Comis, &c.ª attendre que leur fortune les mette en-état d'épouser une jeune, belle & riche Perſone, qui les trompera, comme ils en-ont-trompé tant d'Autres pendant une longue vie celibataire & libertine. Une des marques les plûs certaines de la corrupcion d'un ſiècle, c'eſt la ſoif des richeſſes dotales.

Un bruit courut en-1721, & plûtard encore, qu'il y-avait dans un Couvent, une Fille richement-dotée, qui avait une tête-de-mort. Mille Partis ſe-presentèrent pour Celle de 1721 : on ala juſqu'à vouloir-enfoncer la porte du Couvent de *Saintchaumont*, où l'on pretendait qu'elle était : mais le bruit ſe-trouva faus, ou pour mieus-dire, la Fille ayant-été-prise ſans-bruit, on dit que le Publiq ſ'était-trompé.

Mais en-1758, la Fille-riche à marier,

était-petite, bamboche & bancale. Elle avait une Mère qui l'adorait, nonfeulement parcequ'elle était fille-unique, mais fes infirmités-mêmes & fa faibleffe l'avaient-rendue chère à cette pauvre Mère. Elle dit à fa Fille : —Ma chère Enfant, confole-toi! va, tu es-riche; tu ne feras-pas-abandonée : Je confulterai mon Mèdecin, & fi le mariage ne t'eft-pas-contraire, tu auras un joli Homme, d'un excellent caractère, qui te-rendra la vie douce, en-reconnaiffance de fa fortune, que tu lui auras-faite-. En-effet, le Mèdecin de la Dame affura, que le mariage était favorable à l'Etre informe. C'eft qu'il avait un Neveu, de fon nom, qu'il voulait lui faire-épouser, fans-paraître le connaître. Le mariage fait, la Mère, qui était-âgée, vint à mourir Ce-fut le terme du bonheur de la Jeune-infortunée; fon Mari brutal ne la menageaguère, & elle perit biéntôt.

En-1762 ou 3, une Fille couturée de petiteverole, & prefqu'aveugle, fut propofée au concours comme Celle de 1721. Un Jeune intereffé l'époufa. Mais il éprouva biéntôt un infoutenable degoût. La Famme était-forte, vigoureuse, & mechante : elle le roffa, l'attaqua enfuite en-feparacion, & fit fi-bién, qu'elle le laiffa pauvre & lié avec un Monſtre-de-laideur.

XIV Canevas : *La Mère-pusillanime.*
Une Famme delicate, & d'une jolie-figure, avait le plûs-aimable des Maris, dont
elle était-adorée. Ils vivaient dans une
union parfaite, troublée quelquefois le-
gèrement par la ſeverité du Père, envers
un Fils-uniq fort-jeune. Cet Homme
tomba-malade, & au lit-de-la-mort, il dit à
ſa Famme : —Je vous aime, & je quitte
la vie à-regret : mais la plûs-cruelle de
mes peines, c'eſt que je vous laiſſe un
Mauvais-fils. —Hâ! mon chèr Mari
(ſ'écria l'Epouse deseſperée.), quelle
opinion vous avez d'un Enfant! vous
redoublez ſans-pitié la douleur la plûs-
cruelle! —Je vous ai-dit la vérité : prenez-garde! ſoyez-ferme-!... Il mourut. Dès le premier-jour, la Veuve
inconſolable, aperçut par-hasard ſon
Fils, âgé de ſeize-ans, rire avec la Cui-
ſinière, plûs-triſte que lui. Cette Mère
infortunée ſe-perſuada qu'elle ſe-trompait : Elle apela ſon Fils, qui parut devant elle en-hipocrite. Quelques-ſemai-
nes ſ'écoulèrent. Un-ſoir, en-ſoupant,
comme la Veuve ſoupirait, ſon Fils lui
dit : —Vos éternels ſoupirs ne le reſ-
ſuſciteront-pas; il ne faut-pas-impacian-
ter les Vivans pour pleurer les Morts-!

La Mère fut-furprise de ce langaje: mais
fa prevencion était fi-grande, qu'elle fe-
contenta d'une courte reprimande.   Le
Fils ne repondit rién.   Un an f'écoula.
Il avait dixfept-ans; il voulut fe-faire-
émanciper: fa Mère f'y-refufa.   Ce-fut
alors qu'il lui montra fon mauvais-cœur.
Il vint un-foir la trouver, après que le
Domeftiq & la Cuifinière fe-furent-reti-
rés; elle venait de-fe-mettre-au-lit.   Ce
Fils denaturé, employa les expreffions les
plûs-dûres; il jura; il tutoya fa Mère,
qu'il traita d'avare: il ofa l'accufer de....
galanterie.   A ces mots, la Veuve hors
d'ellemême, fort du lit, envelopée dans
la couverture, & fe-jète aux genous
de fon Fils: —Malheureus! (lui dit-
elle), tu me-donnes un coup-de-poi-
gnard! j'adore la memoire de ton Père,
& tu ofes... Va, je fouffrirai tout de ta
part, parceque tu es fon Fils; je te
donnerais ma vie, fi les lois ne te pu-
niffaient-pas d'en-avoir-accepté le facri-
fice-!   L'Animal feroce fourit: Il abufa
du faible de fa Mère, la vola, donna
dans le libertinage, fous un Guide-cor-
rupteur, & eft-enfin-parvenu à ruiner
cette Famme pufillanime, à quî fon Mari
avait-laiffé plûs de troiscentsmille-livres:
Elle eft aujourdhui forcée de fruftrer
d'honnêtes Creancièrs.

XV Canevas : *L'Amour-de dixneuf-ans*. Unjour quatre Dames avaient-été à la Comedie, dans la loge de l'Auteur de la *Lorgnette-filosofique* : un Homme fe-trouva dans la maifon, comme elles partaient, & comme elles rentraient après le fpectacle. Il ne les avait-cependant-pas-attendues ; mais il n'avait-garde de manquer une occafion de voir Une des Dames !... On caufa auprès du feu. La Dame-aimée de cet Homme parla d'Une de fes Voifines, qu'une Marchande-de-chous fur fa voiture avait-louée dans ces termes, en-parlant à une Laitière fur fon Cheval : —Dis-donc, m'a'me *Meûnier !* c'eft ça eune fuperbe Famme ! c'eft du naturel, oui ! ignia-pas-là d'fardage, non ! voi ç' tour ! çte propeté ! fi j'étais toutalheure fermier-generaus, a' n' marcherait-pasà-patte-dà ; all'eft trop belle pour ça. —Je l' crais-bén ! c'ê' eune Dame d' la Cité, que j' fournis, & ta fermegenerale n'y-f'rait-rién ! ç' n'eft-pas du gibier d' Richard... Bonjou', madame ! j' fis vote fervante- (dit la Laitière à la Dame-louée). Après ce petit recit, pour vanter les grâces de fa Voifine, l'Homme amoureus fe-trouvant feul auprès de la Dame, lui dit en-riant : —Et-moi, je connais une Famme charmante, que je

V v

fuis à dix-pas toutes-les-fois que je la
rencontre, pour avoir le plaisir de l'admirer, & de l'entendre louer aux Autres:
c'est une tâille parfaite; une demarche
de Reine, noble & voluptueuse... Vous
la connaissez, madame. —Je cherche:
ma Sœur? —M.me ** est fort-bién;
mais quoique son aînée, Celle dont je
parle la surpasse. —Je ne devine-pas.
—C'est la Sœur de m.me **. —Toujours des complimens-!... Un-instant
après l'Homme voulut s'en-aler; le Mai-
tre-de-la-maison lui dit: —Embrassez-
donc-! La Dame aimée tendit sa joue:
l'Homme cependant n'embrassait-pas.
Voyant qu'on les perdait-de-vue, il s'a-
procha de l'oreille de la belle Dame:
—Vous avez la bouche trop-près du visage, pour que je vous embrasse, madame. —Hâ! voila un singulier pro-
pos! —Si j'en-aprochais aussi-près, je
ne pourrais m'empêcher... Vous avez
l'âme si-belle !... plûs-belle que le corps...
on la voit dans vos discours... il ne reste-
plûs qu'à la toucher, en-la-saisissant sur
vos lèvres, où elle se-montre sans-cesse.
Le milieu de ce compliment avait-rendu
la Dame serieuse; mais la fin lui fit-crai-
re, que tout-cela était-amené, pour louer
sa franchise & sa candeur. —On dirait,
que vous êtes-amoureus! —On dirait-

vrai, madame. —A-peine nous con-
naiſſons-nous, & je ne vous vois chés
ma Sœur, qu'une-fois au-plûs en-deux-
mois. —Madame, je reſpecte, j'adore
toutes les Fammes: mais je n'en-aime
qu'une depuis dixneuf-ans. —Dixneuf-
ans! Hé! comment eſt-elle-donc? elle
doit-faire-peur! —Non, puiſque vous
êtes-charmante. —Quoi! c'eſt moi que
vous aimez depuis dixneuf-ans! —Oui,
madame: vous étiez-fort-jeune en-1765,
lorſque je vous vis parler pour la première-fois, ſur la porte d'une Amie nou-
vellement-mariée: Je vous crus ſa ſœur:
quoiqu'enfant, vous étiez-ſi-aimable, ſi-
biénfaite; un goût raviſſant de propreté
vous rendait ſi-apetiſſante, que je fus-
épris... pour-toujours. Depuis ce moment, je ne paſſais-pas un jour ſans venir dans le quartier, pour vous voir: je
vous regardais un-inſtant, & je m'en-
alais ſatiſfait,... comme il était-poſſi-
blé que le fût un Amant deja-marié,
c'eſtadire, ſans eſperance. La ſeconde
ou la troiſième année, votre jeune Sœur,
aujourdhui m.me **, chés laquelle nous
ſommes, ſortit du Couvent: vous étiez-
aſſiſe devant votre porte; vous la prîtes
ſur vos genous. Je fus-enchanté de voir
cette amitié tendre, & vous m'en-de-

vintes plûs-chère: de-retour chés-moi,
je vous écrivis une Lettre, où je vous en-
fesais-compliment. J'ai-fu de vous-même,
cet été, que vous attribuates cette Lettre
à *Reguam*, jeunehomme du voisinage....
mais je vous avoue qu'elle était de moi...

On vous maria enfin. Votre mariage
n'éteignit-pas un amour, auquel le mién
n'était qu'une impuiſſante barrière... Je
fus quelque-temps ſans ſavoir votre nouvelle demeure. Enfin, un-ſoir, en-tra-
verſant la *Cité*, je vous aperçus. Je reſtai
inmobil, tremblant de plaisir, &... peutêtre, en-même-temps de douleur. Je de-
meurai longtemps à vous conſiderer: je
revins le lendemain à la même-heure, &
tous-les-jours de ma-vie... Je vous ren-
contrai enſuite quelquefois, lorſque vous
veniez chés votre Père: c'eſt alors que
j'admirais votre tâille, les grâces de votre
demarche; il ſemblait que, pour fortifier
mon panchant, tout le monde ſe-donnât le
mot: L'Un disait: :: Voila une belle
Famme!... L'Autre, :: Où prend-elle
toutes ſes grâces! elle inſpirerait des desirs
à un Saint... Un-autre lâchait un mot
indecent, mais expreſſif, avec un éclair
des ïeus, qui en-disait encore davantage.
Un-jour, on portait votre Fille, qui
commence aujourdhui à devenir ſi-aima-

ble! vous étiez en-deshabiller d'un blanc
à éblouir, chauſſée en-ſoulier-noir, fait
par l'Art-de-plaire luiméme : Un gros
Garſon vous ſuivait : :: Morbleu (dit-
il tout-haut), que je voudrais lui avoir-
fait cette Jolie-enfant... Elle me-fait-
venir l'eau à la bouche ; je ne voulais-
pas me-marier, mais je le ſerai dans huit-
jours-...

Plusieurs-années ſ'écoulèrent. Enfin, m.ʳ **, chés lequel nous ſommes,
ſongea au mariage. Je fus au comble-
de-la-joie, lorſque je ſus le nom de ſa
Pretendue : comme il eſt mon ami, &
qu'elle eſt votre ſœur, j'eſperai de pouvoir vous parler ici. C'eſt ce qui eſt-
arrivé. La première-fois que je vous vis
à-côté de m.ᵐᵉ **, je n'osais-pas-entrer,
quoique j'en brûlaſſe-d'envie : je ſurmon-
tai cependant ma timidité : je reſtai longtemps ; je ne pouvais me determiner à
m'en-aler... En-ſortant, j'étais-comblé-
de-joie : —Je l'ai-donc-vue de-près,
enfin! (me disais-je à moiméme) ; je lui
ai-donc-parlé! J'ai-joui d'un bonheur
que je n'osais-eſperer-!... J'étais dans une
ſorte d'ivreſſe. Je paſſais neanmoins encore les ſoirs devant votre porte, mais
ſans oser vous ſaluer. Je vous revis plu-
ſieurs-fois, & je ne tardai-pas à ſentir, qu'il

m'avait-été plûs-avantageus de ne pas vous
parler. Quand on aime, fans-connaître,
& feulement charmé par les traits exte-
rieurs, la paffion a quelque-chose de
vague ; on desire vivement, & on fouf-
fre-peu. Mais lorfqu'on connaît une
belle âme dans un corps charmant ; quand
on a-vu le fourire & les charmes de la fa-
miliarité,... la paffion prend alors un caractère plûs-âcre, & plûs-penible. Ce-
fut ce qui m'arriva. Quoique brûlant de
vous voir, de vous parler, de vous entendre, je-me-privai des visites folitai-
res du foir : j'évitai de vous voir ici :
Lorfque j'y-viéns, en-vous y-fachant,
c'eft que je ne puis m'en-empêcher.
Voila, Madame, quelle eft ma fituacion
depuis dixneuf-ans-.

Comme il achevait ces mots, il entra un Jeunehomme aimable, qui recherchait la Sœur de m.ᵉ **: l'Amoureus
profita de fon arrivée, pour f'éclipfer.

Quelque-temps après, ces deux Perfones devinrent libres prefqu'en-même-
temps : l'Homme fit-parler à m.ᵐᵉ **
par fon Beaufrère, & il obtint la permiffion de parler luimême. Il fut-pein-
dre fi-bién fes fentimens, deja-connus,
qu'il toucha un cœur fenfible. Ils f'é-
pousèrent. Cefut-alors que la Dame-ai-

mée connut le bonheur de règner fur
un cœur tout à elle. La paffion fans-
efpoir qu'elle avait-fi-longtemps-infpirée
à fon Nouvel-épous, l'en-fesait-regarder
comme une divinité. Il faut-dire auffi,
qu'elle était encore une *fuperbe famme*
(fuivant l'expreffion de la Marchande-de-
chous); les égards, les complaisances,
les petits-foins lui étaient-prodigués. Elle
voulait quelquefois en difpenfer fon Mari:
—Veus-tu me-priver de ce qui fait mon
bonheur? (lui disait-il). Ma chère Famme, fi-l'idée que je fuis-heureus de te
les rendre, peut-augmenter le plaisir
qu'ils te font, il fera-complet-. La Fille
de fon Epouse lui était-auffi-chère que fon
Epouse ellemême: cette aimable Enfant n'était-pas demonftrative, mais elle
avait le cœur excellent. Tous-les-jours
le Beaupère était-occupé à l'excuser à fa
Mère, à l'interpreter. —Hâ! (lui dit
unjour la Famme-aimée), ce que tu fais
pour me-rendre-contente de ma Fille,
me touche plûs encore que tes attencions directes. Sois-fatiffait; tu me ver-
ras auffi-heureuse que je puis l'être. J'a-
vais-entendu-parler d'adorer fa Famme;
mais ce mot n'avait auqu'un fens clair
pour moi; c'eft toi qui me l'as-donné-.
Dixneuf-ans font bién-longs! mais,
Vaut-mieus tard, que jamais.

XVI Canevas: *L'Amour - enfantin.*
(Sujet traité dans le *Nouvel-Abeillard*,
dont voici un exemple different.) Paſ-
ſant unjour par la rue *Saintdenis*, je vis
dans une boutique d'étofe-de-ſoie, une
Jeuneperſone d'onze à douze-ans, faite
au-tour, & de la plûs - aimable figure.
Un grand Jeunehomme causait avec elle,
avec un air-de-complaiſance, qui annonçait de l'amour. Je penſai en-moimê-
me: : : Prenez-garde! Parens! votre
Fille eſt-perdue, ſi cet Amant n'eſt-pas
le plûs-vertueus des Hommes!... Quelques-années ſ'écoulèrent. J'eus unjour
occaſion de parler à m.ʳ *Renier-Roydi-*
gradel; de ce que j'avais-vu, en le-priant
de me-donner quelques lumières, qu'il
pourrait facilement ſe-procurer. Cet
honnête Jeunehomme, dont le caraẛère
obligeant eſt de l'enjoûment le plûs-aimable, voulut-bién ſ'informer, après être-
convenu avec moi, que ſi les ſuites-étaient-
honteuses, nous les releguerions dans un
éternel oubli. Ce-fut d'après cela qu'il
fit des informacions. Une heureuse ſingularité, fit que le Jeunehomme amant,
était-particulièrement-connu de l'Infor-
mateur; deſorte-que Celui-ci lui decouvrit tout-naturellement le motif de ſa
curioſité.

—Je ſuis-enchanté de vous parler de

mon bonheur (repondit le Jeunehomme), & je vais vous en-faire l'hiftoire.
» Je fuis, comme vous le favez, fils
d'un riche Armateur de *Saintmalo* : Je
vins à Paris, il y-a cinq-ans, dans le def-
fein de m'y-choifir une Epoufe, & de
m'y-fixer par une charge. Le mariage
m'avait-toujours-effrayé: d'un-autre-côté, j'ai le cœur extrêmement-porté à la
tendreffe: je favais, qu'époufer, même
l'Objet qui nous plaît davantage, c'était
le fûr moyen de ne jamais-goûter le bonheur dont mon cœur eft-avide: d'un-
autre-côté, ma morale eft-fevère; je ne
voulais-pas d'une Inclinacion, dont on
rougit devant les Honnêtes-gens, & qui,
aulieu-de Succeffeurs legitimes, ne produit que de honteus Bâtards: il faut-être-
denaturé, mauvais-citoyen, pour facri-
fier fa Pofterité à fon plaisir. Tandif-
que je flotais ainfi, je paffai unfoir par
la rue où nous fommes, & j'y-vis une
Enfant de onze-ans, d'une figure fi-heu-
reufe, fi-jolie, fi-douce, que je ne dou-
tai-pas que le caractère ne repondît à la
figure. :: Voila ma Famme (me-dis-je à
moimême): mais il faut la former...
Je lus le nom du Marchand, & je fus-
agreablement-furpris de le reconnaître
pour le même avec qui mon Père avait-
eu quelques-relacions. J'alai chés lui le

lendemain. Je lui parlai de mon Père: Il me combla d'honnêtetés. Je lui proposai de me prendre en-penſion chés lui, à des condicions avantageuses, qu'il aurait-acceptées, ne l'euſſent-elles-pas-été.

» Me voila dans la maison de ma jolie *Aimée-D'Armorin.* Je ne la vis le premier-jour, qu'à-l'inſtant de nous mettre à table. Je fus-frapé de ſes grâces, de ſa beauté : j'aurais-pu diſſimuler unpeu ; mais je ne me contraignis-pas, & mon premier-mouvement fut-remarqué. Ma conduite le confirma. Je recherchais Aimée : on ſ'en-aperçut, & ſes honnêtes Parens, qui ne me-connaiſſaient-pas, épièrent ſoigneuſement ma conduite, ſans rién dire à leur Fille. Mes vues n'étaient-pas de corrompre la Famme que je voulais me-former : ils ne virent-donc rién que de louable : Je donnais à Aimée des leçons-de-douceur, d'amabilité : Je fus ſon maître-de-muſique & de-harpe ; j'aprenais ce que je ne ſavais-pas, pour avoir le plaiſir de le-lui-enſeigner. On m'épia longtemps ! Je ne me dementis-jamais : enfin, la fête d'Aimée arriva. Je demandai la permiſſion de lui preſenter un Bouquet. Sa Mère me dit : :: J'y-conſens : vous m'avez-donné quelques-inquiétudes par vos attencions pour ma Fille : mais aujourdhui je vous dois les

ouanges que vous meritez... Cependant,
renons-garde de vous la trop attacher;
elle en-souffrirait, quand vous-nous-quit-
terez. : : Madame, je ne compte-pas-
quitter-jamais votre aimable Fille: c'est
la compagne que je-me-suis-choisie : Aidez-moi à la former, en-secondant mes
leçons, en-les-autorisant par les vôtres:
car je ne veus-point d'une Famme comme
les Épouses que je vois: je ferai-connaître
mes goûts à l'aimable Aimée, à-mesure
qu'elle grandira, & j'espère parvenir à en-
faire une famme-selon mon cœur... Come
ma fortune est-assés-considerable, & que
j'avais en-vue la charge honorable de
***, ma proposicion transporta-de-joie
m.me D'Armorin. Je donnai mon bouquet dans la journée: c'était une rose
blanche, & une rouge : : : Celle-ci
(dis-je à Aimée, en-fixant la première
sur sa gorge naissante), marque votre
pureté; celle-ci (plaçant la rouge), votre
aimable pudeur... Je lui baisai la main
pour la première-fois; ensuite, je fis-
avancer deux Portefais, chargés de quel-
ques-pièces-d'étofes de Lion d'un nouveau goût. Tandis-qu'ils les posaient
dans la chambre d'Aimée, je lui presen-
tais des boucles-d'oreilles en-brillant, un
collier, des rosettes, des boucles pour sa
jolie chaussure, un étui d'or, ayant un

rubis à chaque-bout, entouré de brillans;
deux bagues, l'une, dont le tour était
entouré de petits rubis & de petites éme-
raudes alternatives; l'autre en-diamans.
Aimée ne sentait-pas tout le prix de ce
present magnifiq; mais il la flatait,
puisqu'il venait de moi : elle était -en-
chantée! sa Mère augmenta l'ivresse-
de-sa-joie, en lui-aprenant la valeur de
ses bijous. :: Ce que vous venez de
me dire, Monsieur, me fait permettre à
ma Fille de les accepter...

» Depuis ce moment, on permit à
Aimée de m'apeler son *Ami ;* & c'est le
nom qu'elle me donne depuis quatre-ans.
Je l'ai-formée à mon caractère, à ma filo-
sofie! Elle a repondu à mes soins, comme
vous alez-voir.

» Aimée enfant m'aima, parceque je
suis-assés-bel-homme, que je me-mets-
bien, & que je lui marquais de l'amitié :
mais à-mesure qu'elle a grandi, je suis-
devenu serieus avec elle; je ne lui ai-
parlé qu'avec le flegme de la raison; à-
l'excepcion de quelques-occasions fort-
rares, comme deux ou trois-fois l'année,
à sa fête, au jour-de-l'an, & dans quelqu'occasion imprevue, où je lui marque
le plûs - tendre attachement, exprimé
d'une manière à l'attendrir quelquefois
aux larmes. Cette conduite l'a-rendue

grâve, fenfée, telle en-un-mot, qu'il conviént d'être à une Epouse. Lorfqu'elle
a-eu feize-ans, je l'ai-demandée dans
toutes les formes à fes Parens, en-fon-
abfence, apeuprès en-ces termes :

»—Monfieur-&-Madame, il faut vous
decouvrir enfin, que ce n'eft-point le
hasard qui m'a-conduit chés-vous : j'y-
fuis-venu exprès, pour me former une
Epoufe felon mon cœur. J'avais-vu votre
aimable Fille, avant de vous proposer de
me prendre en-penfion ; elle m'avait-con-
venu par fon air-de-douceur, par fa beauté, par fa tâille, par une aparence-de-force
& de fanté ferme. Mes foins ont-reüffi :
je fuis-determiné depuis trois-ans-&-de-
mi, à n'avoir-jamais d'autre famme. Le
moment en-eft-venu. Vous avez-été-
peutêtre-furpris, connaiffant mes fentimens, que j'aie-tant-differé ! voici mes
raisons. Il falait-laiffer-achever le temperament d'Aimée ; je l'adore ; mais je
la refpecte : tant qu'elle refte fille, fa
pureté-virginale ne vous eft-pas plûs-
precieuse qu'à moi... (Ici, m.ᵐᵉ D'Armorin fe-jeta dans mes bras, en-me-
disant : :: Je le fais, je le fais, le plûs-
honnête des Hommes ! ma Fille avait
en-vous la plûs-reservée des Gouvernan-
tes, la plûs-fage, la plûs-prudente ; vous
meritez d'être-heureus, & vous le fe-

rez). —J'ai-donc-refpecté fa pureté, comme celle de ma Fille-propre, de ma Sœur, & ce qui dit encore plûs, comme celle de mon Epoufe, de la Mère de mes Enfans. Mais fi elle eût-été ma famme plutôt, comme neceffairement elle aurait-été-moins-retenue avec moi, que je l'aurais-été-moins avec-elle, j'aurais, malgré-moi, porté-atteinte à fa precieufe fanté, en-la-rendant mère trop-tôt. Voila mes raifons. A-prefent, je vous fuplie de lui annoncer notre mariage, & de me permettre de lui en-propofer les condicions & les devoirs devant-vous, afin-que votre prefence donne à mes difcours plûs d'autorité, le fceau de l'honnêteté à certains details, & qu'elle legitime des difcours neceffaires, mais aufquels l'ufage n'a-pas-encore-accoutumé-.

Mme D'Armorin apela Aimée, qui accourut à fa voix. Mais en-m'apercevant, fa marche devint plûs-pofée. :: Ma Fille (lui dit la Mère), m.^r *De-Vaudan-jan* vous demande pour famme : nous fommes-flatés de l'honneur qu'il vous fait : mais il lui faut votre aveu... Aimée ne repondit, qu'en-fe-jetant au cou de fa Mère, à qui elle dit tout-bas : :: Vous connaiffez mon cœur ! :: Oui, ma chère Fille : ainfi, nous alons te promettre... Et elle me-donna la main de fa Fille.

Je baisai cette belle main, en-disant :
:: Mademoiselle... ma charmante Amie,
je vous promets, devant vos honorables
Parens, de vous traiter toute ma vie avec
tendreſſe & reſpect, comme un bon Mari
doit-traiter ſa Famme.   Je vous aime :
vous m'avez-plu dès le premier-moment
où je vous ai-vue : ainſi, j'ai pour vous
de l'amour & de l'amitié.   Celle ci eſt-
ſolide ; elle eſt-durable ; elle veut-tou-
jours le bonheur de l'Objet-aimé : mais
il faut ſe-defier de l'amour, parceque
c'eſt un ſentiment compoſé de paſſion,
de goût & de tendreſſe :   Il ſe-ſou-
tiént, tant que ces trois choses ſont dans
un parfait-équilibre : mais dèſ-que l'une
ſe-derange & ſ'amoindrit, le ſentiment
qui resultait de leur accord, ſ'affaiblit &
diſparaît :   La paſſion ne depend ni de
vous, ni de moi ; la tendreſſe peut ſe-
conſerver par de bons-procedés mutuels,
qui rendent deux Epous neceſſaires l'Un
à l'Autre !   mais le goût depend de la
Famme abſolument :   dèſ-qu'elle l'a-inſ-
piré, elle peut l'entretenir par les moyéns
que je me-crais-obligé de vous detailler,
parceque Perſone ne connaît-mieus notre
goût que nousmêmes.

  » Tant qu'une Epouse a-été-fille, elle
a-maintenu le goût, par cette propreté

virginale, que perdent biénrôt les Fammes, par cette attencion fur ellemême,
qui lui donne toujours un air *intaɛ̃*, pour-
ainfi-dire : Une Fille n'a-pas-besoin de
leçons pour plaire ; elle plaît naturelle-
ment, par une multitude de petits moyéns,
qu'elle emploie fans y-fonger, quoiqu'ils
foient l'effet du desir de paraître aimable : Elle plaît en-outre par fa fraîcheur.
Mais autant il éft-facil à la Fille de plaire,
autant la tâche deviént de-jour en-jour
plûs-difficile à la Famme. Il faut que ce
talent foit bién-rare, puifque dans tous les
menages que j'ai-vus, je n'ai-connu qu'une
feule Famme qui ait-continué de plaire
famme, comme étant–fille. Je ne fais-
pas fi ce-fut par une fage combinaison,
ou par l'effet du hasard, que cette Famme prit ce moyén ; mais je crais que ce-
fut par un effet de fon caraɛ̃tère particulier ; ces choses-là ne fe-combinent-
pas : comment-donc refta-t-elle intaɛ̃te
comme les Filles, en–aparence ? Par
une exceffive propreté, qui la rendit ridicule, & prefqu'infuportable à tout le
monde, excepté fon Mari : Elle agiffait
avec luimême, comme fi elle eût–été
non fa famme, mais la Fille reservée
qu'il recherchait encore. Quoiqu'elle
l'aimât, qu'elle le preferât, elle fe-con-
duifait

duisait après un ou deux ans de mariage, comme six-mois auparavant, à-l'époque où elle connut parfaitement son Futur, & où elle consentit, par son silence, qu'il la demandât à sa Mère : c'était la même reserve, accompagnée de la même politesse, du même sourire rougissant, dè la même crainte de rién faire de libre. Lorsque sa Mère & ses Amies lui fesaient des observacions sur sa conduite, elle leur repondait : :: Je ne-crairai-jamais qu'une Epouse doive-cesser d'être famme, & devenir hardie comme les Hommes ! commencer les caresses, c'est de-naturer son sexe ; c'est prendre un habit d'Homme, detruire le charme puissant de la difference que la nature a-mise entre les Hommes &. nous. Il ne faut-pas s'y tromper, à ce que j'imagine ! tout doit-être famme dans les Fammes, comme tout doit-être homme dans les Hommes : Ceux & Celles qui ont le goût sain, éprouvent que la difference entre les deux sexes est ce qui les unit : on n'aime-pas ce qu'on a ; ce qu'on possède ne peut ni charmer, ni étonner, ni exciter les desirs : donnons-nous-donc tout ce que n'ont-pas les Hommes : leur goût pour nous fait notre bonheur ; nous ne pouvons le conserver que par ce charme qui

l'a-fait-naître: jamais une Famme ha-
billée en-homme, penfant en-homme,
agiffant comme eux, n'aurait-infpiré d'a-
mour; c'eft la feule difference qui a-exci-
té l'attencion, la curiosité, le desir:
J'aime uniquement mon Mari: fi je ne
l'aimais-pas, je reffemblerais peutêtre
aux autres Fammes. Mais je l'aime, &
je ferais-desefperée de voir fes fentimens
f'affaiblir. Or, ils f'affaibliront neceffairement, fi je ne refte-pas fille le plûs-
longtemps que je pourrai. Il a-joui de
fes droits, il eft-vrai: mais il a-eu l'ef-
fenciel, fans les acceffoires: j'ai-fenti
machinalement, que dèf-que je lui au-
rais-donné un plaisir au-delà duquel fon
imaginacion ne connaîtrait-plus rién, elle
devait fe-refroidir, & defirer une-autre
Famme; ou fi fa vertu f'y-oposait, fon
goût devait languir. Mais je faurai bién
le maintenir dans fa vivacité! —Et
comment cela, madame la Savante? (lui
dit fa Mère). —Je ne fuis-pas favante,
Maman: mais j'ai une règle infaillible:
Je regarde-bién ce que font toutes les
Fammes, pour faire le contraire. Elles
font indolentes; elles fe-negligent avec
leurs Maris, & les autres Hommes feuls
les raniment; elles viénnent comme des
Impudentes leur faire quelquefois des careffes en-Sultanes; careffes fouvent mal-

reçues! Elles paraissent devant eux dans
un negliger repoussant... Moi, je ferai
tout le contraire; mon attencion sur moimême sera celle d'une Fille bién-propre,
&, comme on dit, *tirée à-quatre-épin-*
gles; je serai aigre & fière avec tous les
autres Hommes, comme une Fille bién-
éprise, à qui Persone ne plaît que son
Amant-preferé; je ne ferai pas-plûs de
caresses qu'une Fille-sage; ou si j'en-fais,
ce sera comme à-la-derobée, & comme
emportée par un sentiment-rapide: Je
veus que tout en-moi soit apetissant:
voyez ma chaussure, ma coïfure, mon
corset, mon linge... Je suis encore
centfois plûs-propre sur ma peau: je fais
ensorte qu'auqu'une des fonccions naturelles ne laisse de traces desagreables:
mon attencion là-dessus est-portée bién-
audelà de tout ce qu'on peut-imaginer!
Je veus être charmante, en-buvant, en-
mangeant, en-crachant, en-mouchant:
j'abhorre, je deteste cette poudre capu-
cine, qui seule peut-faire soulever le
cœur... J'ai des petitesses: je ne puis
rién toucher de sale; je fais-laver la mon-
noie qu'on me-raporte... Cela m'est-
naturel, & n'entre-pas dans mon plan:
mais j'ai-observé que ce ridicul m'attachait mon Mari; qu'il m'en-baisait la

main avec plûs de goût, plûs d'ardeur :
c'eſt peutêtre à cette faibleſſe que je de-
vrai la conſervacion dé ſa paſſion pour
moi ; cette porcion de l'amour, qui diſparaît toujours la première, à ce que j'ai-
lu. Vous pliez les épaules, quand vous
voyez mes petiteſſes ; vous les traitez de
ridicules : on dit que le ridicul eſt voiſin
du vice, qu'ils ſe-touchent, & qu'un degré
de-plûs, le ridicul ſe change en-ce dernier :
je conclus delà, que mon exceſſive propreté n'eſt-pas un ridicul ; car jamais elle
ne peut degenerer en-vice. —Pardon-
nez, ma Fille ! (lui dit ſa Mère) ; ſi vous
aviez des Enfans, ou que votre Mari fût-
malade, vous ſeriez-obligée de les abandonner aux ſoins des Domeſtiqs. —Hô !
Maman ! (ſ'écria la jeune Dame), cela
ſerait-bon, ſi je n'étais-pas-encore plûs-
ſenſible que propre !… Mais vous ſa-
vez que je vous ai-gardée… Je les gar-
derais, je vous aſſure, avec le plûs-grand
empreſſement : mais je ne voudrais-pas
l'être par mon Mari ; ſa preſence me gê-
nerait ; je craindrais de lui inſpirer un
degoût… Je voudrais-être propre, malade comme en-ſanté, autant qu'il ſerait-
poſſible…

Telle eſt la Famme que j'ai-connue :
une liaiſon avec elle eſt impoſſible ; elle
n'habite pas cette Capitale : mais je vous

donnerai tous les details de ſa conduite,
lorſque nous ſerons-unis.

Les Parens d'Aimée comprirent-mieus
que leur Fille, ce que m.ʳ De-Vaudanjan
desirait, & m.ᵐᵉ D'Armorin ſe-proposa
de bién-inſtruire ſa Fille. Le mariage ſe-
fit quelques-jours aprés, & Aimée ayant-
reçu de ſon Mari l'hiſtoire de m.ᵐᵉ De-J**
telle qu'on l'a-vue dans la CCXXXVII.ᵐᵉ
Nouvelle, XXXVIII.ᵐᵉ *Volume*, elle y-
conforma ſa conduite. M.ʳ De-Vaudan-
jan a-donné une nouvelle preuve, que
dans notre ſiècle, pour être heureus en-
menage; il faut ſe-former ſon Epouse :
mais combién peu de Gens ſont en-état
de ſe-procurer cet avantage ? Le nombre des Maris qui ſavent-voúloir dans une
Famme ce qui eſt juſte & raisonable, eſt
encore plûs-petit que celui des Fammes-
ſenſées.

XVII Canevas : *La Famme-au-Mari-
bête.* Une Jeuneperſone trèsaimable,
était chés une Tante devote, ſœur de
ſon Père, mais d'un 1.ᵉʳ lit. Des circonſtances malheureuses avaient-ſeparé
le Père & la Mère de *Brebiette* (c'eſt le
nom de la Jeunefille) : La Mère était-
deteſtée de ſa Belleſœur devote, qui tremblait que le menage venant à ſe-reünir,
ſa Nièce ne completât cette Famille ſe-

U iij

parée : elle voulut la marier : tout lui
paraiffait bon, par deux autres motifs
encore : comme elle était d'un pre-
mier-lit, elle avait-toujours detefté la
feconde Famme ; elle n'en-aimait-pas les
Enfans, & voyant que fon Frère, par
fa poficion, pouvait trouver un Parti
avantageus pour fa Fille, fon mauvais-
cœur en - frémit ; mais fe-couvrant du
manteau-de-la-religion, elle fit-entendre
à la Jeuneperfone, que le Mari, donné
par fon Père, manquerait fûrement de religion : fon autre motif, c'eft que Brebiette étant-jolie, & f'arrangeant en-
Jeuneperfone, la Tante ne pouvait fouffrir (disait-elle), de voir chés elle la *coquetterie* des *Fammes-du-monde.* (Elle
entendait par coquetterie, des cheveus
arrangés, une robe faite avec goût, une
chauffure agreable ; & par Famme-du-
monde, toutes Celles qui n'avaient-pas un
Directeur-janfenifte, dont elle fesait une
forte de *Grand-Lama.*) Telles étaient
les difposicions de m.me *Levreplate*, quand
il fe-presenta chés elle un Homme veuf,
d'environ trentefix-ans, qu'elle avait-vu
à la lisière : Enfant, c'était une forte-de-
petit-mulâtre trèsmechant : plûs-grand,
il avait-donné de grands chagrins à fés
Parens, par fon libertinage, fes vices
multipliés, fa mechanceté taquine autant

qu'infolente. M.me Lèvreplate aprit de
Morisot, qu'il voulait fe-remarier: Il
lui demanda, quelle était la Jeuneperfone
qui demeurait chés elle? M.me Lèvreplate treffaillit-d'aife: Elle vit dans Morisot, brutalité, fotife, mechanceté, ta-
quinerie, incapacité, qui l'avaient-tou-
jours-empêché de garder les emplois ob-
tenus par le credit d'un Père honnêtehomme; & comme les Sots portent tous
le mafque-de-la-devocion, elle f'en-con-
tenta: Il lui fuffifait d'un Homme qui
deplût fouverainement au Père, à la
Mère, & qui rendît la Fille malheureufe.
Elle travailla furlechamp à remplir fes
vues abominables. Après avoir-repon-
du à Morisot, que la Jeuneperfone qu'il
avait vue était fa Nièce, elle lui laiffa
concevoir toutes les efperances qu'il voulut; elle les fortifia; & pour les apuyer,
elle fe-fit un plan-de-conduite avec Brebiette. Elle la chicana, la tourmenta,
pour lui rendre fon fort actuel infuportable. Elle accompagnait fes taquineries,
de difcours contre le Père, contre la Mère
de Brebiette: elle lui rapelait fans-ceffe
que fon Père ne laifferait jamais un fou:
que fi elle ne profitait-pas de fa jeuneffe
pour fe-marier, ou pour fe-donner à une
pieufe Société, elle tomberait dans la

misère, à l'âge où tout nous abandonne. —Par-exemple (continuait-elle), voila m.ʳ Morisot; c'eſt un Homme-mûr; il a-de la réligion; ſa première-Famme a-été-heureuſe; une Jeuneperſone de votre figure le ſerait-encore da-vantage : il a-mille-écus-de-rentes : ce n'eſt-pas une fortune, mais c'eſt le neceſſaire : Il eſt-en-outre employé; ſon ſort ſ'ameliorera, quand-il aura la place de ſon Père : c'eſt un Parti, comme on n'en-trouve qu'une-fois dans la jeuneſſe : il eſt laid; il ne vous en-aimera que da-vantage-..... Tels furent les diſcours ſans-ceſſe repetés par m.ᵐᵉ Lèvreplate. Ils firent-impreſſion ſur une Jeune-fille ſans-experience; elle ne prit-pas de goût pour l'Homme, mais pour l'état doux, aſſuré, qu'on lui feſait enviſager. Lorſque ſa Tante la vit dans ces diſpoſi-cions, elle fit-avertir le Père, qu'un Parti trèsavantageus recherchait ſa Fille. Le Père de Brebiette en-fut-charmé: Il deſirait depuis longtemps l'établiſſement de cette Enfant; il lui avait-même-cher-ché un Parti aſſés-conſiderable pour la for-tune : mais la faible ſanté de ce Der-nier avait-aporté des retards. Bref, il fut-trèscontent d'avoir occaſion de l'établir. La Tante donna un dîner, auquel elle invita ſon Frère d'une part, & de l'autre, le Père de Morisot, & Morisot lui-même. Elle prevint adraitement son Frère, que Morisot-fils était-laid, & outra les choses à-deffein. Cependant (admirez l'adreffe de la mechanceté), cette Famme était-bête, & la malice feule lui ouvrait l'efprit à ce point!... Le Père de Brebiette goûta-peu le Gendre futur, mais il prit beaucoup d'eftime pour fon Père. On ne fit que fe-voir. Quelquetemps après, Morisot écrivit : fa Lettre montra l'étendue de fon genie, & le Père de Brebiette defendit à fa Fille de fonger à un tel Homme. On entêta la Jeuneperfone; on employa les ruses, l'aftuce... Le mariage fe-fit.

Brebiette fut-à-peine-mariée, qu'elle f'en-repentit. Un Amant, ami du Mari fe-presenta; il fe-fit-aimer. Mais Brebiette était-vertueuse : Elle fouffrit, & de fon degoût pour un Homme bête & laid, & de fon goût pour un Homme aimable. Morisot f'en-aperçut, & le Sot eut la maladreffe d'inviter l'Amant de fa Famme à dîner, pour leur en-faire des reproches. Cette conduite infenfée, aprit à l'Amant qu'il était-aimé. Il en-profita fi-bién, qu'ayant-guetté le moment, il furprit Brebiette dans des difposicions fi-favorables pour lui, qu'il

arracha l'aveu desiré. Mais il n'obtint
rien de plûs. Aucontraire, depuis ce
moment, Brebiette évita de le voir.
Mais Morisot n'en-fut pas-moins-jaloux.
Il prit le parti de... se-corrompre... pour
infecter un Rival, que sa bonne-mine
rendait trop-redoutable. Il ne reüssit-pas
dans ce projet odieus, parceque sa Famme était-sage; mais.... Brebiette en-
est-morte.

XVIII Canevas: *Les Quatre-Amies.*
Ce Canevas pouvait-être-mis au nombre
des *Vogues-Contemporaines;* voici comme on rapporte, dans toutes les maisons,
ce trait singulier, mais unpeu-defiguré
par les differentes versions. ¶ Quatre
Jeunesperfones-de-naissance, élevées au
Couvent, s'étaient-liées d'une amitié si-
tendre, qu'elles avaient-resolu de ne jamais se-feparer: L'idée de se-quitter
bientôt, en-entrant dans le monde; par
le mariage, était la plûs-effrayante de
toutes, pour leur senfibilité. L'Aînée,
qui avait-quinze-ans, était la première
qui devait être-prise, & c'était aussi pour
elle que les inquiétudes des Trois-autres
étaient-plûs-vives: la Seconde avait-
treize-ans, & les Deux-autres, entre onze-
à-douze, ou douze-à-treize. On tint un
petit conseil, pour decider, comment on
s'y prendrait, pour éviter le danger pref-

fant qui menaçait la belle *Driopé*. Les
deux plûs-jeunes, *Alcione & Hellé*, pro-
posèrent de fe-faire toutes-quatre religieuses: mais *Cidippe*, la feconde, ainfi-que
Driopé representèrent les inconveniens &
l'ennui du Cloître, avec tant de force,
qu'il fut-convenu que le monde était-pre-
ferable. —Mais on nous mariera! (difait
la jeune Hellé). —Hebién-oui, on
nous mariera... mais il me-viént une idée
(f'écria Cidippe): épousons toutes-quatre le même Homme: nous porterons le
même nom ; nous habiterons toutes-quatre le même hôtel; nous ferons enfemble
tant que nous voudrons; nous aurons les
mêmes Enfans ; ils feront en-commun,
ainfi que l'argent & les plaifirs : Toutes-
quatre à la même table, nous en-ferons
tour-à-tour les honneurs; nous ferons
Sœurs veritablement, & infeparables.
Les deux plûs-jeunes, Alcione & Hellé,
admirèrent cette idée, & f'étonnèrent de
ne-pas-l'avoir-eue : mais Driopé, par-hasard unpeu-plûs-inftruite, leur dit qu'elle
doutait, qu'en-France, quatre Jeunesperfones puffent-épouser un - feul Homme.
Ce point arrêta la deliberacion: on refo-
lut de f'informer. Dans la foirée, on proposa la queftion à une Dame-penfionaire,
feparée de fon Mari, qui nonfeulement

fut pour la negative, mais qui ajouta, que ce n'était qu'en-Turquie, que les Hommes avaient-plusieurs Fammes, & que par cette raison, le Grand-feigneur n'épousait-pas, comme les autres Souverains, des Filles-de-Rois, mais des Particulières. La Dame s'arrêta-là; peutêtre n'en-savait-elle-pas-davantage. Mais son discours fit-étrangement-fermenter les quatre Jeunes-têtes. Elles tinrent differens conseils, dont le resultat fut-d'écrire au Grand-Turq, la Lettre suivante (car on l'a-vue, ou plutôt on la compose).

A Monseigneur, Monseigneur Sa-Hauteffe, Grandfeigneur, Sultan de Conftantinople, Empereur de Turquie, dans fon Serail, à Conftantinople, en-Barbarie.

Monseigneur-Sire :

*N*ous *fommes quatre Jeunesperfones, des meilleures maisons de France, comme vous le verrez par nos fignatures, en-confultant notre Ambaffadeur auprès de vous, qui nous aimons fi-fort toutes-quatre, que nous ne voulons-pas nous feparer: Nous avons-apris par une Dame-penfionaire de notre Couvent, que votre Hauteffe épousait plusieurs Fammes : c'eft pourquoi nous-vous-proposons de nous épouser toutes-quatre, & de nous* *traiter également en-tout, même aparte-ment, même table, même pouvoir: Et de notre côté, nous vous aimerons & refpecterons comme notre Epous, & comme un grand Empereur. Votre Hauteffe pourra remettre fa Reponfe à m.ᵣ l'Ambaffadeur, bién-cachetée, afin-que la Lettre nous parviénne, fous l'envelope de m.ᵐᵉ la Barone-de-R***, qui nous a-inftruites. Nous fommes, en-attendant avec impacience l'honneur de votre promp-te Reponfe,*

De votre Hauteffe,
*Les trèsobeïffantes, & trèsfoumises fer-vantes & futures Epouses, Driopé-**, Cidippe-****, Alcione-***, Hellé-**.*
*L'adreffe, A madame, Madame la Barone-de-R***, penfionaire au Couvent de ********, rue*****, à Paris, capi-tale du Royaume de France. Et fous l'envelope, pour nous remettre.*

Cette Lettre fut-jetée par la fenêtre, avec une envelope, & une pièce de 24-fous; fur l'envelope étaient ces mots: *Il y-a dans le paquet 24-fous pour Ce-lui ou Celle qui mettra cette Lettre à la grand'-pofte.* Elle y-a-été-mise (dit-on), & le Directeur l'a-portée au Mi-niftre, qui l'a-montrée au Roi. Sa Ma-jefté (dit-on), en-a-beaucoup-ri, & de ſa propre main, a-effacé les noms des quatre Demoiſelles ; qu'Elle connaît ſeule.

J'ajouterai, que je crois toute cette hiſtoire controuvée, comme bién-d'autres qu'on publie journellement.

XIX Canevas : *La Mère-crue-tiran.* On m'a-donné en-1783, comme recemment-arrivé, un trait, qui n'était-pas-propre à faire une *Nouvelle*, mais dont les details euſſent-formé un Roman trèsintereſſant. ¶ Une Jeuneperſone avait-été-élevée au Couvent dès l'enfance ; ſa Mère ne l'en-avait-retirée qu'à la mort du Père. A ſon arrivée dans la maiſon, le *Baron-de-*** ſon Frère, fut-trèsétonné de ſe-rrouver une Sœur, dont il paraiſſait-avoir-toujours-ignoré l'exiſtance : c'était lui cependant que la Mère craignait ; mais elle eut-biéntôt des craintes differentes, & plûs-grâves. Le Baron parut trèsempreſſé auprès de la jeune & belle *Josefine.* Ses aſſiduités, ſon entouſiaſme furent ſi-grands, que la Mère ſerieuſement-alarmée, defendit à Joseſine de recevoir ſon Frère en-particulier. Le Baron en-fut-inſtruit ; mais loin de ſe-fâcher, il n'en-fut ni fils moins-reſpectueus, ni frère moins-tendre. C'eſt que le Baron avait pour ami le *Chevalier-de-***, auquel l'attachait l'amitié la plûs-tendre, fortifiée par l'amour.

Le Chevalier avait une Sœur, qu'adorait le Baron : centfois ils s'étaient-dit : —Que n'avons-nous chaqu'un une Sœur! nous deviéndrions aussi-bons-frères, que nous sommes tendres amis-! Lorsque Josefine arriva du Couvent, le Baron vit en-elle une divinité biénfesante. Mais il lui restait une inquiétude : c'était si le Chevalier plaîrait à Josefine. Il les montra l'Un à l'Autre, dans une maison amie, sans les prevenir. Il eut-lieu d'être-content! Josefine charma le Chevalier, & elle ne put-defendre son cœur du même sentiment. Une rencontre où Josefine, qui se-crayait seule, chantait passionement un air qu'elle n'avait-entendu qu'une seule-fois de la bouche du Chevalier, aprit aux deux Amis, qu'elle s'occupait agreablement de l'Epous que son Frère lui destinait. Ils s'expliquèrent biéntôt, & ils se-firent les plûs-tendres-sermens. La Mère de Josefine ne tarda-guère à s'apercevoir de cette passion. Le Chevalier, devenu *Comte-de-**$ par la mort d'un Frère-aîné, convenait par la naissance autant que par la fortune : Il parla ; il fit-parler par le Baron. La Mère de Josefine, qui depuis six-ans était-devote, dès le premier-mot, ôta toute esperance à l'Ami de son Fils, & defendit à Josefine de les voir ni l'Un

ni l'Autre. Il était trop-tard! La paſſion des deux Amans avait-acquis cette
énergie, elle ſ'était-revêtue de ce charme ſi-doux, qui fait une divinité de l'Objet-aimé, qui en – rend la ſeparacion ſi-
douloureuſe, qu'on prefererait la mort.
Les Amans ſ'écrivirent : La Mère ſ'en-
aperçut ; elle quitta Paris avec ſa Fille.
Mais le Comte la ſuivit. Les ren-
devous des deux Amans furent-decou-
verts : La Mère au deſeſpoir, part pour
Marſeille, à plûs de cent-lieues de ſa
Terre. Mais le Chevalier decouvre encore cette retraite : il trouve ſon Amante
recherchée par un Parti avantageus. Il
eſt-jalous : Joſefine le raſſure. Ils ſe-
voient dans differentes maiſons, à-l'inſu
de la Mère. Enfin, elle les ſurprend encore. Elle reviént à Paris avec ſa Fille,
qui la regardait comme ſa perſecutrice:
Elle l'enmène en-Picardie, pour la marier avec l'Amant de Marſeille. C'eſt-
là qu'arrive une ſcène terrible : le Comte, en – voulant – forcer ſon Rival à ſe-
battre, eſt-aſſés-malheureus pour bleſſer la Mère de Joſefine. Elle en-meurt.
C'eſt à cet inſtant ſuprême, qu'elle revèle
un ſecret terrible à ſa Fille. La Devote, m.me De-**, ne l'avait-pas-tou-
jours-été; elle a-eu pour Amant le Père
du Comte, qui l'eſt-également de Jo-

sefine : m.ʳ De-** n'a-pu en-douter, c'eſt
pourquoi la Jeuneperſone n'a-jamais-paru
devant lui : on avait-tout-employé pour
la forcer à être religieuse ; mais elle n'a-
vait-jamais-pu ſ'y-resoudre. Enfin, à
la mort du Mari, la Mère l'avait retirée
pour la marier. Le malheur avait-voulu
que ce-fût le Comte, ſon frère-naturel, qui
ſ'emparât du cœur de Josefine, & qui lui
donnât tout le ſién : Jamais la Dame ne
put ſe-resoudre à ſouffrir une pareille
union, ni à reveler à ſa Fille les motifs de
ſon refus. Mais à la mort, craignant que
le mariage ne ſ'accomplît lorſqu'elle ne
ſerait-plus, elle ſe-crut-obligée en-con-
ſcience à dire ſon ſecret. Après la mort de
m.ᵐᵉ De-**, le Comte eſpera que Josefine
ſerait-biéntôt ſon épouse : mais il ignorait
deux obſtacles ; il était-matricide, & il
était-frère de ſon Amante : Josefine n'é-
tait que trop-bién-inſtruite de ces deux
obſtacles cruels ! Deseſperée, elle resolut de ſ'enſevelir toute-vivante dans ces
triſtes demeures, qu'une piété peu-éclairée a-fait-inſtituer, mais qui ſont quelquefois un asil pour le deseſpoir. Elle fit ſes
vœus : le Comte mourut de douleur, &
elle ne lui ſurvecut-pas longtemps. (Ce
trait viént d'être-mis en roman.)

Autre, ſur le même ſujet. Deux
Amies, mariées le même-jour, eurent à

quatre-ans de difference, la Première un Garſon, la Seconde une Fille ; ces deux Enfans furent-deſtinés l'Un pour l'Autre. A ſeize-ans, la Fille était-charmante : la Mère avait en-elle une confiance ſans-bornes : mais unjour elle la ſurprit... dans les bras du Laquais... Elle ſe-retira, demi-morte-de-douleur, pour ne pas deshonórer la Coupable : Un inſtant après elle revint, fit du bruit, & joignit ſa Fille, qu'elle trouva ſeule. Elle ſe-tut; redoubla de ſoins & d'amitiés : La Jeu-neperſone ne ſ'ouvrit-pas à ſa Mère. Les Parens du Garſon parlèrent de mariage. La Mère de la Fille ſ'y-opoſa. La Jeu-neperſone en-parut au-deſeſpoir. Sa con-duite était-inconcevable pour ſa Mère, qui ſ'aperçut que ſa Fille était... une ji-bertine... Elle refuſa le Jeunehomme, fut-blâmée de tout le monde, ne ſ'ou-vrit-pas-même à ſon Amie, & garda ſa Fille juſqu'à vingtcinq-ans. Alors, Celle-ci lui fit des ſommacions-reſpec-tueuſes. —Je vous donne ma Fille mal-gré-moi (dit alors la Mère au Fils de ſon Amie), parceque vous m'êtes-infiniment-chèr-. On n'écouta-pas cette Mère raiſo-nable. Après deux-ans de mariage, les deux Epous furent-obligés de ſe-ſeparer, & la Mère de la Famme, dit la verité, pour juſtifier ſa conduite à ſon Amie.

XX. Canevas : *La Famme-perfide.*
Ce fujet a-deja-été-traité dans *la Perfide-Horlogere.* Mais il eft-fi-commun de voir des indignes Epoufes trahir leur Mari, qu'on aurait dequoi faire des Volumes de femblables Hiftoires.

Un Homme d'une condicion peu-relevée, avait-époufé fon Egale. Leur efperance, en-fe-mariant, n'avait-été à tousdeux, que de gâgner, le Mari, 45 fous par-jour, la Famme, de travailler de fes doigts le plûs qu'il lui ferait-poffible. Mais à-peine-mariée, la Famme ne travailla-plus. L'Ouvrier demeurait avec fa Bellemère; les deux Fammes fe-brouillèrent: la Fille voulut aler à Paris, fous-pretexte de fe-placer: Elle y ala: fon Mari la fuivit quelque-temps après: Ils fe-trouvèrent dans la Capitale, avec cinquante-fous par-jour. Ce gain était-modiq: la Famme peu-entendue. Le menage était dans la plûs-grande detreffe, fans efpoir d'en-fortir. La misère & la fervitude ôtent aux Hommes la moitié de leur vertu (dit *Homère*, & c'eft une éternelle verité). Il arriva que la Famme, aubout d'un an de fejour à Paris, dit unjour à l'Homme, qu'elle était-aimée par un Jeunevoifin; mais qu'elle était-bién-loin de l'écouter. Le Mari f'en-crut fûr. Mais on lui reparla fou-

vent de cet Amoureus, qu'on crayait
riche ; on posa la queſtion , S'il feſait
des presens ? La misère fit-conſentir
l'Homme à les recevoir . . . . Enfin,
ſa Famme ayant-feint un-jour de ſ'être-
empoisonée de desefpoir, il ala juſqu'à
laiſſer ... la liberté des faveurs. C'était
une faibleſſe qu'il a-payée-chèr ! . . . Sa
Famme fut-infidelle. Loin de l'en-ai-
mer-moins, l'Ouvrier, par une ſorte de
rectitude de ſon âme, l'en-aima davantage, & tâchait d'éclipſer ſon Rival . . .
Quelque-temps après, l'Epouse fit une-
autre Connaiſſance : l'Homme deja-des-
honoré, ſachant que ſa Famme était-at-
tachée par le cœur au premier Amoureus,
desira que le Second la rendît infidelle,
& ... elle-le fut... Les choses reſtèrent
quatre-ans dans cet état. Alors les deux
premiers Amoureurs diſparurent, & la
Famme fit une troisième Connaiſſance.
Cette intrigue fut-conduite avec une
impudence ſans-exemple de la part de la
Famme, qui ſe-ctut-autóriſée par les deux
premières complaisances de ſon Mari :
Elle prit ſon Amant en-penſion ; il couchait dans ſa chambre, & le Mari dans
celle d'à-côté. Celui-ci était-ſurpris de
cet excès d'audace : mais d'après ce qu'il
avait-ſouffert, il ne pouvait, ou n'osait-
rién-dire . . . Il avait une Fille de 6.

à-7-ans, témoin de tout-cela. On ne fe-
défie-pas-aſſés des Enfans; on ne fonge-
pas qu'ils n'oublient rién à un certain-âge.
Le Penfionaire en-fit quatre à la Famme de l'Ouvrier, en-deux couches, que
d'ellemême elle fit-porter aux Enfans-
trouvés, n'y-ayant auqu'un doute fur la
paternité. Cette avanture finit par la fe-
paracion du Mari & de la Famme, & ce-
fut la Famme ellemême qui la demanda.
Le Mari fesait alors autre-chose que fon
metier; mais cela n'était-pas fort-lucra-
tif: il fe-tint-feul, tandif-que fa Famme
vivait avec le Penfionaire. Ce Dernier
f'enretourna enfin dans fa Province, où
la Famme refusa (dit-elle), de le fuivre:
elle refta feule, & vecut de fon travail,
& de quelques-marchandises, que le Penfionaire lui avait-laiſſées. Elle fit alors un
quatrième Amant: c'était un grand Jeunehomme, aſſés-bién de figure. Son
Mari revint la voir; ils fe-remirent enfemble: elle ne lui laiſſa-pas-ignorer fa
nouvelle Inclinacion; il femblait qu'elle
voulût-l'avilir de-plûs-en-plûs, depuis
qu'il f'était-comme-ôté le droit de la re-
primer. Reünis, les deux Epoux vecurent aſſés-mal; ils ne f'eftimaient-plus:
cependant, le Mari n'avait-pas des griefs
infuportables, comme ceux dont il fera
biéntôt queftion: La Famme était-im-

pudente, à-la-verité ; elle fesait-sonner
bién-haut sa vertu dans leurs querelles,
mais le Mari ne demandait-pas-mieus que
de se-faire illusion. Il arriva qu'il fit une
affaire de 1200 liv. Sa Famme crut que
c'était une fortune: elle se-separa, loua une
chambre moins-galetas, & qui ne fût-pas
au cinquième, comme celle de son Mari,
pour se-mettre en-son-particulier. Elle
connaissait alors une Dame *Regret*, dont il
est-parlé dans ces *Nouvelles :* La Famme
de l'Ouvrier trouva chés cette Famme un
Corrupteur de profession, qui la desira:
elle se-donna, & reçut un present digne de
sa conduite, la *sifillis.* Degoûtée biéntôt
d'un Homme, plûs-inconstant qu'elle encore, elle aima un Jeune-Garson-mar-
chand: auquel elle fit-passer le fatal cadeau.
Comment faire alors ! Le Jeunehomme
se-plaignit ; le Mari se-portait-bién : La
Famme, qui tremblait de perdre sa reputacion (elle pouvait la negliger cependant !) pensa qu'il était-important de
contagïer son Mari, & de le faire-passer
pour l'auteur du mal qu'elle lui avait-
donné. Elle n'y-manqua-pas. Le Mari
fut-excité par ce qui pouvait le provoquer ;
il succomba, quoique depuis longtemps
il ne vît-plus une Famme dangereuse,
& il fut -*pris.* Les simptômes furent-
terribles. Alors son indigne Epouse

amena le Jeune-garſon-marchand , & lui
montra le Malheureus, étendu ſur ſon gra-
bat. Il fut-convaincu. Mais quelque-
temps après, ayant-eu-occaſion de parler à l'Hôte du Mari , qui avait-donné
au Malade un Chirurgién , nommé *Lancelot* , le Jeunehomme vit ce Chirurgién ,
chés lequel il ſe-rendit avec ſon Frère :
Lancelot, trop-exact pour ſe-tromper ſur
les dates, leur aſſura , que la maladie du
Mari datait du 17 avril. Celle du Garſon-
marchand était-déclarée dès le 1.ᵉʳ : Ils
furent-perſuadés tous-trois, que la Famme-
d'Ouvrier était une malheureuſe. Six-
ans après, en-1776, on annonça un-jour
l'Ouvrier dans une maiſon , où était le
Frère du Garſon-marchand : Un de ces
Mauvais-ſujets qui aiment à faire le mal ,
dit à l'Ouvrier, de ne pas ſe-faire-con-
naître , qu'il alait-jeter ſon nom dans la
converſacion , & qu'il entendrait des vers
à ſa louange. En-effet, dèſ-qu'on eut-
nommé l'Ouvrier , le Frère du Garſon-
marchand , en-éclatant-de-rire , raconta
devant tout le monde le tour joué par la
Malheureuſe à ſon Mari. Celui-ci ne
l'ignorait-pas : mais toutes les circonſtances ne lui étaient-pas-connues, il fut-
atterré. Il ſe-retira furieus. Il écrivit ſa
decouverte à ſa Famme alors en-province.
Elle nia. Mais depuis ce moment, fu-
rieuſe ellemême de voir ſa turpitude de-

d'avoir-voulu-feduire fa propre Fille; le
deffervit auprès de deux Hommes dont il
avait befoin; le calomnia auprès de fon
Hôteffe, d'une autre D.lle, & de la M.de
où était fa Fille. Les deux Epous fe-font-
pourtant-reünis : ce-fut un effort de la raifon du Mari, qui crayait par-là calmer une
mechante Famme : & c'eft alors qu'elle
l'a-decrié, deshonoré, en-le-fesant-paffer
pour un monftre. Elle l'a-brouillé avec
d'anciéns Amis, qui l'avaient-vu longtemps & conftanment, avant de connaître
fa Famme, en-racontant d'un air-de-ve-
rité, qui cependant ne peut feduire que
les Sots, des atrocités revoltantes : comme d'avoir-mis fes Enfans aux *Enfans-
trouvés* (ceux du M.d-de-mouffelines; mais
le Mari n'avait-pas-même-été-confulté);
d'être un libertin, gâté par les Fammes
(c'eft par elle), &c.a Elle a-l'art de faire-
parler fon Mari fur leurs Connaiffances;
elle en-dit du mal, les traite de Chevaliers-
d'induftrie, & prête fes difcours à l'Homme innocent. Enfin, elle a-resolu d'é-
crire fa Vie; elle a-choisi pour Confident
un Ami de fon Mari, qui demeure en-
province : L'Ouvrier a-intercepté une
Lettre qu'elle écrivait contre lui. C'eft
alors qu'il a-falu que cet Infortuné prît
des precaucions, en-mettant, par un recit
fincère, des Perfones puiffantes dans fes
interêts. Tout en-eft-là.

En-fait

En-fait de filosofie-morale, les Anciéns
nous étaient aussi-superieurs, que nous
les surpassons en fisique: Je ne puis me-
refuser à donner à mes vertueuses Lectri-
ces, la Lettre d'une Famme à une-autre
Famme de l'Antiquité, sur le point le
plûs-delicat du mariage: & cette Famme
qui écrit, était celle de *Pitagore*.

Theano, à Nicostrate.

»On ne m'a-pas-dissimulé, ma chère
Nicostrate, l'égarement de votre Mari.
Le voila-donc amoureus d'une Courtisane, & vous voila jalouse! Je connais-
bién des Hommes attaqués du même mal!
Ces Fammes-là ont un art tout-particu-
lier pour les prendre dans leurs filets, pour
les y-retenir, pour leur faire-tourner la
tête. La vôtre n'est-pas en-meilleur-
état; vous-vous-tourmentez nuit-&-jour,
vous-vous-laissez-devorer par le chagrin,
vous n'êtes-occupée que de projets-de-ven-
geance. Regardez-y-bién, ma chère Nicostrate! vous prenez un mauvais-parti.
La vertu d'une Famme n'est-pas d'être la
gardiénne, c'est d'être la compagne de
son Epous; & une Compagne fidelle
doit-suporter même la demence du Compagnon de son sort. Il cherche le plaisir dans les bras d'une Maîtresse; mais

après l'accès de son delire, c'est auprès de sa Famme qu'il cherchera son Amie.

» Surtout n'alez-pas-aggraver un mal par d'autres-maus, ni une folie par une folie plûs-grande. Le feu qu'on ne souffle-pas, s'éteint de luimême: c'est l'image des passions. Voulez-vous les combattre? elles s'irritent: ne les remarquez-vous-pas? elles s'apaisent.

» Connaissez-bién toute votre imprudence. Votre Mari cherche à vous cacher l'outrage qu'il vous fait, & vous avez la maladresse de vouloir l'en-convaincre! Hé! ne sentez-vous-pas que vous arrachez le voile, & qu'il ne se-gênera-plus pour vous offenser ouvertement? Ne fondez-pas vôtre amour sur ses caresses, mais sur sa probité: c'est elle qui fait le charme de l'union-conjugale. L'attrait du plaisir le met aux genous d'une Courtisane: mais quand il revient à vous, c'est la Compagne de sa vie qu'il cherche & qu'il aime à retrouver. Sa raison vous aime; ce n'est que sa passion qui le precipite dans les bras de vôtre Rivale. Mais les passions sont de courte-durée; biéntôt la saciété les suit: un instant les enflâme, un instant les éteint.

» A-moins qu'un Homme ne soit entièrement-dissolu, il ne conserve-pas un

long attachement pour une Famme-me-
prifable. Biéntôt il renonce à de coupa-
bles plaisirs, qui coûtent-toujours-bién-
chèr. Votre Mari ne tardera-pas à fentir
qu'il fe-nuit à luimême, qu'il fe-ruine,
qu'il rifque fa reputacion. Il a trop de
jugement pour f'obftiner à fa perte. Il
reconnaîtra fes torts & fes dangers; les
droits de fon Epouse le rapèleront-vers
elle: alors il faura vous aprecier, il ne
pourra fuporter la honte de fa conduite
paffée, vous le trouverez repentant &
digne de votre amour.

» Mais furtout, ma chère Nicoftrate,
laiffez aux Courtisanes un art qui leur
conviént (*). La modeftie, la fidelité,
le foin de fa Famille, fa tendreffe pour
fes Enfans, fes égards pour les Amis de
fon Epous; voila tout le manége d'une
Famme honnête.

» Elle doit-rougir de manifefter fa jalousie contre une Courtisane. Une ému-

_____

(*) La fevère *Theano* entend-elle par cet art,
celui que m.ʳ *De-Moiffi* recômande aux Epouses
dans fa *Nouvelle-Ecole-des-Fammes?* Non,
non! elle eft loin de ces idées fuperficielles! Ce
n'eft-pas en-difputant le talent de la danfe à une
Danfeuse, qu'une Famme ramènera fon Mari;
c'eft par la folidité, la propreté, le goût; elle
n'a-besoin que de cela: trèsfouvent les talens
nuisent-plus qu'ils ne fervent.

lacion plûs-noble & feule digne d'elle;
qu'elle combatte de vertu avec les Fammes les plûs-vertueuses.   Ne confervez-
pas un funefte reffentiment ;   montrez-
vous toujours-prête à la reconciliacion.
Songez que les bonnes-mœurs nous con-
cilient la biénveuillance-même de nos
Énnemis :   elles-feules nous honorent ;
feules elles nous rendent plûs-fortes même que nos Epous, & nous donnent
fur eux un afcendant invincible.   Choi-
siffez des deux partis: ou forcez votre
Epous à vous reverer ;   ou confentez à
fervir humblement votre Maître.

» Il vous refte un moyén de lui reprocher fa conduite; & ce moyén, c'eft
votre vertu.   C'eft par elle que vous le
ferez-rougir ;   c'eft par elle que vous de-
vez le preffer d'obtenir de vous fon par-
don. Il vous en-aimera davantage, quand
il fentira toute fon injuftice , combién
vous meritiez-peu de l'éprouver, & combién était-grande la perte qu'il rifquait de
faire luimême, en-renonçant à votre tendreffe.   C'eft après la maladie qu'on fent
mieus tout le prix de la fanté : de-même , les différends des Gens qui f'aiment,
repandent le charme le plûs-doux fur
leur reconciliacion.

» Ne voulez-vous-pas m'écouter? hébién! livrez-vous-donc à l'impetuosité de votre jalousie. L'esprit de votre Mari est-malade; montrez que le vôtre n'est-pas-plûs-sain : il risque sa reputacion; perdez la vôtre : il neglige sa fortune; aidez à la renverser : punissez-vous en-crayant le punir. Oubién abandonnez-le, faites-divorce, jetez-vous dans les bras d'un-autre Epous, qui vous sera de-même infidèl, & que vous abandonnerez de-même. Non, ma chère Nicostrate, ne vous livrez-pas à ces excès : dissimulez les peines de votre cœur, souffrez-les avec paciance; c'est le moyén de les voir plûtôt finir ».

Rién de plûs-simple & de plûs-sage que les conseils de Theano. Il est à souhaiter qu'ils soient-medités par le grand nombre des Fammes qui craient-avoir-à se-plaindre de leurs Maris : peutêtre même des Maris qui craient avoir à se-plaindre de leurs Fammes; car, à bién examiner, les conseils sont à-peu-près les mêmes pour les Uns & les Autres.

A cette Lettre, ajoutez un adage que voici :
» Toute Fille lettrée restera fille toute
» sa vie, quand il y-aura des Hommes
» sensés sur la terre ».

Vogues-contemporaines.

En-finiſſant la Colleccion des *Contempo-raines*, je crais à-propos de dire un mot des invencions, des nouvelles decouver-tes, & des Vogues qui ont-eu-lieu durant ſa compoſicion: Telles ſont les *Sour-ciers*, l'*Airoſtacion*, le *Meſmeriſme*, &c.ª

I. *Bleton* eſt un paysan du *Daufiné*, qui ayant-employé ſa vie à chercher des ſources, doit-avoir-acquis une certaine experience, qui lui fait-connaître les en-draits où il y-a de l'eau: la baguette eſt tout ſon charlataniſme: car il a dail-leurs une vraie-connaiſſance: quant aux mouvemens interieurs qui lui indiquent les ſources ou les metaus, après qu'on lui a-bandé les ïeus, jamais Bleton n'avait-parlé de ces mouvemens, avant de venir à Paris parmi des Gens-éclairés; il ſe con-tentait de dire aux Paysans, & même aux Seïgneurs, que la proximité de l'eau feſait-tourner la baguette dans ſes doigts, & cherchait à leur perſuader que cette baguette recevait ſeule l'impreſſion de la ſource, ou des metaus cachés. Mais à Paris, on lui aura-fait ſentir, qu'une pa-reille idée, qui avait à-peine reüſſi cent-cinquante-ans auparavant à *Jaque-Aimar*, ſerait-aujourdhui-vilipendée. Un Fiſicién

habil, mais de bonne-foi, a-tout-arran-
gé pour le mieus, & Bleton a-eu des Sec-
tateurs. La verité eſt, que Bleton eſt un
veritable Sourcier ; que l'experience lui
a-donné cette habitude & cette connaiſſance particulières, qui font que certains
Hommes font ou connaiſſent ce qui eſt
reellement hors de la portée des Autres :
Si Bleton n'avait-dit que cela, ſon mer-
veilleus diſparaiſſait, & ſon talent, devenu plûs-certain aux ïeus de la raiſon,
l'aurait-placé avantageuſement parmi les
Hommes diſtingués de notre ſiècle.

II : *L'Airoſtacion.* La celèbre &
precieuse decouverte de m.^{rs} *Mongolfier*
fait à-jamais époque dans l'hiſtoire du
XVIIIme ſiècle. Mais auſſi, elle prou-
vera malheureuſement, à-quel point les
têtes peuvent ſ'exalter, même dans un
ſiècle filoſofe, & que pour tout renver-
ſer, il ſuffirait aujourdhui de faire l'aparence d'un miracle. On a-porté l'en-
thouſiaſme à un point degoûtant, qui
eût-rejailli ſur l'invencion ellemême, ſi
la ſotiſe humaine n'avait-pas-dû en-être
ſeule accuſée : La France, l'Angleterre dabord dedaigneuſe, toute l'Europe éclairée, n'a ſemblé, pendant plûs
de dixhuit-mois, compoſée que d'Ecoliers de quatorze à quinze-ans, qui jouaient
dans une cour de collége. Il faut ac-

cueillir les invencions utiles & curieuses;
mais fût-ce-celle de faire-produire à un
arpent autant qu'à cinquante, fans aug-
menter les frais de culture, il ne fau-
drait-pas que la tête en-tournât : c'eft
deshonorer une invencion, que de la recevoir en-entousiaftes, ou en-fous. Perfone peutêtre n'a-plûs-aplaudi que le Re-
dacteur des *Contemporaines* aux *Mongolfier* (*), aux *Charle*, aux *Robert*, à
la hardieffe des *Pilâtre-du-Rosier :* Il
voit l'invencion des Uns, & le travail
des Autres, fous differens points-de-vue
d'agrement & d'utilité : *L'agrement*,
par-exemple, de f'élever à une prodi-
gieuse hauteur, dans un pays uni, pour
f'y-procurer les delicieuses fenfacions,

(*) Un Homme a-confeillé, dans le *Journal-
de Paris*, du 30 decembre 1784, de nommer
les Airoftats, *Mongolfières :* ce même Homme
donne encore d'autres confeils auffi-bién fentis :
Formons des mots des noms-propres, ce fera le
moyén d'avoir biéntôt besoin de commentaire,
pour tous les termes de la langue : Que de Sots fe
mêlent de donner dés *Avis !* Ce même Homme
trouve honteus pour nous de mettre nos infcrip-
cions en-latin : fur cette grande queftion, il n'y-
avait qu'un mot à dire, la langue-française eft
fille du latin ; c'eft notre vraie langue favante : le
français, comme je le demontrerai l'année-pro-
chaine dans mon *Gloffografe*, n'eft une langue,
que comme dialecte du latin ; fans-cela nous par-
lerions un idiome barbare.

qu'on n'éprouve que fur les hautes montagnes, n'eft-pas d'une petite-confidera-
cion, & feul, il rendrait la découverte
precieuse : *L'utilité* eft-beaucoup-plûs-
étendue, parcequ'elle ne fe-borne-pas à
f'élever : en-perfeccionnant l'usage des
ballons, on pourra, par leur moyén, f'é-
lever ftacionnaire, pour découvrir tout un
pays, & en-lever le plan : Un General,
peut, durant une accion, faire-élever des
Ingenieurs, ou des Hommes-de-con-
fiance, pour examiner toutes les forces
énnemies. Il peut f'en-fervir, après la
bataille, pour voir le desordre, rallier
fes Troupes, ou faire prisoniers des Corps
épars : Il peut, avec la faveur du vent,
faire-parvenir à fa Cour dans la même-
journée, une heureuse ou une mauvaise
nouvelle : Avec la faveur du vent, une
Epouse peut voler en-perfone au fecours
d'un Mari malade loin d'elle : on peut
communiquer d'un bout du Royaume à
l'autre, en-peu de temps. *L'utilité* des
Airoftats perfeccionnés, peut fe-multi-
plier à l'infini, & accraître dans les fiecles-
futurs, la reconnaiffance pour leurs In-
venteurs. Mais c'eft avec une jufte apre-
ciacion que nous, leurs Contemporains,
nous devons les louer, & non aux depens de notre raison, & de notre repu-
tacion-de-fageffe.

III : *Le Mesmerisme*, qui n'a-paru en-France qu'après *Bleton* & les *Balons*, les surpasse infiniment tousdeux en-importance ! Il ne s'agit de rién-moins que de soulager, par un procedé nouveau, tous les maus fisiqs & moraus de l'Espèce-humaine : ce procedé simple, est l'attouchement, fait de-manière à procurer dans le Malade une plûs-grande affluence du *fluide-vital*, auquel on a-donné le nom de *magnetisme-animal*. Existe-t-il un *fluide-vital* ? Telle est la question qui a-été-soumise à la decision de deux *Commissions* simultanées, l'une composée de Mèdecins de la Faculté, l'autre de Mèdecins de la Société-royale-de-Mèdecine, & de l'Academie-des-Sciences. Rién de plûs embrouillé, rién de moins-clair, de moins-imparcial que le double Rapport (car les deux s'accordent) de ces deux Commissions ; il n'a-convaincu que les Carabins, & les Étudians-en-mèdecine, qui, comme on fait, dans les commencemens de leurs études, font unpeu-plûs-ignorans que les Gens-du-monde, parcequ'ils sont dans cette crise, où l'on abandonne ce qu'on fait naturellement, comme Homme, pour commencer à s'imboire d'une science-étrangère, qu'on ne comprend-pas. *Existe-t-il un fluide-vital ? universel, imbuvant tout ? dans lequel*

tout ce qui vit ſe-diſſout? Ce-fut la doctrine des anciéns Filoſofes. Le double
Raport le nie: ſoit: mais on a une cruelle
objeccion-de-fait à-opoſer aux Mèdecins:
»Lorſque l'émetiq & le *quinquina* paru-
»rent, avec quelle fureur ne les rejetates-
»vous-pas? Vous êtes les Ennemis de
»toute nouveauté, comme nouveauté;
»peu vous importe qu'une decouverte
»ſoit-utile; vous la proſcrivez comme
»nouvelle». Je ne crais-pas que les Mèdecins puiſſent repondre à cela, & qu'il y
ait en-Europe une ſeule Tête raiſonab-
ble, qui puiſſe ſ'en-raporter à leur deci-
ſion: on les récuſera comme Juges;
on demandera pour *Meſmer* (jugé ſur
la metode d'Un-autre), la liberté d'a-
gir, & de prouver par des faits, la verité de ſon traitement; enfin, l'on admettra
pour juge-uniq, une longue experience,
qui ſeul peut-faire-connaître la verité.
On ſera indigné, en-voyant comment les
Comiſſaires ont-tâché d'embrouiller la
queſtion, aulieu de la traiter clairement;
on ſera ſurpris que des Academiciéns aient
decidé auſſi-legèrement, & n'aient-pas-
ſeulement-pris la peine de cacher l'eſ-
prit-de-parti qui a-dicté leur decision.
Et Celui qui écrit ces choſes ne crait-
pas à Meſmer: mais il aplaudit à m.ʳ *De-
Juſſieu*, fils d'un Grand-homme, qui ſeul

a-eu la fageffe de douter où il le falait ; ce Commiffaire doit-être-veneré de fon fiècle, furtout quand on fait, à quoi f'expose l'Homme courageus, qui refifte à la cabale & à la prevencion. L'Ecrivain le repète, il ne crait-pas en-*Mefmer* ; il n'a-pas la moindre-confiance dans fon traitement ; il eft-malade, & n'a-recours qu'au Docteur *De-Preval !* lequel ne lui prefcrit que le regime, dont il fe-trouve fi-bién, qu'au-milieu de trois maladies mortelles, on admire quelquefois la bonté de fon visage ; il n'irait-pas aux *baquets,* même par-amusement ! Et neanmoins, il pretend que *Mefmer* n'eft-pas-jugé ; qu'on doit lui permettre de prouver fa doctrine par des cures, & le recompenfer, f'il guerit, comme un Biénfaiteur de l'Humanité. Eternelle confufion des Mèdecins, Emetiq, Quinquina, couvrez à-jamais le double *Raport,* rendez-le ridicul aux ïeus de la prudence !

Voici un trait de *mefnerifne* qui eft arrivé à un Ami de l'Auteur en-1759. Il était-malade d'un étoufement, qui fesait-craindre une émorragie du poumon : notre Ami *Loiseau,* le plûs digne & le plûs-vertueus des Hommes, le foignait depuis fix-femaines, travaillant le jour, veillant-la nuit. L'argent manquait ; le besoin fe-fesait-vivement-fentir, quand Loiseau

aprit qu'un Compatriote de ſes familiers
logeait rue *des-Moineaus* : Il y-vole,
pour emprunter un louis ; il devait delà
courir dans la rue *des-Vieuſauguſtins*,
chés *Bonnet*, garſon-apotiquaire notre
compatriote, lui demander des goutes-
d'Angleterre qu'il nous avait - promiſes.
En-paſſant devant la rue *des-Bons-enfans-
ſainthonoré*, il fut - aperçu de *Zefire*,
jeune & jolie fille de la connaiſſance du
Malade. Elle ſe - precipite ſur ſes pas,
le ſuplie de lui dire, ce qu'eſt-devenu ſon
Ami. Loiſeau lui repond qu'il eſt-mala-
de, & lui nome la rue *Sainteanne-du-pa-
lais*. Zefire y-vole : Le Malade, en-
ſueur, ſouffrait beaucoup. Elle le voit,
ſ'élance, lui dit les choſes les plûs-tendres,
l'eſſuie, l'aproprie, ſecoue ſon oreiller,
tiént longtemps une main ſur ſon cœur.
Le Malade éprouve une delicieuſe émo-
cion : il ſe-trouve-mieus ; il reſpire !...
La Jeunefille part, & promet de revenir
le veiller. Loiſeau arrive, aportant les
goutes-d'Angleterre, mais pas d'argent :
Le Malade lui paraît-mieus. Il ſ'informe... La main de Zefire apliquée ſur
l'eſtomac du Malade, l'avait preſque-gue-
ri. Le lendemain, après avoir-été-ſoigné
par la Jeunefille durant la nuit, il ſe-lève
en-ſanté... Il ſe-rapelle aujourdhui ces
inſtans heureus ; il n'y-avait rién qui puiſ-

fe-prêter à la plaisanterie ; c'étaient les careffes d'une Sœur ; l'amour n'exiftait-pas-encore ; c'était par-oubli, par-indifference qu'il n'avait-pas-fait-favoir de fes nouvelles à cette Fille : mais elle l'aimait.

IV : *Figaro* eft un des fenomènes de notre fiècle. Cette Comedie de m.ʳ *De-Beaumarchais* a-eu un fuccès, qui dure encore ; les reprefentacions n'en-ont-pas-été-interrompues, & l'on en-eft à la 76.ᵐᵉ. La *Critique* f'eft-exercée avec fureur contre cet Ouvrage, & la *Curiosite*, non-moins-conftante, non-moins-*furieuse*, n'a-pas-encore-permis qu'on pût f'y placer où l'on veut : malheur aux Pareffeus ou aux Affairés, qui diffèrent jufqu'à cinq-heures ! ils font obligés de voir peniblement & par-deffus les Autres, ou de f'en-retourner, doublement-attriftés de leur peine perdue, & de la joie à laquelle fe-livrent les Spectateurs. La *Critique* a-reproché de l'inmoralité à cette Comedie ! Ou notre fiècle eft bién-bête, ou il eft-bién-mechant ! car *Figaro* eft la pièce la plûs-finement morale qui ait-paru depuis *Molière* ; & cette fine-moralité refulte du rôle du Page & de la Comteffe. Le Page aime les Fammes ; il le dit, il le fait : La Comteffe a un Époux coquet, infidèl : fi le Comte était-fidèl, la vertu de la Com-

teſſe ne ſerait-pas-exposée. Elle aime
le Page, mais avec une timidité qui
tiént beaucoup-plûs à la vertu qu'au vice.
Et voici l'adreſſe de l'Auteur: voici la
morale la plûs-adraite, la plûs-neceſſaire
à notre ſiècle! Que produit cette paſſion modeſte, timide? De l'embarras,
du trouble; une ſituacion cruelle, où
la mort-même ſ'offre à l'imaginacion
effrayée d'une jeune & jolie Famme!...
Mais ce n'eſt-pas-tout: l'Auteur a-ſenti
que nos Petitesmaîtreſſes braveraient facilement un effroi que nos mœurs les empê-
chent de connaître: En-habil Ecrivain, il fait-ſortir la correccion des mœurs
du fond de l'intrigue: c'eſt le Page in-
conſtant, legér, preſque-libertin, qui
detrûit le charme de la paſſion qu'il avait-
inſpirée; la Comteſſe reviént à-ellemême,
par une reflexion naturelle & filosofique:
—Pour quî une Famme ſenſible expose-
t-elle ſa vertu, ſon repos: pour un In-
diſcret, un Ingrat, un Jeunehomme qui
n'a que des ſens, & pas d'amour!... Hâ!
n'aimons que mon Mari; c'eſt le ſeul
Etre auquel je puiſſe m'attacher avec-
gloire, avec repos, avec ſûreté... Et cette
pièce-eſt-inmorale! Mondieu! quel ſiècle!
   V: La *Harpie* eſt une de ces plaiſan-
teries que ſe-permettent les Oiſifs, pour
ſ'amuser de la credulité publique. On

voit une relacion circonftanciée; ún endrait d'Amerique cité; un portrait gravé:
on ne va-pas imaginer qu'un Graveur de
l'ordre le plûs-mediocre, pour gâgner
quelques – piftoles, a-imaginé, changé,
composé la figure. Cependant, je fuis-
temoin que tous les Gens-fenfés de ma
connaiffance, ont-demandé, —A-quoi
fervirait un Monftre auffi-voracé au Roi-
d'Efpagne-? Ils ont-encore-obfervé que
la route qu'on lui fesait-fuivre n'était-pas-
exactement-conforme à la Geografie. Il
f'eft-vendu des milliers de cette ridicule
Eftampe! Enorgueilliffez-vous, petits
Grands-hommes, dont on grave le portrait! à-peine en-yend-on quelques-cents.
Celui de la Harpie a–été dans toutes les
maisons.... Il eft vrai qu'elle n'avait-pas
de jalous... Cette Vogue porte à faire une
reflexion: c'eft que le monde eft auffi-cre-
dul qu'autrefois, & que nous devons-benir
la fageffe des Gouvernemens modernes,
qui rendent impoffibles les revolucions
d'opinion & de culte, toujours fi-pre-
judiciables à la tranquilité des Nacions.

VI: *Ma'lb'rough.* Ce charmant Vau-
devil a-eu la plûs-grande-vogue: mais
ce qui montre-bién l'ignorance generale,
c'eft que la plupart de Ceux qui le chan-
taient, même à Paris, ne favaient-pas ce
qu'était l'illuftre Guerrier, dont il porte

le nom, & celui du grand *Marlborough*
a-été fur le point de devenir ridicul!
Perfone ne fe-doutait que l'efpèce de
Romance groffière eut plûs de 60-ans,
à quelques-couplets près, ajoutés par des
Chanteurs de *Pont-neuf*. Mais ce qui
doit-furprendre, c'eft qu'on ait-fait alors
un air fi-agreable, qui furpaffe les plûs-
jolis que *J.-J.-R.* ait-mis dans fon *Devin-
de-village*! Cet air feul eût-fuffi, pour
prouver aux plûs-celèbres *Paradoxeurs*,
que nous avons une musique.

VII: *Le Preservatif*. Ce *preservatif*
ne preserve auqu'un Libertin: Quel eft,
en-effet, l'Homme ou la Famme qui vién-
dront dire au refpeétable & favant Docteur: :: Je vais me-livrer à la crapu-
leuse debaûche, avec la plûs-vile des
Creatures: donnez-moi de votre *Eau*
pour-me-preserver?... Le Doéteur re-
pondrait; :: Vous avez le vrái preservatif, la fageffe & la retenue... On a-fait
un crime au Doéteur *De-Preval*, d'avoir-
dit qu'il avait un preservatif! C'était une
fimple énonciacion-de-fait, & il la falait-
dire. On l'accuse d'avoir-fait une épreu-
ve-publique! Voila la rumeur calom-
nieuse. Le fait eft que le Doéteur, preffé
par des Perfones de la plûs-haute confideracion, difcuta le point-de-morale,
Si un Mèdecin peut-faire fur luimême

une épreuve quelconque. Il examina la queſtion, l'envisagea ſous tous les points-de-vue, & il conclut, à la perſuasion de ſes Auditeurs, que le Mèdecin pouvait-faire ſur luimême legitimement l'épreuve de tous ſes remèdes, ſans bleſſer ni les mœurs, ni la religion ; il prouva que le Mèdecin a une excepcion en-ſa-faveur, & qu'il doit l'avoir. Ce-fut d'après cela, que la Rumeur publia, que le Docteur avait-fait l'experience, parce-qu'il avait-prouvé qu'il avait-droit de la faire. On a-dit qu'un *preservatif* comme le ſién était-contraire aux mœurs. Y-a-t-on-penſé! un preservatif contraire aux mœurs ! Quoi ! ſi une Epouse ver-tueuse presume que ſon Mari libertin peut la contagier, elle ſera criminelle, & ſon Mèdecin un infâme, en-usant du preser-vatif qu'il lui adminiſtre ! Un Mari, qui aura des doutes, & qui cependant ne voudra-pas-éclater encore, qui peutêtre aura de fortes-raiſons pour diſſimuler... Une refutacion deviéndrait une puerilité. Mais laiſſons le *preservatif.* Cette même *Eau* eſt un excellent curatif, propre à guerir, ſans laiſſer les horribles ſuites d'un demi-metal dangereus, employé ſeul. Près de trentemille Soldats de tous les Corps, traités gratis, & parfaitement-gueris, un nombre plûs-grand encore de

Particuliers, affurent au Docteur *De-Pre-val* la reconnaiffance de fon fiècle, & les hommages que la Pofterité ne refufe jamais à la biénfefance. *Chamouffet* eft-honoré, pour avoir-voulu le bién ; le Docteur Guilbert-de-P. l'a-fait. Que de malheureus Ouvriers, il a-genereufement-delivrés d'une cruelle maladie !... Qu'il foit-content ; plûs de mille bouches le beniffent par-jour, & c'eft la veritable gloire !

VIII : *Les Dejeûners.* Un Jeune-homme, plûs - diftingué par fon merite que par fa fortune, defirant de reünir chés lui des Gens-de-lettres & des Artiftes, a-ouvert un dejeûner deux-fois par-femaine, le mercredi & le famedi. Tout-Homme qui a-quelque-talent, y-eft-reçu, en-demandant le Maître la première-fois, & en-f'en fefant-connaî-tre : il eft-enfuite-admis pour-toujours. Le plûs-ordinairement on fe-fait-prefen-ter par un des Admis. Ces dejeûners font dabord-uniquement-confacrés à prendre du café, avec des tartines, du thé au lait, &cª : quelquefois on y-fert des mets plûs-folides : On converfe en-dejeûnant, jufques fur les trois-heures : enfuite les Litterateurs lifent leurs Ouvrages, & cha-que Admis a-droit de dire fon fentiment : ce qu'on fait toujours avec politeffe. Mais la manière dont coule le café dans

les taffes, a-paru extraordinaire : Deux
Satires (*) placés dans la falle d'Affem-
blée, diftillent la liqueur bouillante par
un robinet qui leur fort de la bouche.
Le café, le thé, l'eau, font-chauffés dans
la pièce d'à-côté, deforte-que les Convives ne voient rién de l'embarras du
fervice. Mais le premier-jour que cette
nouveauté a-eu-lieu, les liqueurs étaient
fraïdes; le dejeûné fut-fervi tard; l'Af-
femblée murmura contre les Satires, &
fe-retira mecontente. On ala plûs-loin;
on decria les dejeûners. Il eft-aifé de
voir que ce n'eft qu'un peud'humeur.

J'ai-demandé à l'Auteur la permiffion
de prendre fa defenfe, & de dire la verité, fur bién des fingularités qu'on lui
attribue. La plûs-confidera'le eft *le
Souper*. Le Jeunehomme avait-fait une
Brochure peu-volumineufe : c'était la
première produccion ifolée qu'il lâchait
dans le Publiq, fous fon nom, où l'équiva-
lant. Quelques-jours ayant de la mettre
en-vente, fa modeftie lui fit-craindre pour
fon Ouvrage une humiliante obfcurité :
moins-hardi que beaucoup d'Autres, il
n'ofa laiffer tout-faire au merite de fon
Livret. Il cherchait un moyén de fixer
l'attencion du Publiq, lorfqu'un *Billet-*

_____

(*) On viént d'adreffer à ces deux Satires une
Epître en-vers, qu'on trouve chés leur Proprietaire.

d'enterrement, par fon élegance, par la
beauté du *V* inicial, & des attributs, chèf-
d'œuvre de gravure de feu *Papillon*, fut
pour le jeune Auteur un trait-de-lumière.
Sa première-idée, fut de faire-afficher fon
Livre, fous la forme de l'élegant *Billet*:
mais on n'a-pas la liberté d'afficher les
Livres fans privilége. Comment-donc-
faire? L'idée d'un fouper f'offrit alors
à fon imaginacion; & pour ne point
perdre-de-vue fon idée, il voulut que la
Compagnie fût-également-nombreuse
en-convives & en-fpectateurs: Il fit-
imprimer fes Billets-d'invitacion dans la
belle forme, inventéé fans-doute par
Boniface-Cretièn, & confervée par tra-
dicion de *Prote-en-Prote* chés *Guillaume-
Defprez*, l'un de fes fuccefleurs. Les Billets pour les Convives furent-caractérisés à
la main: ceux des Spectateurs, beaucoup-
plûs-nombreus, n'eurent que l'impreffion.
Ces Billets firent peu de bruit dabord:
mais le *fouper* fit un vacarme épouvan-
table!... Les circonftances en-fu-
rent-particulièrement-detaillée par Ceux
qui ne l'avaient ni vu, ni goûté; ils en-
imaginèrent les circonftances, avec une
fecondité merveilleuse, dont la plûs-pi-
quante, fut celle des *Servantes-nues*: ces
efpèces de *credences* piramidales, où l'on
met les plats & les afliètes, après f'en-

être-fervis, furent-metamorfofées en-
fammes, comme les Nefs de *Virgile.*
La celebrité du *fouper* repandit fon éclat
fur les Billets; ceux-ci furent-encâdrés,
&c.ᵃ Le Livre parut alors, & trois édi-
cions juftifièrent la fpeculacion du jeune
Auteur. Voici comme on parle de m.ᵉ
--*** dans un Ouvrage manufcrit:

» Ce-fut en-1782, que je fis la connaiffance de m.ᵉ *-*-***-fils, jeunehomme plûs-fage que fingulier, puifque toute
fa fingularité confifte, à vouloir fans-
ceffe fe-raprocher de la vie commune,
en-fe-fuposant né dans la mediocrité: Il
met fa filolofie à fe-conduire avec la
même fimplicité, la même apliquacion
au travail, la même frugalité, le même
goût pour la litterature, que f'il n'était-
pas fils d'un Millionaire: Il nous aime tous, nous-autres pauvres Auteurs,
comme f'il était-reduit, comme nous,
à vivre de fon travail; il nous montre
la même cordialité; nous fait les mêmes
careffes: Il refpecte les Artiftes; il fait-
affeoir à fa table Quiconque a du merite & de l'utilité, n'importe dans quel
état; la capacité eft un titre, dèf-qu'on
excèle. On fent, combién les Gens-
du-monde font-intereffés à ridiculiser une
conduite, qui eft pour eux une fatire
cruelle: auffi ne l'ont-ils-pas-épargné:

ils ont-voulu lui faire-avaler la coupe
du ridicul jufqu'à la lie: mais ce Jeunehomme, qui n'eſt-pas-encore-trentenaire
de-ſitôt, l'a-repouſſée avec une fermeté
noble, & l'a-renverſée ſur l'habit de Ceux
qui voulaient la-lui-faire-boire. Je ſe-
rais-ingrat, ſi je-ne-rendais-pas à ce hardi
& vertueus Filoſofe le juſte tribut de reconnaiſſance, que lui doivent, avec moi,
tous les Gens-de-lettres, tous les Artiſtes, tous les Hommes honnêtement-in-
duſtrieus qui ſont-connus de lui. Hâ!
les Amateurs deſintereſſés du merite ſont
ſi-rares, que c'eſt une criminelle ingra-
titude, j'oſerais-dire un ſacrilége, quand
on les connaît, de ne pas leur rendre
le juſte hommage qui leur eſt-dû. Mais
m.ˢ *-*-*** fils n'eſt-pas le ſeul que je
louerai dans ces veridiqs Memoires: le
devoir d'être-juſte, n'eſt-pas-moins-ſacré
que celui d'être-vrai ».

IX. *Les Modes.* On a-vu, depuis-
peu, une revolucion generale dans la manière de ſ'habiller, ſurtout dans celle des
Fammes. On ne peut qu'aprouver les
robes-à-la-polonaiſe, à-l'anglaiſe, à-la-
levite, enfin, tout ce qui ſied. Mais il eſt
une choſe abſolument-condannable:
c'eſt le raprochement de l'habit des deux
ſexes. Le chapeau d'Homme, ſurtout.

donné à une fille de dix-à-douze-ans, peut avoir un effet dangereus pour les mœurs : Toutes Celles à quî je l'ai-vu, prenaient un air hardi, poliçon, effronté : Le desordre des cheveus eft-pouffé à-l'excès : je-me-rapelle d'avoir-oui-dire à un Janfenifte, dans ma jeuneffe, qu'il jugeait l'âme, par la negligence des vête-mens du corps. Je crais qu'il avait-raison : Le chapeau d'Home aux Fammes eft une mode également difconvenable : les ha-bits doivent avoir un fexe, ainfi-que les qualités & les vertus : quand on confon-dra les choses, toujours on f'en-trouvera-mal : l'Home eft un home ; la Famme eft une famme, tousdeux des Etres excellens quand ils font ce que les a-faits la Nature, & vicieus, lorfqu'ils la contrarient. On doit-f'élever même contre les talons-bas des Fammes : le talon-bas leur deforme le piéd & la jambe : Mais on doit-con-danner bién-plûs-fevèrement tous ces vils *Inftruiseurs des Dames*, tous ces plats Intrigans, que l'on voit de notre temps les aduler. C'eft une malheureuse *Vogue* que celle qu'on veut mettre de-puis dix-ans : Je l'ai-deja-dit, & je le re-pète ; fi les Fammes fe-font-favantes, il faut que les Homes foient des Anes : point de milieu : deux Savans ne font-jamais en-paix.   *Suite*

V & XXXV Volume. XX, *ou* CCXIV
Nouvelle. La Presidente, ou *la Famme-filosofe.*
Une Famme de-robe veut devenir savante comme un Homme : mais parmi ses Maîtres, celui
du goût-du-chant, lui fait-sentir qu'elle n'est
qu'une Famme : son Mari, homme prudent, qui
la voit prête à s'égarer, lui conseille de prendre
un Maître-de-morale : c'était un Conseiller,
homme grave & son Ami, dont les conseils sau-
vent la Filosofe, d'ellemême & de son Amant.

XXI, *ou* CCXV. *La Conseillère*, ou *la Fam-
me-devote.* Elle a pour Galant, un Homme
mal mis, qui va soupirer devotement derrière
elle à l'église : elle en-fait dabord peu de cas :
mais quand elle sait qu'elle l'a-converti, que sa
beauté l'a-rendu devot, elle l'humanise, & suc-
comberait peutêtre, si ce pretendu Malheureus
n'était le President ami du Conseiller, qui rend
à son Ami ce qu'il lui a-prêté.

XXII, *ou* CCXVI. *L'Intendante*, *ou la
Famme-mariée-à-12-ans*, & *la Tresorière, ou
la Famme-à-25-ans.* On choisit un Parti convenable à la Première, que d'importantes-raisons
obligent son Père à marier de bonne-heure : Des
raisons équivalantes ont-fait-marier tard la Seconde : Elles font leur histoire, & la conclusion
est en-faveur du mariage *hâtif*, parmi les Gens
riches, pourvu que l'Homme soit dans la matu-
rité : l'Epouse est alors plus-aisée à former pour
le Mari : L'Intendante prouve la bonté de son
cœur par un beau trait d'humanité envers de pauvres Collecteurs de Campagne.

XXIII, *ou* CCXVII. *Les Maîtresses-des Re-
quêtes, ou la Dame-de-charité & la belle Quê-
teuse.* Deux Jeunespersones, qui ont-épousé des
Maris de 40-ans, prennent le sûr moyen de ne

XII & XLII Vol.   Y

pas tomber dans la coquetterie, en occupant leur cœur par la biénfesance : Elles donnent entr'autres des secours à une Infortunée, que sa mauvaise-conduite a plongée dans le malheur : cette Famme leur fait son histoire, qui confirme les deux Amies dans leurs bonnes-disposicions.

Les Fammes-de judicature. XXIV, ou CCXVIII. *La Lieutenan egenerale, ou la Bonté-des-Fammes; la Presidente-au-Presidial, ou la Famme au-laid-Mari; I.re Conseillère, ou la Famme-mise-à-la-raison; II.de Conseillère, ou la Famme avide; la Procureuse-du-Roi, ou la Famme-qui-prend-du-tabac.* On s'assemble chés une Lieutenantegenerale, & au-lieu-de-jouer, on fait des lectures, ou l'on conte des histoires à la jeune Lieutenante, pour lui faire connaître les Fammes avec qui elle va-vivre. Cette aimable Famme en-profite, & fait une accion sublime de justice & de generosité.

XXV, ou CCXIX. *La Subdeleguée, ou la Famme qui fait-representer; la Direčirice des-aides, ou le Caprice d'inclinacion; la Presidente-à-l'Eleccion, ou la Famme-dotée; l'Elue, ou la Belle Famme-plus âgée-que-son-Mari.* On continue à se-raconter chés la Lieutenantegenerale les histoires de toutes les Fammes qu'elle doit-recevoir, & on lui peint le caractère de Chaqu'une, leur origine, leurs mœurs : Toutes ces historiettes donnent le developement à d'utiles verités.

XXVI, ou CCXX. *La Maitresse-des-eaus-&-forêts, ou la Jolie-Boîteuse; la Procureuse-du-Roi, ou la Famme-de-Libertin; la Presidente-au-Grenier-à-sel, ou A-quoi tiént la vertu des Fammes; la Conseillère, ou la Famme-qui-respecte-sa-beauté.* C'est la suite des historiettes precedentes; celles-ci ont le même but.

VI & XXXVI Volume. Les Fammes-de-basse-

Judicature. XXVII, ou CCXXI. *La Baillive & la Procureuse fiscale.* Cette *Nouvelle* est racontée en-partie par la Lieutenantegenerale : Elle y-decrit les amusemens des Veillées-villageoises, les vandanges, &c.ª : Ensuite, la Baillive fait l'histoire de la Procureuse-fiscale, qu'elle entre-mêle de Contes ridicules; & cette Dernière celle de la Baillive.

Les Fammes-de-Pratique. XXVIII, ou CCXXII. *La Jolie-Greffière, ou la Troisième-Famme.* Un Homme encore jeune se-remarie en-troisièmes-noces, parcequ'il a besoin d'une Epouse : Une Devote, sœur de sa première Famme, entreprend d'effrayer cette Troisième-famme, comme elle a-effrayé la Seconde : Elle y-reüssit : mais la sagesse du Mari & d'un bon Curé reparent le mal à-temps.

XXIX, ou CCXXIII. *La Belle-Commissaire, ou l'Amour-fisiq.* Une Famme d'un temperament ardent, manque de se-perdre, en-l'écoutant trop; mais il y-a de la faute de son Mari, qui pouvant à-peine lui suffire, à une Maîtresse.

XXX, ou CCXXIV. *La Belle Notaire, ou l'Amour-moral.* Une Jeuneperesone delicate, après avoir-épousé un Jeunehomme vigoureus qui l'adore, abuse de son pouvoir sur lui, pour le forcer au celibat.

XXXI, ou CCXXV. *Les Deux-Avocates, ou le Préservatif.* Deux Avocats trèsoccupés, qui craignent l'infortune ordinaire aux Maris affairés, prénnent un moyen singulier pour être-aimés de leurs Fammes, aumoins les premières-années : Il leur reüssit : mais, à grand'-peine !

XXXII, ou CCXXVI. *La Procureuse, ou le Curatif.* Un Procureur trèsjalous, trèsimpacient, trèsbourru, a-épousé une jolie Persone, qu'il se-plait à faire-trembler. Il en-resulte, qu'elle

fe-plaît à le tromper : Il le fait : Au-lieu-de vai-
nes formalités, il employe l'autorité maritale dans
toute fa feverité, & la correccion eft-efficace.

XXXIII, ou CCXXVII. *L'Huiffière, ou le
Decocu.* Un Huiffier (qui le meritait-bién), fubit
l'infortune maritale, & méme deviént le temoin-
oculaire de fon deshonnieur : Rusé, comme les
Gens de fa forte, il viént-à-bout de faire-caffer
fon mariage, & d'obliger fon Lieutenant, à devenir Commandant-en-chèf : Alors il fe-fait
Lieutenant à fon tour; il a tous les plaisirs, fans
avoir les charges. Un Gentilhomme du Berri
en-a-fait autant, par d'autres moyens.

*VII & XXXVII Volume. Les Fammes-de-
Finance.* XXXIV, ou CCXXVIII. *La Finan-
cière, ou la Famme-vivante du Mari veuf.* Un
Financier, trompé par fa Famme, gardé fon
flegme, convainc la Coupable, la renferme, &
porte le deuil, comme fi elle était-morte : Il la
retiént ainfi, jufqu'à ce qu'il en-ait-eu deux Enfans; il lui rend enfuite la liberté.

XXXV, ou CCXXIX. *La Sousfermière, ou
la Famme-aux-airs.* Une Jeuneperfone de grande
naiffance épouse un Financier, & donne dans
tous les travers qu'une haute fortune femble auto-
riser : mais elle decouvre le plan de fes Adula-
teurs, & rentre dans la route du devoir, en-les-
confondant en-presence de fon Mari.

XXXVI, ou CCXXX. *La Receveuse-des-
tâilles, ou la Femme-feconde.* Une Famme aimable, de la connaiffance de la Lieutenantegen-
nerale, aime tendrement fon Mari, dont elle a
beaucoup d'Enfans : Elle viént à Paris, où une
Bellefœur fterile & fans-mœurs eft-prête à la feduire. Son Mari, qui le craint, accourt, & pre-
ferve fa Compagne, en-lui-presentant fesEnfans.

XXXVII, ou CCXXXI. *La Jolie-Banquière,*

ou la Famme-ſterile. Un Mari & une Famme,
qui euſſent-été-bién-unis, ſ'ils avaient-eu des
Enfans, emploient des moyéns criminels pour
ſ'en-procurer ; mais ces Fruits illegitimes ne leur
causent que des peines.

Les Bourgeoises. XXXVIII, ou CCXXXII.
*La Maireſſe, ou la Coquette-provoquante ; la
I.re Aſſeſſeuse, ou la Jolie-Maigre ; la II.de
Aſſeſſeuse, ou la Groſſe-Dodon ; la I.re Echevine, ſurnommée La-Camaſſe ; la II.de Echevine,
ou la Famme-au-grand-néz ; la III.me Echevine, ou le Petit-Bijou ; la IV.me Echevine, ou
la Grande-famme.* Ces ſept hiſtoriettes, qui
ſont-racontées à la Lieutenantegenerale, expri-
ment chaqu'une les avantages des Fammes qu'on
y-designe par le caractère particulier de leur fisiq.

XXXIX, ou CCXXXIII. *La Belle-Bour-
geoise, & la Jolie-Servante.* Un Bourgeois a
le defaut de faire ſa cour à toutes ſes Servantes,
au detriment de ſa Famme : Celle-ci, desolée,
prend un parti extraordinaire, c'eſt d'en-choisir
Une très jolie, dont elle ſe-fait-aimer : En-effet,
cette Fille ſentant ſon prix, ne ſ'abandonne-pas
comme une Laideron, à un Homme-marié.

XL, ou CCXXXIV. *Les Fammes-d'Artiſtes.*
*La Peintreſſe, ou la Famme-d'Impuiſſant ; la
Famme-de-Sculpteur, ou la Morte-fille qui reſ-
ſuſcite-famme ; la Graveuse, ou la Fille-heureu-
se-par-une-faibleſſe ; l'Architectiſſe, ou la Fam-
me-au-Mari-partagé.* Dans la première hiſtoriette, un Impuiſſant fait-faire par Un-autre des
Enfans à ſa Famme, & veut enſuite tuer le Jeu-
homme. Dans la ſeconde, une jolie Morte,
veillée par un Novice, reçoit de lui ſa guerison.
Dans la troisième, un Homme qui n'eût-osé-eſ-
perer la main d'une Maîtreſſe-adorée, treſſaille-
de-joie, en aprenant qu'elle eſt-groſſe d'un Perfi-

de, & vole à ſes genous, lui offrir de l'épouſer. Dans la quatrième, une Sœur-cadette, épouſée par l'Amant de ſon Aînée, revenu à Paris après le mariage de Celle-ci, conſent à la tendre amitié que ſe-portent les deux Amians, ſeparés par le ſort, & ſa conduite les touche tousdeux.

XLI, ou CCXXXV. *La Belle-Negociante, & la Jolie-Nègreſſe.* Une Fille belle & riche, eſt-recherchée par un fort Negociant, qui l'épouſe, & qui monte ſa maiſon ſur un grand ton : Il periclite : ſa Famme a une jolie Nègreſſe, fille d'un Prince-afriquain, qu'elle aime tendrement : Cette Fille ſe-marie, & donne un aſil à ſa Maîtreſſe, après une faillite.

XLII, ou CCXXXVI. *La Belle-Drapière, ou la Jolie-Famme-en-faillite.* Une Fille de bon Marchand eſt-épouſée par un Drapier, qui ſe-ruine : Un Homme riche, amoureus de la Belle-Drapière, ſ'adreſſe au Mari, qui conſent à livrer ſon Epouſe, pour ſe-retablir : Elle ſ'y-refuſe, & ſa vertu eſt-recompenſée.

VIII, & XXXVIII Volume. Les Fammes-de-la-Médecine. XLIII, ou CCXXXVII. *La Famme-de-Mèdecin, ou le Bain-particulier.* Une Jolie-famme, épouſe d'un Mèdecin celèbre, conſerve le cœur de ſon Mari par une propreté portée preſqu'à-l'excès. (Sa recette eſt-ſûre pour toutes les Fammes.)

XLIV, ou CCXXXVIII. *La Jolie-Chirurgiénne, ou le Bain-publiq.* Un Jeunehomme, fils d'un Chirurgién de province, arrivé à Paris, y-voit une inſcripcion indecente, qui pique ſa curioſité : Le haſard amène au Bain-publiq ſes Couſines, mère & fille : il les prend pour des Fammes-publiques ; ſurpris de la beauté, de la fraîcheur de ſa Jeune-couſine, il aborda les Dames au-retour, & ſ'en-fait-connaître ſans

f'en-douter. Elles le mènent chés elles : il fuit
effrayé par des Charbonniers, qu'il crait des
fupôts des *Filles publiques*. Enfin, il eft-de-
trompé par fon Cousin, dont il épouse la Fille.

XLV, *ou* CCXXXIX. *La Belle Oculifte,*
& la Jolie-Dentifte, ou les Filles-hiftoriées.
Deux Filles, hiftoriées par-hasard, dans les Ouvrages de l'Auteur, & qui en-ont-été-fort-irri-
tées, doivent leur bonheur à cet incident : Elles
trouvent deux Partis avantageus, par le merite,
& par la fortune.

XLVI, *ou* CCXL. *L'Aimable-Apotiquaire,*
ou l'Epouse plus-jolie-famme-que-fille. Une
Confiseuse, anciénne Cuisinière, arrange fa Fille-
unique en-paquet, & parlà, penfa nuire à fon
établiffement : Cette Fille eft-enfin mariée à un
Apotiquaire, elle f'arrange avec goût, deviént
charmante, & fait-bién repentir un Avocat,
qui l'avait-dedaignée ! (La parure eft-neceffaire
aux Fammes.)

XLVII, *ou* CCXLI. *La Gentille-Herborifte,*
ou la Famme-de-Compagnon. Une Jeunefille
d'Herborifte manque de fe perdre, en-écoutant
trop-facilement les difcours d'un Chirurgién, qui
fe-crayait audeffus d'elle : le chagrin qu'elle en-
a, lui fait-faire un mauvais-mariage avec un
Compagnon travaillant chés Maître : Il veut la
vendre à un Lord : Elle resifte, & fa vertu
trouve enfin fa jufte recompense.

XLVIII, *ou* CCXLII. *La Jolie-Sagefamme,*
& la Fille-crue garfon. Une Jolie-Sagefamme,
après avoir-été-mêlée dans un faus, par un effet
de fon inexperience, fait-connaiffance d'une Or-
fèvre, qui la cherit : le Frère de cette Dame,
jeune libertin, deviént amoureus de la Sagefamme, & lui fait-violence, par une odieuse trom-
perie : Enfin, elle devint veuve, & le Libertin,

corrigé en-aparence, l'épouse en-secret: Une Famme jalouse reveille l'affaire du faus, & cause des chagrins à la Jolie-Sagefamme, qui triomfe de tout par sa vertu jamais-dementie, dans les plûs-grandes épreuves.

XLIX, ou CCXLIII. *La Jolie-Garde-ma-lade.* Une Jeunefille qui viént de perdre sa Mère, garde-malade, est-apelée pour garder un Celibataire de quarante-ans, qui en-deviént-amoureus autant par ses bons-soins, que parce-qu'elle est trèsjolie: cette vertueuse Enfant par-viént à lui inspirer tant d'estime, qu'il l'épouse. Il se-trouve qu'elle est une riche heritière.

L, ou CCXLIV. *La Jolie-Nourrice, ou l'Ingenieuse.* Un Homme encore jeune, ayant-perdu par la mort une Epouse adorée, s'a-bandonne à la douleur: mais il a-donné à sa Fille-unique une Nourrice charmante, de l'âge de la Mère de l'Enfant: cette Famme, touchée du deperiffement d'un Mari si-tendre, lui offre son lait, & par cet aliment sain, dont l'Enfant n'a-plus-besoin, presenté dans deux globes aperiffans, & par la plûs-jolie Persone, elle rapelle le goût de la vie & la santé: Il offre le mariage à la Jolie-Nourrice, qui refuse: mais elle accepte enfin, quand on a-trouvé un moyén heureus de la faire agreer à la double Famille de sa chère Elève.

Dernière Suite des Analises.

IX & XXXIX *Volume. Les Fammes-de-Let-tres.* LI, ou CCXLV. *Les Fammes-auteurs.* Un Amateur ayant-reüni unjour à dîner, neuf Fammes-de-lettres, & trois Jeunespersones qui commençaient à écrire, on fait l'histoire abregée de ces douze Autrices, sous le nom de chaqu'une des neuf Muses & des trois Grâces. Calliope,

fille d'Avocat, eft-donnée à un Homme-de-me-
rite de la même profeſſion, & fait un Ouvrage
charmant, qui cauſe la plûs-agreable ſurpriſe à
ſon Mari. Clio, d'une condicion trèscommune,
ſurmonte tous les obſtacles, & parviént à la celebrité. Erato étonne par ſon merite, & par ſes
malheurs : c'eſt le ſort des Ames ſenſibles. Eu-
terpe vit dans la miſère ; mais differentes épreuves la mènent à l'opulence. Melpomène éprouve
la plûs-terrible des crises, ce qui donne du reſſort
à ſon âme, & la rend autrice. Polhimnie mène
une vie douce, tranquile, avec de mediocres ſuccès, & depuis ſuportables. Thalie épouse dabord
ſecrettement un Homme riche, dont le Père la fait
paſſer pour morte : Le Fils ſe-remárie : Il decouvre enſuite la verité, mais trop-tard, pour faire
le bonheur de ſa première Epouse. Terpſicore
eſt-trompée par un Homme, qui ſe-dit un Couſin
trèsriche, des Colonies-françaises : mariée ſous
le voile de l'erreur, la verité perce enfin, par
l'arrivée du vrai Párent : mais Terpſicore reſte
attachée à ſon premier Mari. Uranie, famme-
de-condicion, deviént l'épouse d'un Libertin ſans
âme, & ſe-fait autrice, pour ſe-procurer une
reſſource : ſon Mari joue, & perd tout : Il reduit Uranie aux dernières extremités, ce qui la
force de recourir à la proteccion d'une Famme
eſtimable, épouse d'un Homme celèbre. Aglaé,
la première des trois Grâces, fait-tromper Faën-
né, par ſon Frère, deguiſé en-Fille : Hegemo-
ne, la troiſième Grâce, ſe-ſacrifie, pour ſau-
ver la reputacion de ſa Compagne : Enfin, le
Trompeur ſe-propose de reparer le tort qu'a fait
ſa ſcelerateſſe : C'eſt toute cette avanture extraordinaire, de Trompeur & de Trompée, qui rend
les trois Grâces autrices.

LII, ou CCXLVI. La Famme-d'Auteur.

Y v

Un Jeunehomme deviént amoureus de la Fille d'un Comedién de province, qui debute à Paris: il l'épouse: Elle le-trompe, le brave, & le quitte enfin.

LIII, *ou* CCXLVII. *La Belle-Imprimeuse.* Un Ouvrier, qui afpire à la maîtrise, n'ose demander la Fille d'un Maître: cependant, il adore cette Belle, il en-eft-aimé: elle fe-marie à un m.ᵉ Imprimeur: fon Amant en-eft-au-defefpoir: Il deviént maître luimême: il a-occasion de voir Celle qu'il cherit, aux dîners d'une dame Paleftine: Les deux Amans f'expliquent; mais ils reftent dans les bornes de l'honnêteté. Enfin, après une longue attente, la Belle deviént veuve, fon vertueus Amant arrange les affaires mal-ordonnées de fa Biénaimée, & quoiqu'il la voie tousles-jours, il ne lui fait-parler de fon amour, qu'après le treiziéme-mois de fon deuil.

LIV, *ou* CCXLVIII. *La Belle-Libraire, & la Jolie-Papetière.* La Fille charmante d'un Libraire remarié, eft-haïe de fa Bellemère, qui veut la perdre: Elle n'y-reüffit, qu'en-la-malmariant. L'aimable Famme tombe dans le besoin: une Amie la fecourt, & eft-fecondée par un premier Amant trèsdelicat. Mais il eft-troptard; elle perit: fon Amie va-pleurer journellement fur fon tombeau.

LV, *ou* CCXLIX. *La Jolie-Relieuse, ou la Pauvreté vertueuse; & la Belle-Parcheminière, ou la Famme-fidelle-par-imitacion.* Un Relieur ivrogne a une Fille aimable, dont un Parcheminier fort à fon aise deviént-amoureus: la conduite du Père degoûte en partie le Gendre pretendu, & le hasard achève de le determiner à prendre la Cousine de Felisette: Celle-ci époufe un pauvre Relieur, & fe-comporte, dans la fituacion la plûs-etraite, d'une manière admirable, qui la rend heureuse.

LVI, *ou* CCL. *La Jolie-Fondeuse-de-carac-
tère, ou la Famme-imperieuse; & la Belle-Plom-
bière, ou la Famme-foumise.* Deux Sœurs, de
caractères trèsdifferens, font-recherchées par
deux Hommes qui les époufent : La Première,
imperieuse, acariâtre, prefente le tableau trop-
ordinaire de la conduite des Fammes de Paris :
La Seconde offre à fuivre un Modèl, que pas
Une ne fuivra : mais elles le-verront aumoins!

X & XL Volume. Les Beautés-parsites. LVII,
ou CCLI. *La Fille-de-d'Homme-à-projets.* Un
Homme, devoré de la manie des reformes, fe-
laiffe-duper par un Fripon, & lui promet fa
Fille : mais l'Efcroq n'en-veut qu'à fa bourfe :
il prend tous les moyéns de tirer des fommes
du Prefident, qu'il determine à faire le voyage
de Paris, pour le duper plûs-facilement : mais
il f'eft-logé, heureufement! chés un Protegé
d'un Parent du Prefident : tout fe-reconnaît, les
Fripons font-punis, & la Jeuneperfone époufe
un Amant digne d'elle.

L'abfence de l'Auteur, durant l'impreffion de
cette *Nouvelle*, à-fait-paffer quelques-couplets,
qu'il eft neceffaire de retablir.

Pag. 401, *après la IX fcène, ajoutez :*
X Scène : *Lincourt, Cecilette.*

Cecil. Quoi! Monfieur! vous êtes à Paris!
Linc. Que veus-tu, ma chère Cecilette ? Vous
partez : Sofie eft au-defefpoir; elle ignore les
deffeins d'un Père... aveuglé par un Fourbe, &
craint que le fort le plûs-horrible ne l'attende à
Paris... J'ai-vû fa douleur, à nos adieus... &
j'aurais-pu la quitter!... Dailleurs, j'ai-reelle-
ment-affaire ici! *Cecil.* Je le crais : ce n'eft-
pas-moi qui vous chagrinerai; c'eft Sofie; vous
la connaiffez ? Timide, decente, foumise, à un
tel excès, que fi fon Père lui difait : : :Il faut-

épouser le Chevalier..., elle aimerait autant mourir, que de lui resister. *Linc.* Et voila ce qui
m'a-fait vous suivre, dès-que j'ai-su que vous
partiez. Juge, ma chère Cecilette, de ce que
je deviendrais, si je perdais ma Sofie!... Je
viens offrir à ses regards tout mon desespoir;
je viens rapeler à m.me De-Raincour l'amitié-dont
elle m'honore... Mais ne pourrais-je-pas-dire
un mot à Sofie? *Cecil.* Non; dumoins avant
que votre arrivée ne soit-connue de sa Mère......
Je vais vous annoncer.... (*On entend du bruit:*)
Ou plutôt, revenez dans une heure : nous sommes à-present occupées ici : Le Chevalier est-
là; sortez; votre vue lui donnerait de la de-
fiance. (*Elle rentre, & Lincourt sort.*)

Pag. 446, *après ce couplet:* Le Pres. Je
vous crais, ma Famme; *ajoutez*: Ma Sofie,
quoique mon premier but fût de servir l'Etat, ton
bonheur entrait cependant pour beaucoup dans
mes projets : je regardais le Chevalier, comme
propre à le faire : mais puisque sa reputacion
n'est-pas-nette, je change d'avis : Aimes-tu
Lincourt?... Repons, ma Fille? *Sofie.* Mon
Père, permettez que ma Mère vous decouvre mes
sentimens; je l'en-ai-fait-depositaire! *Le Pres.*
Ne peus-tu me les dire? *Sofie (prenant les*
mains de sa Mère, & la priant de parler pour
elle:) Ma chère Maman! *La Presid.* Oui,
monsieur le Président, Sofie aime Lincourt;
mais il ne l'aprend qu'à cet instant-même, par-
ce que je vous dis. *Le Pres.* Sofie, vous êtes-
digne de moi; votre modestie fait ma gloire.
Lincourt, &c.

LVIII, *ou* CCLII. *La Famme à-la mode, l'In-*
triguante, la Complaisante, & la Maîtresse-
d'Homme-en-place. Une Intriguante, qui avait-
été-belle, mais deja sur le retour, entreprend de

s'emparer des charmes d'une jeune & belle Por-
fone; c'eſt la *Famme-à-la-mode*. Elle ne ſ'en-
tiént-pas-là: ſecondée par une Exreligieuse (*la
Complaiſante*), elle ſe-donne une autorité abſo-
lue ſur une Jolie Fammedechambre, qui deviént
maîtreſſe d'un *Homme-en-place*. L'Intriguante
mène tout: elle eſt-dupée; mais elle dupe plûs-
ſûrement. A-la-fin, cependant, elle eſt-punie.

LIX, *ou* CCLIII. *L'Entremetteuse-pour-plûs-
d'une-affaire*, *ou* *l'Emploi-de-366-mille-livres-
de-rentes*. Une Famme-à-projets, après avoir-
intrigué de toutes manières, forme un plan-de-
conduite pour ellemême, & pour les Filles qu'elle
élève, par lequel elle reüſſit à les marier.

LX, CCLIV. *La Jolie-Solliciteuse*. L'Entremetteuse prête Une de ſes jolies Elèves à une
vieille Plaideuse, à laquelle la Joliefille fait-
gâgner ſon procès: mais, grâces à l'Entremetteuse, les charmes & l'honnêteté de la jeune
Solliciteuse, lui font-trouver un Parti avantageus.

LXI, *ou* CCLV. *La Gouverniante-de-Céli-
bataire*. Cette Joliefille, qui eſt une-autre Elève de l'Entremetteuse, entre chés un riche Cé-
libataire, en-qualité de Gouvernante, & ſ'y-
conduit de-manière, par les conſeils de ſon
adraite Inſtitutrice, qu'elle ſe-fait-épouser par
ſon Maître.

LXII, *ou* CCLVI. *La Fille-entretenue*, &
la Fille-de-joie. Une trèsjolie Fille inſpire une
paſſion violente à un Jeunehomme prêt à faire
un mariage-d'interêt: il ne veut ni manquer
ſon mariage, ni ſe-priver du plaisir d'avoir Celle
qui lui a-plu: Il la ſeduit. Il vit avec elle; la
quitte enſuite, & deviént amoureus de ſa Famme, trèsjeune lorſqu'il l'a-épousée: Cependant,
la Fille-entretenue eſt-trompée par la Marchan-
de-de-modes, chés qui elle a une chambre; on
la vole; on la livre à un-autre Homme; elle

se-corrompt : Elle a un Financier ; le Gentilhomme reviént ; elle feint qu'il eſt ſon Mari :
le Financier les reünit : mais tout ſe-decouvre,
& la Fille-entretenue eſt-punie.

*XI & XLI Volume. Les Fammes des-grands-
Theatres.* LXIII, *ou* CCLVII. *Les Actrices-Bour-
geoises.* I, Un Celibataire unpeu libertin, deviént amoureus d'une Joliefille, & ne pouvant
la ſeduire, ſe-determine à l'épouſer : mais un
cruel accident ayant *deshommé* le Mari, ce Dernier deviént trèsjalous, & parconſequent ſa Famme infidelle : Le Jalous ſe-conduit alors très-
ſingulièrement, pour cacher ſon deshonneur.
Mais tout ſe-decouvre à la fin. Il meurt. La
Jeune-épouſe, qui a-perdu la première delica-
teſſe, rejoint un Secretaire, ſon premier Amant ;
ils jouent la Comedie-bourgeoiſe : Elle va enſuite
à Marſeille, & deviént Comediénne-de-province.
II, Celle-ci eſt-fille d'une Famme dont le Mari
ſ'eſt-ruiné : Elle eſt-dabord-entretenue, & elle
joue la Comedie-bourgeoiſe, qui achève de la
corrompre comme toutes ſes Pareilles : Un Jeu-
nehommé qui la retire de la miſère, ne peut ni
règler ſes mœurs, ni lui faire-quitter ſes Connaiſſances de theatre - bourgeois : Il eſt-forcé de
l'abandonner.

LXIV, *ou* CCLVIII. *Les Musiciénnes.* Deux
Filles également-jolies, d'un Geolier & d'un
Queſtionaire, vivaient enſemble dans la plûs-
grande intimité, quand elles firent Chaqu'une
un Amant, qui leur chantait des airs le ſoir, à
l'eſpagnole : ces deux Filles prénnent du goût
pour la muſique, en-prenant de l'amour : Les
deux Amans ſe-font-mettre en-priſon, pour voir
leurs Maîtreſſes de plûs-près ; ils les ſeduiſent par
un moyén ſingulier, les font-enlever & tromper,
les quittent à Paris, où elles ſe-font une ſorte-
de-reputacion : Elles deviénnent celèbres Chan-

teuſes, & vont dans une Capitale étrangère, où elles ſ'enrichiſſent: Elles y-retrouvent leurs premiers Amans, qui les épousent veuves, après les avoir deshonorées filles.

LXV, *ou* CCLIX. *Les Operadiénnes.* Deux Filles, l'une ſpirituelle, l'autre naïve & ſote, ſont-aimées par un même Homme: il trompe la Première, qui le ſurprend à l'église épousant la Seconde: Celle-ci refuse le Trompeur: comme elle eſt-riche, elle prend chés elle la Trompée; elles ſ'amusent, voient les ſpectacles, & prénnent du goût pour la musique: Un Directeur-de-l'Opera les entend, pénètre chés elles, & decide leur vocacion pour ce theatre.

LXVI, *ou* CCLX. *Les Chanteuses-de-Chœurs.* Elles ſont au nombre de quatre dans cette *Nouvelle:* La I, eſt la *Jolie-Fille-qui-ne-peut-ſe-marier:* la II, *la Petite-Pauvreſſe;* la III, *la Fille-d'Auteur;* la IV, *la Jolie-Famme-aban-donnée:* Chaqu'une de ces *Coriſtes* monte ſur le theatre par des circonſtances particulières, qui reſultent de ſa ſituacion: La Première eſt abandonnée de tous les Partis, pour une certaine imperfeccion; la Seconde n'a-pas-d'autre reſſource, à-cause de la jalousie de la Famme de ſon Protecteur; la Troisième y-eſt-forcée, par la pauvreté du Poëte ſon Père: la Quatrième, calomniée auprès de ſon Mari abſent, ſe-ſouſtrait, par le catalogue, à ſon autorité opreſſive, & reſte au theatre par-corrupcion.

LXVII, *ou* CCLXI. *Les Danſeuses.* Les Grandes-Danſeuses ſont-également au nombre de quatre: La I, *ou la Famme-crue-Maîtreſſe,* eſt une Jeunefille de province, venue à Paris, après avoir favorisé un Gentilhomme, chés ſa Mareine, mère d'une Actrice: cette Mareine, ſans qu'on dise comment, fait Agathe-Vogelein danfeuse. Le Gentilhomme, après avoir fervi quelques-années, la retrouve riche, belle & celèbre : il l'épouse fecretement, & fe-bat pour elle, avec un Homme, qui repetait fans-ceffe, *la-Vogelein, la Vogelein.* II, *la Famme-aux-goûts-d'Hommes ;* ce n'eft-pas la Danfeuse qui remplit ce titre, c'eft fa Mère, & la vocacion de la Danfeuse eft un des inconveniens de ce goût dangereus dans les Fammes : Telaïre Bourignan ne veut-pas fe-marier comme fille : elle f'enfuit de chés fes Parens, fe-jette entre les bras de la Vogelein, & fe-fait danfeuse : elle fait alors le rôle de *Fille-entretenue ;* fes Parens la reconnaiffent : mais, en-vertu du privilége des Theatres, elle refte danfeuse malgré-eux. III, *la Fille-galante-raisonnable.* Jasameth, fille d'un Coifeur d'Actrices, fut-deftinée au theatre par fon Père : elle danfa, faute de voix : Elle a des Amans, & fa conduite avec eux eft un modèl à citer à fes Pareilles, car elle les empêche de fe-ruiner ; enfin, elle en-foulage Un, devenu-paralitiq, d'une manière fi-genereuse, qu'elle excite l'admiracion & le refpect de fon Tenant actuel. IV, *la Fille-de-Danfeuse.* Zeneïde eft-deftinée au mariage bourgeois par fa Mère, danfeuse-figurante, degoûtée de fon état : elle eft-mariée à un Epicier : mais la Petiteperfone ne peut-fuporter fon obfcurité ; elle fait-enrager fon Mari, le quitte, brave fa Mère ; eft-foutenue par un Duc fon Père, & monte enfin fur le theatre.

LXVIII, *ou* CCLXII. *Les Figurantes,* au nombre de huit. I. *Les Mères-changées.* Une Jeunefille, nommée Rosalie, eft-recherchée par un Homme non-mariable, qui l'épouse fecrettement, & la met enfuite au theatre de l'Opera, où elle eft-entretenue par differens Hommes : Elle

prend une *Mère*, pour faire les convencions avec
les Adorateurs : elle en-change trèsſouvent, &
dans le nombre, elle reprend ſa Mère veritable.
II, *La Belle-de-loin*. Une Fille grêlée, charme
un Homme vue de-loin ; il la tente, la ſeduit,
l'entretiént, ſ'en-degoûte, la cède à un Ami,
qui la trouve propre à faire ſa fortune à l'O-
pera. III, *La Belle-de-près*. Un Gentilhomme
de province deviént amoureus de la *Sœur* d'une
jolie Bouchère : il ſ'en-fait-aimer, & l'enlève :
mais craignant les Parens, il la fait-encataloguer
à l'Opera : Conſtance y-devient biéntôt comme
ſes Compagnes ; elle quitte ſon Seducteur, pour
un Financier ; elle ſe-lie avec Victoire *la belle-
de-loin*, & dupe un Avare, dont elles partagent
les depouilles. IV, *L'Infidèlle-effrontée*. Mo-
deſte-Sansfrein quitte ſes Parens pour une amou-
rette ; ſon Amant la fait-recevoir à l'Opera :
Dèſ-qu'elle en-a-pris les mœurs, elle éconduit
ſon Seducteur, prend une *Mère-d'affaires*, comme
ſes Compagnes, & ſe-livre au libertinage : un
Payeur l'oblige de changer de *Mère*: Celle-ci
ſ'en-vange, en-le-feſant-tromper: Modeſte eſt-
ſurpriſe, & repond avec l'audace d'une Effron-
tée ſans pudeur. V, *Chate-en-poche*. Un
Homme rencontre une Fille-enceinte, la prend
pour une Dame de ſa connaiſſance, & va chés
elle : Touché du ſort de cette Infortunée, il en-
prend ſoin, & ſe-charge de ſon Enfant, qu'il
fait-élever : par-hasard, Rosette ſe-trouve en-
penſion avec la Fille d'une Actrice ; on la fait-
danſer dans un ballet de *Caſtor-&-Pollux* avec ſa
Compagne ; elle reſte à l'Opera : le Protecteur
alors decouvre à Rosette le ſecret de ſa naiſſance :
Rosette mortifiée, ſ'abandonne à une *Mère-d'affaires* ; un Ami de ſon Protecteur l'entretiént ;
elle retrouve ſa veritable Mère, qu'elle reprend,
mais qu'elle ſubordonne enſuite à une *Mère-d'af-*

faires. VI, *La Fille-achetée*. Un Homme &
une Famme fans Enfans, achètent à de pauvrès
Gens une Fille & Garfon: ces Enfans grandif-
fent; la Dame deviént jalouse de la Fille; le
Mari met Cecilia en-aprentiffage de modes, dans
une boutique où fe-trouvait une E.ève pour l'O-
pera: Cecilia, qui favait fa fituacion, prend des
leçons avec fa Compagne, & debute avec elle.
VII, *La Fille-trouvée*. C'eft la Compagne de
Cecilia: Un Peintre-decorateur trouve une pauvre Enfant, abandonnée par un Ivrogne fon
Père; il en-prend-foin, avec l'intencion de la
rendre unjour une forte de deeffe à l'Opera,
pour mieus-contrafter avec fon premier abandon:
Elle eft-reçue avec Cecilia; elles vivent en-fœurs,
avec une feule *Mère-d'affaires*, & obligent leurs
Amans à fe-traiter en-frères. VIII, *La Fille-de-
Danfeuse*. Un Figurant & une Figurante ont-eu
enfemble une Fille naturelle: la Mère avait une
Sœur converfe dans un Couvent, qui éleve la
petite *Julie*, & lui infpire le goût du Cloître: le
Père a-confenti à payer une dòt, mais la
Mère a d'autres-vues: elle prend fa Fille chés
elle pour quelques-jours, la garde enfuite, &
la fait-danfer à l'Opera: la Petite a des remords le jour de fon debut; elle f'enfuit à fon
Couvent toute-habillée: la Petite-mondaine eft-
admirée le foir; le lendemain, on fait-peu-d'attencion à elle; ce qui la mortifie au-point, qu'elle
confent à retourner avec fa Mère, & a-faire
comme elle.

LXIX, *ou* CCLXIII. *Les Tragediénnes*. I,
Le Naturel-fublime. Cornelie, devenue paf-
fionnée pour le theatre, étudie des rôles, de l'aveu
de fon Père, violon aux **: elle debute en-province; le Directeur la crait *Melpomène*: Elle reviént à Paris, où elle eft-admirée. II, *Le Chéf-
d'œuvre-de-l'art*. Fèdre donne un Modèl parfait

de ce que peuvent l'étude & la nature, pour
la perfeccion d'une Actrice. III, *La Paref-*
feuse. Avec de brillantes difposicions, Ame-
naïde refte mediocre, faute de courage & de
travail. IV, *L'Outrée.* En-f'abandonnant à
un feu mal - règlé, Cleopatre finge le talent
fublime, & ne l'aquiert jamais. *La monotonie* eft
un-autre defaut, imitatif de la feconde Trage-
diénne, comme l'*outré* l'eft de la Première.

LXX, *ou* CCLXIV. *Les Comediénnes.*
I, *L'Intereffante.* Lindamne, jeune & belle,
prend de l'entoufiafme pour l'*actricifme*, debute
à Lille, y donne la paffion la plûs - vive à un
jeune Officier, reviént à Paris, où elle charme
les Spectateurs, dans le comiq noble, & même
dans la tragedie. II, *Le Jeu-noble.* Une Fille-
d'Horloger, éprife d'un Gentilhomme, qui
veut l'enlever, fe-voit-obligée en-confequence
d'époufer un Comedién : Elle debute aux *Fran-*
çais, où elle excelle dans les rôles d'amoureu-
fes du haut-comiq, tels entr'autres que celui de
la *Celimène* du *Mifantrope*, le plûs-noble & le
plûs-difficil de tous. III, *La Naïve-provoquante.*
Lucinde, auffi-naïve que belle, avait-debuté
fur la-fcène par-occafion, à la *Comedie-françaife*,
lorfqu'elle-y-fut-reconnue par fon Père-naturel,
homme - de - condicion (c'était un Marquis) :
l'Amant de Lucinde les furprend; elle fait-
connaître fon Père par des preuves certaines.
IV, *La Soubrette.* Lisette fe-diftingue par un
jeu naturel & parfait ; devenue tendre pour un
de fes Camarades, elle refuse de l'époufer. Un
Actrice ne doit-jamais fe-marier.

LXXI, *ou* CCLXV. *L'Arietteuse, &*
l'*Operadiénne-comique.* I, *L'Arietteuse.* Fan-
chette, orfeline, filleule d'une Danfeuse, fe-trouvant avoir une jolie-figure, & une jolie-voix, fa
Mareine fait-cultiver fon talent : Elle fe-laiffe-

féduire par un Acteur de campagne, qui l'enmène à Lion, où elle joue avec lui, & passe pour
sa famme : Elle écoute un Homme-riche ; son
pretendu Mari l'entend derrière une toile ; elle
en-est-dépitée, & se livre au Richard : mais elle
aimait encore l'Acteur ; ils reviénnent à Paris
ensemble : Il la quitte ; elle entre aux Italiéns ;
son Amant de Lion l'y-revoit, &c. II, *L'Operadiénne-comique.* Nicette devait-épouser l'Acteur N*** : l'Auteur Regret en-deviént amoureus : mais il est-fort-laid & fort-pauvre : Nicette se moque de ce Dernier, & decouvre tout
à l'Acteur N***, qui chasse l'Auteur-Regret
de chés lui.

LXXII, *ou* CCLXVI. *Les Actrices-Italiénnes
& la Dramiste.* I *Amoureuse.* Une Actrice des
Italiéns, inspire une si-vive passion à un Jeunehomme, qu'il aprend la langue toscane : Elle
s'éprend ellemême à cette marque-de-ten-
dresse, & elle l'épouse. II *Amoureuse.* L'aimable Rosaure fait avec son Ami la convencion
de ne devenir amante, qu'en-restant amie, & elle
l'execute genereusement, &c. III, *La Dramiste.* Une Jeunefille regardait l'*affiche*, & ge-
missait de ne-pouvoir-aler au *Pére-de-Famille*; un
Homme l'y-fait-entrer : elle prend un tel goût
pour le theatre, qu'elle veut devenir actrice :
ce qui arrive, aux depens de son innocence :
mais elle reviént ensuite à la vertu.

XII & XLII. *Les Fammes-des-petits-Theatres.*
LXXIII, *ou* CCLXVII. *Les Varietteuses.* I,
Une Jeune voyageuse par le Coche-d'eau plaît à
un Jeunehomme, qui en-deviént amoureus : Un
Malhonnêtehomme la fait-passer pour sa Sœur,
& propose un mariage, qui est-accepté : mais le
Jeunehomme reviént à Paris, & decouvre que
sa Belle est une Entretenue qui joue la Comedie : il la voit, il en-parle à son Voisin, aprend

son hiſtoire, & ſe-lie avec elle. II, *Le Feno-*
mêne. Une mauvaiſe Mère, dont la Fille était-
danſeuſe, voulait en-tirer-parti: Heureuſement
le Père honnêtehomme la rencontre, l'ôte à ſa
Mère, & la met en-aprentiſſage: la Jeunefille, amie de l'honnêteté, ſe-plaît dans ſa nouvelle ſituacion, où la trouve un Homme qui l'a-
vait-vue avec douleur prête à ſe-perdre: Il eſt-
ſi-touché de ſa bonne-conduite, qu'il l'épouſe.

LXXIV, *ou* CCLXVIII. *Les Aɛ̃trices-éfebi-*
ques. I, *La Fille-mariée-à-neuf-ans?* Une Jeune-enfant, precoce par le cœur, ſe-trouve capable d'aimer un Jeunehomme, qui l'aime également: on accuſe ce Dernier d'infamie, parcequ'il était-enfermé avec Elle, pour lui aprendre
un rôle d'enfant. La Petite le diſculpe; enfin,
il l'épouſe, pour étouffer les bruits: mais obligé d'aler à Rome, pour ſon art de Peintre, il
laiſſe ſa Famme-enfant à la Mère de Celle-ci,
qui la fait-jouer à l'Ambigü-comiq: Il reviént,
trouve ſa Famme prête à être-entretenue, & la
ſauve du peril que courent ſes mœurs. II Actrice-éfebique: *La Fille-ſupoſée-de-condicion:*
Une Famme adraite, dont la Fille était-aɛ̃trice,
ſe propoſe de capter un vieus Garſon fort-riche:
Elle ſ'adreſſe au Domeſtiq de cet Homme, qui
plus-adrait que l'Intriguante, l'amène à faire-
paſſer ſa Fille pour une demoiſelle, ſans le lui
conſeiller direɛ̃tement: il promet de la faire-
épouſer à ſon Maître, à-condicion que la Mère
l'épouſera luimême: ce qui reüſſit par l'adreſſe
de ce Valet.

LXXV, *ou* CCLXIX. *Les Aɛ̃trices-du-Fu-*
nambul. I, *La Manie-du-theatre.* Une Fille en-
gouée du theatre, ſe-marie, pour être-libre, avec
un Homme fort-laid: Elle obtiént de jouer à un
ſpeɛ̃tacle bourgeois: ſon goût deviént manie;
elle neglige tout; brave ſon Mari, ſes Parens:

Enfin, elle s'évade, court la province, & vient
jouer aux *Boulevards*, après la mort de son Mari. II, *La Faiblesse-reparée*. Une jolie Actrice
du Funambul, était-restée orfeline; elle est-
trompée par un Ami-de-confiance de sa Mère,
prend en-horreur tous les Homme, & se-fait actrice: Un Homme distingué en-devient amoureus, & la prend chés lui. Nemorine s'en-fait es-
timer: Elle est-rendue au Theatre, que son
Protecteur lui conseille d'honorer par ses mœurs
& par ses talens. III, *Les Effets-d'une-première-
faiblesse*. Amnette, dabord actrice-éfebique,
devient danseuse du Funambul, par-faiblesse pour
un jeune Acteur son camarade qu'elle aimait:
elle perd son talent, & reconnaît trop-tard la
faute qui l'a-égarée.

LXXVI, *ou* CCLXX. *La Danseuse-de-corde & la Baladine*. I, *La Fille-volée*. La Famme d'un Equilibreur vole une Jeune-enfant très-
souple, d'environ deux ou trois-ans. Ces Malheureus s'en-servent à gâgner leur vie: Funette
devenue grande & jolie, est-prête à être-vendue;
un Peintre la sauve, en-lui-decouvrant qu'elle
n'est-pas avec ses vrais Parens: Elle vient à
Paris, où elle debute, & où elle y-est-reconnue
par sa Famille: Elle épouse le Peintre. II,
La Baladine: *La Famme-reconnue*. L'Epouse
d'un Brutal le quitte, & s'en-va en-province
avec un Jeunehomme, qui montre à danser,
pour vivre: cette ressource ne suffisant-pas, il
y-joint celle de violon d'une Troupe de Comediéns. Le Directeur devient amoureus d'Elise,
& veut l'avoir: Il aprend que le Violon n'est-
pas son mari: Il le brave alors, & le détruit
dans l'esprit d'Elise: cet Homme sans principes fait-faire un faus extrait-mortuaire du Mari
de sa Maîtresse, la fait-passer ellemême pour

morte à fon premier Epous, fe-marie avec elle,
& la laiffe veuve. Elle fe-remarie avec fon Suc-
ceffeur, qui eft-tué par un Rival, qui époufe encore la Veuve. Il eft-tué par un Ennemi que lui
fait fa jaloufie. Elife repaffe en-France, & debute
chés Reftier. Elle y-eft-reconnue par fon Mari,
qui f'eft remarié de bonne-foi. Elle veut-fuir;
mais tout f'arrange, & les deux Epous fe-reüniffent.

LXXVII, *ou* CCLXXI. *La Paradeufe.* Une
vieille Plaideufe, au-defefpoir d'avoir-confumé
toute fa fortune, fe-fait-paradeufe & actrice d'un
petit Theatre du *Boulevard:* Elle a une Fille
encore enfant, qu'elle fait-debuter par de petits
rôles: cette Fille deviént charmante, & montre
des fentimens: Elle a du talent: elle eft-remar-
quée à la parade par un Jeunehomme qui en-
deviént amoureus, & qui fe-trouve fon Coufin:
Il veut l'époufer; mais il meurt, & la trifte
Ifabelle regrette à-jamais Belval.

LXXVIII, *ou* CCLXXII. *La Belle-Charlata-*
ne. Un Jeunehomme imprudenment-introduit
dans un Monaftère, pour y-arranger les livres,
y-deviént-amoureus d'une jeune Religieufe: il
la feduit, l'enlève, deviént charlatan, pour fub-
fifter, & fait-faire à Claire des rôles dans les
parades, qu'il donne en-debitant fes remèdes:
mais ils font-reconnus par deux Compatriotes,
dont le plûs-jeune les decouvre à une Servante
d'auberge: Arrivé dans la Ville où l'Indifcret
a-parlé, le Charlatan y-dreffe fon theatre: mais
tandifque fa Famme joue, la Rumeur publie que
c'eft une Religieufe: Le Charlatan prête l'o-
reille; il-detale, & fe-propofe de partir le lendemain: on viént le foir pour l'arrêter; il fe-
fauve avec la Charlatane; ils arrivent à Paris; où
leur Hôteffe vend la Charlatane à un Milord
comme étant fa fille, & fait-époufer fa veritable

Enfant au Charlatan :· Après bien des voyages & des malheurs, la Charlatane retourne auprès de l'Abbesse, qui la reçoit avec bonté.

Fin des Analises.

La *Vie-de-mon-Père*, II Parties. *A Paris*, chés la d.ᵉ v.ᵉ *Duchefne, Libraire, rue Saint-jacques, au Temple-du-Goût.*

Monsieur.:

Je viens de lire celui de vos Ouvrages, qui, à mon avis, doit vous honorer le plus; c'est la *Vie-de-mon-Père.* J'avais, selon ma coutume, le crayon à la main, pour marquer les endraits qui m'affectent, & dont je veus me souvenir. J'ai-eu-biéntôt-noirci toutes les marges: & on lisait partout: *Bon! très-bon! excellent! encore mieus!* Ici je me recriais sur la verité d'un tableau champétre; là, sur la douce image des mœurs villageoises: quelquefois j'écrivais: *ô la scène delicieuse!* ensuite : *ô le genereus sacrifice! ô sainte vie des Patriarches! tu conservés-donc encore des Modèls parmi-nous!* .Enfin, j'avais-achevé ma lecture sans avoir-fait une de ces notes, qui me servent dans mes analises d'indice de desaprobacion: car, excepté dans les sciences exactes, j'en-suis pour le premier effet, pour le premier sentiment qu'on éprouve. Mais j'avais les ieus baignés de larmes, & j'éprouvais une sorte d'attendrissement qui alait presque jusqu'à la defaillance: je n'osais-plus me-considerer; j'avais-honte de moi & de tout ce qui m'entoure. —Hô! (disais-je), qu'il y-a-loin de ces Citadins contempteurs, à ces Campagnards meprisés

prisés! oui, c'est parmi Ceux-ci qu'est la vraie-
vertu; & si les vices ont-quelquefois-penetré
sous leurs toîts champêtres, ils nous doivent
cette contagion. C'est dans nos enceintes qu'ils
sont-venus la puiser. Trois-fois heureus donc le
paisible Hameau éloigné de nos Villes, & l'humble Villageois qui ne les connaît-pas! Content
de peu, ne desirant rién, ses mœurs sont-pures,
sa tranquilité fait sa richesse: elle fit la tiénne
aussi, venerable *Berthier!* toi, dont les leçons
& l'exemple produisirent plûs de bién dans un
Village, que tous nos Pedagogues moraus n'en-
operèrent jamais par leurs discours ou par leurs
écrits: c'est qu'ils n'ont-voulu que des Admirateurs, & que peu d'entr'eux ont-pratiqué, ou-
mêéme-cru ce qu'ils enseignaient.

Ce-fut à l'école de ce *Magister*, dont l'éloge
fera sansdoute sourire nos Dedaigneuses; c'est-là
qu'*Edme-Restif* puisa les premières maximes de
sagesse; ce-fut-là qu'il apprit à faire le bién sans
interêt, & à se-sacrifier à ses devoirs: c'est dans
ce licée rustiq qu'il se-forma aux vertus qui lui
meritèrent le glorieus surnom d'*Honnêtehomme.*
Mais le trait le plûs-heroïq dans la *Vie-de-mon-
Père*, Monsieur, c'est l'acte de son premier mariage: Non, l'obeïssance du Fils d'*Abraham*
n'est-pas-plûs-admirable à mes ïeus. Hâ! le
bonheur est-il moins que la vie! Mais où je me-
plais à te-contempler, respectable Citoyén, c'est
dans ta maison, dans ta Famille, & dans les
fonccions delicates de la justice; c'est quand tu
t'occupes du Pauvre & de l'Affligé: aussi de quel
amour payait-on cette charité, ces soins! Je
me-rapele cette occasion, où une Epouse alar-
mée jète l'épouvante dans la Paroisse. Il était-
nuit, les Habitans se-lèvent en-hâte; ils s'ar-
ment; ils accourent; l'*Honnêtehomme* est en-
peril: ils vont le venger ou le defendre. Hâ
mon Ami, vous avez-raison: dedaignez de

compulfer des papiers poudreus, pour y-deterrer de vains titres : quels titres vous honoreraient davantage, que le Père dont vous tenez le jour ? ne vous glorifiez que de lui : laiffez dans l'obfcurité vos incertains Aïeus. Hé ! qui ne compte-pas dans fa Famille des Scelerats & des Rois ! Mais auffi, Monfieur, ne vous aviliffez-point, ne vous mettez-pas audeffous de vousmême. Si vous êtes-refté inferieur à votre Père, en-étiez-vous moins-fait pour l'égaler, fi ce Père, qu'aveugla fa tendreffe, ne vous eût lui-même arraché au genre d'occupacion qui fit fa gloire, & lui permit d'être le biénfaiteur de fon pays ? L'amour & la fortune avaient-voulu deux-fois couroner dans Paris le merite modefte d'un Jeunehomme auffi-aimable que fage ; voilà ce qui le feduifit. Mais vertueus & naïf Edmond, quelle était votre erreur ! Cette immenfe Cité, l'admiracion & l'effroi de Ceux qui la connaiffent, n'eft-pas ce qu'elle vous parut ; elle n'eft pas telle que l'un de vos Fils a-voulu nous la peindre : l'illufion était toute dans votre âme ; c'eft elle qui embelliffait les objets autour de vous. La belle *Rose-Pombelins* eût-affuré votre felicité domeftique ; je le veus : mais dans votre ifolement, au-milieu de ce cahos où tout eft-confondu, heureus pour vous-feul, quel bién exterieur auriez-vous-fait ? Comparez le Bourgeois fans autorité de Paris, au Juge intègre d'une Paroiffe, au Père, au Confolateur des Pauvres, au Defenfeur des Oprimés ; raprochez-le du Citoyén obfcur d'une grande Ville où les vertus-même font-enfouies, & vous fentirez à quel-point ils différent. Dans ton pays, écouté, confulté comme un oracle, tes lumières éclairaient l'ignorance ; & j'aime à t'entendre, en-traçant des fillons, inftruire ton Valet fur l'utilité des impôts : mais qu'à Paris, ces juftes maximes fuffent-forties de la bouche d'un Marchand, Qui les

aurait-entendues? Qui en-aurait-profité? Là eſt
le ſiège de l'égoïſme & du ſot orgueil. Perſone ne veut recevoir l'inſtruccion, & la verité
même y-eſt-contredite : jamais nos Economiſtes,
nos Filosofes, & nos nombreus Legiſlateurs ſans
titres ou avec titres, n'expoſèrent ſur cette ma-
tière une doctrine plûs-évidente, ni plûs-precise :
mais chaqu'un ſ'en-tiént à ſon opinion, & re-
jette fièrement celle de ſon Voiſin, que même
il dedaigne de connaître. Non, non, venerable Père de mon Ami, tu n'aurais-goûté ni tant
de bonheur, ni tant de gloire, ſi la Providence
ne t'avait-retenu dans ton Village. Homme
digne des plûs-grands reſpects! reçois les miéns,
reçois mon hommage pur; tes Enfans ne peuvent t'honorer plûſ-que je le fais : la vertu n'a-
partiént-point à une ſeule Famille ; elle eſt comme le ſoleil, elle ſert à tout le monde.
    Mais que vous dirai-je des autres Perſonages?
de cette tendre & reſpectable *Anne-Simon*? du
bon Curé *Foudriat*? de cet excellent Homme,
de ce rare Paſteur, du vrai filoſofe *Pinard*?
de la ſimple, mais vertueuse Famme, qui fut la
première épouse de votre Père? & de cette *Bibi-
Ferlet*, dont je ne puis, ſans m'attendrir, en-
tendre-prononcer le nom, tant je trouve de ra-
ports entre cette Famme aimable, vive, ſpirituelle, prudente, & ma Mère, ma tendre Mère,
qui emporta avec elle au tombeau une partie du
bonheur de ſon Fils? O ma Mère! je ne te-ra-
pelle qu'avec larmes! mais il m'eſt-doux de te
nommer à-côté de Babet Ferlet: vous êtes l'Une
& l'Autre dans les demeures celeſtes : la ſim-
pathie de vos humeurs vous a-raprochées ſansdoute, & dans le ſein de l'éternel repos, vous-
vous-entretenez encore de vos Enfans. Que
cette idée me-flate! Hâ! oui, ma tendre Mère!
oui, malgré les liens qui m'attachent à la vie,
je ſens que la conſolacion de te revoir, diminue-

ra pour moi l'amertume de mes derniers momens!

Et il-y-a-donc-eu, Monſieur, des cœurs
fraids, des âmes inſenſibles qui vous ont lu d'un
œil ſec! Mais je ne m'en-étonne-pas! Eſt-ce
un égoïſte Pariſién? ſont-ce des Fammes-coquet-
tes ou diſſipées qui peuvent-goûter ces tableaus
de la vie pure de nos anciéns Patriarches? Fraids
Epilogueurs âmes de boue! vous oſez critiquer,
quand vous êtes-inſtruits, quand vous êtes-émus
peutêtre? Vous-vous-defiez de cette émocion-
même, & vous nommez ſurpriſe l'effet infaillible de la vertu ſur vous! que je vous plains!

Mon Ami, j'aurais-pu, comme tout-autre
Juge, éplucher votre Ouvrage, blâmer cette
aparicion de m.ʳ Pombelins, puiſque de la rencontre d'un Prêtre dans une égliſe, il n'était-
pas-beſoin de faire un fantôme: j'aurais, ſans
égard pour ſon profond ſens, taxé de dureté
votre Ayeul, & de bigotiſme l'aîné de vos Frères:
ſurtout, j'aurais-bién-trouvé à-dire ſur ce mariage à-côté des funerailles, & ſur la double-
avanture du Père & du Fils avec une *Roſe* & une
Eugenie de la même famille, de la même maiſon & à quarante-ans d'interwal, d'une avanture à
l'autre; mais j'ai-dit: : : Si tout cela eſt-vrai,
dois-je-faire un crime à l'Auteur, du recit de la
vérité? des Gens-ſuperficiels, à qui tout ſert de
priſe, peuvent gloſer ſur les noms de *Tomas-*
Dondaine, de *Pandevant*, les noms ne ſont-rién,
c'eſt l'Homme qu'il faut-apr ecier.

Par ma retraite du ſervice, me-trouvant, Monſieur, beaucoup plûs de loiſir, je m'occupe à
lire vos Ouvrages; mais je n'en-ai-pas-encore-
trouvé, & je doute que vous en-faſſiez qui ſur-
paſſe l'utilité de celui dont je vous entretiéns.
Tant-pis, veritablement tantpis, ſi vous avez-
cru-pouvoir y-mêler de la ficcion: pour-moi,
je n'en-veus rién craire; & ce Livre me ſem-
ble precieus, ſous tel point-de-vue que je le

confidère. Toutes les fifionomies y-font-bién-marquées : l'Avocat *Reſtif* eſt d'un caractère frapant, ainfi que votre Ayeul. On reconnaît m.ʳ *De-Caylus*, évêque d'Aucerre, dans les ac-cions & les paroles que vous raportez de lui : Mais j'aime furtout votre père *Scribo*, quand il dit à *Edme-Reſtif* : :: Avec votre conduite, mon Ami, tous les fentimens font-bons : enten-dez-vous? tous les fentimens font-bons...

Telle-fut la facile morale des Jesuites! hâ! f'ils ne f'étaient-jamais-plûs-écartés du vrai!

Que j'aime encore votre longue table, où vingtdeux Perfones, Père, Mère, Enfans, Va-lets mangent tous le même pain ; & ces lectures de la Bible, vrai-tresor de morale, fous tel point-de-vue qu'on envisage ce monument an-tiq & facré.

Hé! quoi de plûs-charmant que cette naïveté delicieuse d'*Eugenie-Pombelins* ! que d'efprit & que de fens elle met dans fa gaîté !

Crayez-vous que les reflections du Père *Bras-dargent* ne m'aient-pas-frapé auffi ? Heureus & infortuné Vieillard, ta longue vie eſt fans-doute la recompenfe de ta vertu ; mais qu'il eſt dur de furvivre à tous les Siéns !

On eſt-affligé, je l'avoue, de la dure correc-cion de *Pierre* à *Edme* fon fils, pour une faute qui paraît legère ! Mais quand enfuite on trouve ce Maître inflexible, pleurant dans fon jardin, la tête apuyée contre un arbre, que les mains de fon Fils ont-planté ; quand il ôte à ce Fils la bêche dont il remuait un carré, & lui dit : :: Mon Fils, c'eſt affez de travail pour un jour ; alez vous repofer ; je vais-achever.... Qui eſt-ce qui ne voudrait-pas-fuporter la dureté pour le dedomagement ? O faintes lois de la nature ! ce n'eſt que dans les Villes qu'on f'éforce de vous meconnaître!

Mon Compatriote, mettez-moi toujours au

rang de vos Amis & de vos Admirateurs. S'il était-vrai que vos grandes leçons ne fussent que dans vos Livres, je vous plaindrais; mais ces Livres n'en-seraient-pas-moins precieus. Ils resteront après vous: savourez cependant les louanges que je vous donne, car elles partent-d'une bouche amie de la verité. Je vous ai-fait-preuve que le deguisement n'était-pas dans mon caractère; & si vous aviez-besoin d'en-être-mieux-convaincu, vous le seriez par une Brochure, que je prepare, sous le titre de *Lettres-impartiales sur les Contemporaines.* Vous verrez que je n'y-deguise-pas vos defauts, ni vos torts; hé ! pourquoi le ferais-je? vous avez tant de qualités à vous, que vous n'avez-pas-besoin qu'on vous en-supose. Adieu, mon Ami: laissez, si vous le voulez, cette Lettre & les precedentes sans reponses; vos loisirs font-precieus; vous les consacrez à l'amusement & à l'instruccion publiques; j'irai puiser là avec tous les Autres; ne perdez-pas un moment à vous entretenir avec-moi.

Je vous suis tout devoué,

F. Milran,
Ancién Directeur des Vivres de la Marine.

A Cherbourg, le lundi 7 *mars* 1785.

Nota.) Je raporte ici cette Lettre avec plaisir, parceque la *Vie-de-mon-Père* n'étant-pas un Roman, l'Ecrivain n'a aucu'un merite. Je repons deux mots, à quelques-observacions. *L'aparicion* n'était-pas-crue de mon Père, comme prodige; mais il nous exposait l'idée qu'il eut, pendant quelques-instans. Le *mariage sur le corps* est un fait que je tiéns de mon Père, ainsi que les motifs. Les noms *Dondaine* & *Pandevant,* font de vrais-noms, que je ne pouvais-changer: les *Dondaine* font de Saci; les *Pandevant* font de Chitri, à trois-lieues d'Auccerre: le Curé Pandevant était un digne Prêtre! pour qui mon-Père avait le plûs-grand respect. La double *Rose* & la double *Eugenie* ne font que trop-vraies !...... mais l'interval est de cinquante-ans, au-moins.

Monsieur le Comte:

Dès-que j'eus-reçus par Monsieur le Vicomte-
de-Toustain-Richebourg, l'heureuse & honorable
nouvelle, que la Société-patriotique Bretone
avait-bién-voulu m'admettre au nombre de ses
Membres, je desirai de vous en-marquer mon
humble & sincère reconnaissance.

Je me-suis-toujours-proposé, dans mes faibles
Ouvrages, de servir l'Humanité, nonseulement
par des maximes sages (manière dans laquelle
beaucoup d'Autres m'ont-surpassé), mais encore en-y-suggerant des moyens generaus d'être-
heureus, à la Classe la plus-nombreuse. Celui
qui dit aux Autres, Venez que je vous ins-
truise, est-toujours-mal-accueilli; je-me-suis-avisé
de donner les maximes les plus-importantes, sous
la forme de bonbons & de chateries; «afin, pour
me servir de la comparaison que me fesait à
moimême m.r *Van-Rod*, conseiller au Parle-
ment de Flandre, » qu'en-suçant la dragée, on
» trouvât la morale sous le sucre». Je me crais-
obligé, Monsieur le Comte, de vous rendre-
raison de mes vues, dans la composicion: &
j'aurai-l'honneur, chaque-année qui s'écoulera
desormais, de vous exposer le motif & le but
de l'Ouvrage que j'aurai-publié dans son cours,
afin-que si vous jugez-à-propos de le communiquer
à l'Honorable Société des vertueus Citoyens à laquelle vous m'avez-aggregé, vous puissiez le
faire aisement. Je consulterai Monsieur le Vi-
comte-de-Toustain sur les Produccions qui feront
à vous envoyer. Je pense que vous n'avez que
les Volumes III & IV en-IV Parties des *Idées-
Singulières*: le III est intitulé les *Ginografes*,
Ouvrage où j'ai en-vue d'abord une reforme par-
cielle relative aux Fammes; ensuite, dans

l'*Andrografe*, une reforme generale du sistème social. Il me-reste deux Volumes à publier ; l'un *sur les Lois judiciaires*, que j'apellerai *Le Thesmografe* ; l'autre, sur l'*Orthografe & la Langue*, intitulé *Le Glossografe*.

J'avais un but trèsutil dans le *Paysan-perverti* ; mais l'ai-je atteint ? Plusieurs Pères-de-famille provinciaux me-l'ont-assuré.

J'ai-fait moins la *Vie-de-mon-Père*, pour honorer l'Auteur de mes jours, que pour donner aux Laboureurs un modèl de leur clásse ; c'est, je crais, la première Vie de Laboureur qu'on ait-écrite.

J'avais-pretendu, dans le *Nouvel-Abeillard*, ôter les dangers de l'amour, & cependant, remplir le cœur d'une manière conforme aux vues des Parens. Un Ecrivain plûs-habil, peut-tirer un excellent parti de ce que j'ai-voulu-faire.

Dans *La Malediccion-paternelle*, j'ai-cherché à peindre l'amitié, vertu ignorée de nos jours, & qu'on pratiquait si bién à Thèbes & à Sparte ; j'ai-voulu-rendre les Pères respectables, &c.ᵃ

Dans *Les Contemporaines*, mon seul & uniq motif a-été, de presenter une multitude de manières d'être-heureus en-menage, ou d'éviter certains inconveniens, ou d'effrayer par la vue de certains écarts, dont les commencemens n'étaient-presque rién. On m'a-rendu peu de justice pour cet Ouvrage ; on m'a-prêté des vues que je n'ai jamais-eues, & que je ne pouvais-avoir.

J'aurai l'honneur, dans une autre occasion, Monsieur, de vous rendre-compte de mes autres Produccions, én-y-joignant celles de l'année. Recevoir l'avantage que vous m'avez-fait, c'était m'imposer l'obligacion de vous motiver, ainsi qu'à l'honorable & vertueuse Société, les moindres de mes demarches-publiques, telles que des Ouvrages imprimés.

J'ai-l'honneur d'être avec un profond respect & la plûs-vive reconnaissance, Monsieur le Còmte, Votre, &c.ᵃ

Fin des Contemporaines-mêlées.

Les Contemporaines finissaient ici, lorsque de nouvelles vues, & une foule de sujets fournis , m'obligèrent à les plusque-doubler: Je donnai un nouveau titre aux XIII Volumes suivans ; un 1000 fut-tiré sous celui de Jolies-Femmes , & l'autre , sous celui de Contemporaines-du-commun, qui est le seul qui subsistera.

Les *Contemporaines-mêlées* ont CX Nouvelles ,
& 122 Histoires ;
Les *Contemporaines-communes* ont LXXXIV Nouvelles,
& 179 Histoires :
Les *Contemporaines-graduées* ont LXXVIII Nouvelles , & 143 Histoires :
en-tout CCLXXI Nouvelles , & 444 Histoires.

Cette Table-ci est la seule exacte, la distribution des Nouvelles n'étant-pas-arrêtée , lors de l'impression des deux premières Suites des Contemporaines.

Seconde Suite.

Les Contemporaines-du-commun ex XIII Volum.
Premier , ou Dixhuitième Volume.

Sixième, ou Vingttroisième Volume.

148. La Belle-Chandelière.
149. Les XI Belles-Marchandes, &c.

Tapissière, Boutonière, Gazière, Brasseuse, Mousselinière, Epinglière-Aiguilliète, Luthière, Gantière, Clinquaillère, Miroitière, Patenôtrière, Fille-Tapissière.

150. La Jolie-Tapissière.
151. La Jolie-Lunetière.
152. La Perfide-Horlogère.
153. La Gentille-Orfèvre.

Septième, ou Vingtquatrième Volume.

154. La Jolie-Polisseuse.
155. La Jolie-Tabletière.
156. La Jolie-Menuisière, où sont les Jolies

Plombière, Maréchale, Eperonière, Tissutière-Rubanière, Tanneuse Hongroyeuse, Charrone, Serrurière, Charpentière, Couvreuse, Massone, Mériftère, Taillandière, Sellière, Carreleuse, Ferrailleuse, Cloutière-Mignaturière, Doreuse.

157. La Belle-Tonnelière.
158. La Jolie-Marchande-de-musique.
159. La Jolie-Fille-de-boutique.
160. La Jolie-Brocheuse.

Huitième, ou Vingtcinquième Volume

161. Les IV Petites-Ouvrières, qui sont,

Dentellière, Galonière, Brodeuse, Rubanière.

162. La Jolie-Lingère, & la Bigamesse. &c
163. La Jolie-Blanchisseuse.
164. La Jolie-Cordonnière.
165. La Belle-Fourbisseuse.
166. Les Femmes-par-quartier : savoir,

Bourrelière, Balancière, Gaînière-Coffretière, Vitrière.

167. Les Femmes qui trompent leurs Maris : 4.

Imprimeuse, Paumière, Layetière, Ferblantière.

Douzième, ou Vingtneuvième Volume.

186. Les Jolies-Crieuses, I.re Nouvelle, Cerises,
Prunes-Cerneaux &-Noix-vertes - Raisin - Marons-bouljis &-
grillés, Pois-ramés, Pommes-cuites, Vieus-Chapeaus. 4

187. Les Jolies-Crieuses, II.de Nouvelle, 19
les XX Filles-des-Basses-professions de Paris :
Chanfonière, Petite-Charbonière, Paindépicière, Herbière &
Saladière, Beurrière, Coquetière, Fromagère, Harengère,
Orangère, Brocanteuse, Cartonière, Fournalière, Amadoueuse,
Cardeuse, Filandière, Couverturière, Enlumineuse, Fleuriste.

188. La Jolie-Loueuse-de-chaises. [Colporteuse.

189. La Femme-de-Crocheteur, la Blanchisseuse-de-
bateau, la Bobelineuse-&-Afficheuse, la Jour-
nalière-Feseuse-de-ménages. 4

Treizième, ou Trentième Volume.

190. La Courtisane-vertueuse, ou la Vertu dans
191. Les Trois Jolies-Bâtardes. 2 [le Vice.
192. La Jolie-Paysane à Paris.
193. La Femme-de-Paysan, ou la Belle-Laboureuse.
194. La Jolie-Vigneronne, ou le Second amour.

Fin des *Contemporaines-du-commun.*

Les *Contemporaines-du-commun* forment ainsi *treize
Volumes*, où se trouvent rassemblés à-peu-près tous les
états ordinaires : les *Nouvelles* de la III.me *Suite*, sup-
pléeront à ce qui peut y-manquer.

Outre les *Nouvelles*, on trouve encore dans cet Ouvrage des pièces polemiques, imprimées dans l'ordre suivant:

1, au commencement du V.me *Volume*.

2, à la fin du VIII.me

3, à la fin du X.me

4, à la fin du XII.me

5, à la fin du XIII.me

6, à la fin du XVI.me & du XVII.me

7, à la fin du XVIII & du XIX.me

8, à la fin du XXX.me

9, à la fin des XXXI, XXXIII, XXXIV.mes

10, au commencement du XXXIX.me

11, à la fin du XLI.me

12, à la fin du XLII.me

Fin des Tables des Contemporaines.

Quatre Volum. de Contemporaines-choisies, *pour être-mises entre les mains des Jeunesperfones.*

Des Gens eftimables, autant qu'éclairés, me-confeillent, depuis longtemps, d'extraire de mes *Contemporaines*, quatre Volumes de *Nouvelles*, tellement-*choisies*, qu'elles faffent un Cours-de-morale complet : on m'affure que cette petite Colleccion aurait un debit certain, & que je bién-meriterais du Publiq en-la-publiant. Cette der-nière confideracion eft celle qui me-touche da-vantage. Mais je previéns que ces *Nouvelles-mo-rales*, pour remplir le but qu'on fe-propose, ne peuvent-être-extraites mot-à mot de celles deja-publiées : Une trifte experience m'a-convaincu, qu'il exifte dans une partie de la Société une forte de purifme, qui ne veut rién entendre, rién lire qui foit-conforme à ce qui eft ; qu'il faut, pour fe-montrer avec affurance aux ieus de certains Lec-teurs, des faits-épurés, une morale fans-macule, nonfeulement dans les maximes (ce qui doit-tou-jours-être) ; mais dans les faits (ce qui n'eft-guère-naturel !) Après y-avoir-murement-reflechi, je-me fuis-determiné à les fatiffaire, en-choififfant 28 fujets, traités comme ces Lecteurs les desirent : on peut en-voir la lifte dans la page fuivante. Je ne puis cependant me determiner à être-faus : c'eft pourquoi, je me-fuis imposé l'obligacion de re-chercher ces faits, dans les trois états de *Fille*, d'*Epouse* & de *Mère* : c'eft d'après mes recher-ches que j'en-donne ici la lifte. Mais je declare que je ne publierai ces quatre Volumes de *Nou-velles choisies*, que dans un temps trèséloigné, ne voulant-pas les faire avec precipitacion, & me-proposant de les écrire de-manière à fermer la bouche à tous les Ignorans, qui ont-critiqué ma grande *Colleccion.* Quel fort éprouve l'util Ecri-vain ! Il eft-jugé par des Malintenciónés, par des Atrabilaires, énnemis de la Nature, qui la blatfèment, & la feparent, dans leurs folles-idées, de fon divin Auteur, dont elle fuit in-variablement les lois !

I, & Quarantetroisième Volume.

II, & Quarantequatrième Volume.

III, & Quarantecinquième Volume.

IV, & Quarantesixième Volume.

Fin des *Contemporaines-choisies.*

(J'ai-dit plûs-haut, que je ne ferais-plus de *Contemporaines :* Je ne manque-pas à ma parole : Je prens de mes anciéns sujets, mais traités differenment.

Mairobert ! mon Ami, fous les aufpices de Quî j'ai-commencé ces *Nouvelles !* tu n'es-plus ! mais reçois l'homage de ma reconnaiffance & de mon amitié, qui ne f'éteindra qu'avec ma vie ! Je brave la rage impuiffante d'un *Linguet*, qui t'a-calomnié ! A la face de l'Univers, je t'avoue pour mon Ami ! tu ne m'as jamais-montré que des vertus ; & fi tu m'as montré des vertus, elles étaient dans ton cœur... Maudit-foit le cœur pufillanime, qui rougit de ton Ami, parcequ'il eft malheureus ! Etais-tu coupable, ô Mairobert ? Si tu l'étais, je te plains ; mais je t'aime encore. Quand le 25 mars j'alai te-voir, tu étais dans la douleur ; j'étais dans la douleur ; je te confiai mes peines ; tu ne me-confias-pas les tiénnes ; elles ne purent fortir de ton cœur ; mais tu pleuras avec moi, & tu me dis : —*Combién de Gens l'on crait heureus, qui touchent au dernier terme du malheur-!.* Helas ! tu parlais de toi-même, & je l'ignorais, ô mon Ami !... Si tu m'avais-ouvert ton cœur... Infortuné que je fuis ! j'ai peutêtre-contribué à ta mort ! Je te portai à lire & à parafer un article du *Hibou*, intitulé *La Mort !* je l'avais-fait pour moi ; je comptais mourir, non de ma main, mais de douleur ! Tu le lus, tu l'aprouvas, & tu me dis : —Cet article eft beau ! il eft-confolant ; & il m'a-confolé... Tu mourus dans la nuit du 29 au 30 mars !... O nuit à-jamais funefte, depuis fix - ans, je te paffe dans les larmes ! je pleure mon Ami... Combién de fois, depuis ta mort deplorable, ne fuis-je-pas forti de ma maison, pour aler à la tiénne, bién-fûr de ne t'y-pas-trouver ! je vais pleurant ; j'arrive à ta porte : ma main fe - pose fur le heurtoir ; mais elle ne le lève-pas. Je me dis alors : :: Mon Ami n'y-eft plus ; il eft-mort !... & je fonds en-larmes !... Je m'en-reviens en-fanglotant, & pouffant quelquefois des cris... *Le 27 Mars 1785.*

Et toi, *Terraſſon*, reſpectable Vieillard, dont les ſages avis, les correccions prudentes, l'active & laborieuse amitié, m'ont-conduit à cette Fin desirée du plus-grand Ouvrage de notre litterature amuſante, reçois mon reſpectueus hommage! & que celui que je rens à *Mairobert* mort, t'en-prouve la ſincerité! Vertueus Mortel, dont la bonté, la conduite, *l'obligeance*, la tolerance éclairée, font le noble caractère, ſans-toi, j'étais-decouragé, aneanti! Mais en-te-voyant, avant même que tu me-parlaſſes, ton air-ſeul changea mon deseſpoir en-douleur tendre: j'oſai pleurer devant toi l'Ami que j'avais-perdu: j'oſai te prier de le remplacer: & tu le remplaças noblement: Je te benis, ô vertueus Vieillard! Je ne te ſurvivrai-pas (& j'en-loue le ciel); mais ſi quelque malheur imprevu (car ta ſanté vaut-mieus que la miénne mille-fois), ſi quelque malheur imprevu t'enlevait à ma reconnaiſſance, on me-verrait ſouvent...... Mais d'où-viént cette image, & cette ſuppoſicion impoſſible? Je te dirai ce qui eſt: Soüventefois pendant ta longue abſence, qui dure encore! je ſors ed chés moi, ſachant ne te pas-trouver; je vais à ta maison; je parle au Portier; je m'informe de toi, avec le plaisir que troûve un bon Fils à parler de ſon Père. Je m'en-reviéns dolent: mais c'eſt un besoin pour moi, que ces petits voyages: & ils ont-toujours-été-delicieus en-alant, par l'illusion que je me-fais... O mon Ami! je ſais-aimer! mon âme ſ'attache, quand elle a-decouvert le vrai-merite; elle l'aime, elle l'adore; l'Homme vertueus, ſenſible, compâtiſſant, tolerant, eſt un Dieu pour elle. Qu'on n'accuse-pas *Virgile* d'avoir-été flateur, quand il disait à *Auguſte:*

Nanque erit mihi ſemper ille Deus.
Il adorait ſon Biénfaiteur.

Fin.